학교에 괴물이 산다

아이, 부모, 교사가 함께 읽는
청소년 팩션

학교에 괴물이 산다

윤 이 나 지음

알에이치코리아

책을 펴내며

나는 언제나 글이 쓰고 싶었다. 늘 삶의 주변이나 중심에서 서성거렸고, 언제나 간절히 행복을 원했다. 목말랐고 흔들렸다. 갈증을 풀어내는 하나의 위로가 필요했다.

『학교에 괴물이 산다』는 그렇게 시작되었다. 대부분의 다른 일처럼 그냥 우연히. 아이들의 소음으로 시끄러운 교실 속에서 갑자기, 나는 그들의 진짜를 엿보고 싶어졌다. 그래서 그들 이야기를 소설로 쓰기 시작했다. 다행히 소설 속에서 아이들을 억지로 키울 필요는 없었다. 어차피 문득, 그들은 커 있었으니까.

그러나 고백하자면 이 소설은 선생의 옷을 입고 쓴 글이다. 나는 선생임과 동시에 아이들이어야 했기에 혼란스러웠다. 틈새라고 하기엔 너무나 큰 그 둘의 간격에서 얼마만큼이 그들의 진짜인가를 고민했다. 가끔은 포기하고 싶었다. 그래서 삼 년간, 이 소설은 차마 열어볼 수 없는 폴더로만 존재했다. 그러나 다시 글을 쓰게 된 것은 단 하나의 진실 때문이다. 그들의 불안과 공포, 절망, 우울, 희망, 기쁨은 날 것 그대로라는 진실.

이 책에서는 소설에 이어 작은 장면들로 아이들 삶의 터전을 펼쳐보았다. 학교 속 선생님들과 아이들의 진실을 자화상 그리듯 보여주고 싶었기 때문이다. 그 글에서 나는 보이지 않는 제도와 문화의 부분들도 경험의 한 조각으로 풀어내고자 했다.

학교란 무엇인지, 학교란 무엇이라야 하는지, 그간 함께해온 선생님들과 치열하게 고민하며 토론했다. 침 튀기며 싸웠던 문제들을 글로 써나가며 이것이 과연 합당한 일인가, 정당한 시선인가 주저할 때도 있었다. 그러나 결국 글이라는 것은 누군가의 관점과 문제의식에 의존할 수밖에 없는 것이라며 스스로를 위안하였다.

함께 고민하고 담론의 과정에 참여한 연구소 선생님들과 김효정 만화가, 최초의 독자 알에이치코리아 강훈 이사님, 글을 쓸 수 있도록 매 순간 용기를 불러일으켜준 사랑하는 가족에게 감사하다. 무엇보다 나의 소울메이트인 사랑하는 남편에게 늘, 언제나 감사하다.

책을 쓰는 일은 어려운 일이었다. 그러나 이 책이 오늘도 화장실 갈 틈 없이 바쁜 대한민국 선생님과 자식들을 생각하며 열심히 하루를 살아가는 우리네 부모님께 작은 위로가 되었으면 한다.

무엇보다 인생의 온갖 로드맵에 시달리는 나의 청춘들에게 이 책을 바치고 싶다.

저자 윤이나

픽션 **학교에 괴물이 산다**

논픽션 **은밀하고 발칙하게, 학교 이야기**

피션

학교에
괴물이
산다

정순과
사샤

내 이름은 정순이다. 貞順. 곧되 순리를 따르라는 내 이름의 역사는 뼈아프다.

첫아이가 태어나자 흥분한 아빠는 사흘 밤낮을 서재에 들어가서 아이 이름을 쥐어짜냈는데, 생각나는 한자를 그저 쓴 것이 정순이었다. 여자 이름으로는 지나치게 강한 느낌을 준다는 이유 때문에 아버지의 길고 긴 이름 목록에서 제외될 뻔했으나 할아버지의 신탁으로 최종 채택된 내 이름이다. 할아버지가 신뢰하는 작명소 박 영감이 정순이라는 이름을 쓰지 않으면 아이의 수명이 짧아진다며 노스트라다무스 뺨치는 예언을 하는 바람에 할아버지가 "이 아이 이름은 쩡수이다! 쩡순!" 막걸리 잔을 탁 내리치며 선언하신 것이다.

하늘이, 한들이, 샘물, 하늬, 강이, 바람이, 여울이, 가을이.

부모님 모두 부드럽고 나긋나긋한 최신식 이름까지는 바라
지 않더라도 요즘 아이들에게는 잘 지어주지 않는 정순이라는
이름이 마음에 들지 않았다 한다. 특히 어여쁘고 산뜻한 이름
을 딸에게 지어주고 싶었던 엄마는 그러나 정순이란 이름이 할
아버지가 붙여준 공식적인 내 이름이 되고 나서 그러려니 쉽게
체념했다고 했다. 그랬다. 엄마는 유독 할아버지에게는 약했
다. 오랫동안 아이가 생기지 않아 고민하는 엄마를 생각한답시
고 매일같이 한약이며 약초 더미를 들이밀지 않았던 것이 고마
워서였을까. 어쨌든 할아버지께 요즘 여자아이 이름으로는 보
기 드문 한자 조합이 쓰인 종이를 받았을 때 엄마는 덤덤히 받
아넘겼다.

그러나 이 이름은 몇 년 뒤 문제가 되었다. 아이가 한 번 생
겼으니 둘째아이도 곧 들어설 거라던 주위의 말은 효험이 없었
다. 시어머니의 닦달은 시작되었다. 만날 때마다 '딸애 하나로
도대체 뭘 하겠느냐'로 잔소리가 시작되고 그 소리가 더 이상
은 시어머니에 대한 측은함으로 포장되지 않자 엄마도 삼신할
매를 원망하며 본격적인 행동에 나섰다. 결국은 사주집을 전전
하다가 용하다는 점집을 끝으로 엄마는 삼신할머니에 대한 항
복을 선언했다.

"어무이요, 삼신할매가 점지 안 해주는 자식을 우야겠십니
까."

이것은 시어머니에 대한 며느리의 최후 통보였다. 다급해진

할머니가 더 심하게 채근하셨지만 엄마는 그것으로 끝이었다.

나는 이후에 엄마에게 둘째 갖는 것을 어떻게 그렇게 쉽게 포기할 수 있었느냐고 물었다. 엄마는 한숨을 쉬며 대답했다. 내 사주와 정순이라는 이름 모두가 너무 강해서 아이가 쉽사리 들어서지 않는다고 용하다는 무당이 말했다는 것이다. 나는 이해되지 않았다. 무당 말을 믿어서는 아니지만 그럼 요즘 그 흔하디흔한 개명도 있지 않느냐며 의아해했다. 엄마는 웃으며 내 머리를 쥐어박았다.

"이것아. 너거 할아버지가 어떤 분인 줄 아나. 내가 똥구녕 찢어지게 가난한 집 딸이라고 너거 할머니가 내 시집오는 걸 얼마나 반대했는지 아나. 그때 내 얼굴 한 번 보시고는 그냥 우리 집 며느리다, 하시며 인정해주신 분이 너거 할아버지다. 그런 분이 내가 딸 낳았다고 돌아앉은 너거 할머니한테 야단치시면서 지어주신 니 이름에 가타부타 말할 게 뭐 있나? 그분이 뭔가 이유가 있으셨을 끼라."

엄마의 대답은 간결했다. 그렇게 나는 어린 시절 정순이란 이름으로 불리게 되었고 정순이는 내게 하나의 질서가 되었다.

그러나 질서는 뜻하지 않은 곳에서 무너졌다. 유치원에서 나와 재밌게 잘 놀던 녀석이 어느 날 쩡수이, 쩡수이, 쩡순아! 하면서 내 머리카락을 돌돌 감아 힘껏 잡아당긴 것이었다. 아얏! 아흐흐흑! 아얏!

그 순간 내 이름이 주는 안정감은 눈 녹듯 사라졌다. 처음으로 나는 내 이름이 싫었다. 내가 가지고 노는 파란 눈의 인형이 정순이는 아닐 텐데. 나는 배신당했다는 마음과 뭔지 모를 상실감으로 울며불며 이 사실을 아빠에게 고해바쳤고, 아빠는 오랜 시간 생각하시더니 마치 커다란 아이디어라도 떠오른 듯 기쁘게 나타샤란 이름이 어떠냐고 물으셨다.

"이런 건 별칭이란다. 세례명처럼. 그래, 세례명이 뭔지 아니?"

아빠는 미소 지었다.

그렇지만 여자의 육감은 칼보다 날카롭다. 나를 나타샤로 부르겠다는 아빠의 선언에 엄마는 재빨리 필름을 과거로 돌렸다. 학생 시절 이미 고전이 된 영화 〈전쟁과 평화〉의 나타샤를 아빠는 끔찍이도 사랑했다. 문학도로서의 낭만적 기질이 충만했던 아빠는 소설 속 여주인공이 그대로 현실화된 배우를 사랑했는지도 모를 일이다. 혹은 백석(白晳)의 나타샤를 그리워했을까. 어쨌든 민감한 남자였던 아빠는 그러나 더 민감한 여자에게 속내를 들켜버렸다. 엄마는 늙지도 않는 라이벌은 싫었던 것이다. 밥상머리에서 전투는 시작되었다.

"보소, 나는 아이 이름을 나타샤로 짓는 그따위 법은 없다고 생각하는구마."

불퉁거리는 엄마의 잔소리가 시작되면 아빠는 엄마를 가장 빨리 화나게 하는 효과적인 방법을 생각했다. 그대로 집을 나가버리는 것이다. 사실 별칭 따위는 중요하지 않았다. 한 번 시작한 일. 집요하게 볶아대는 엄마를 벌주고 싶었던 아빠는 그러나 일주일이 지나자 심하게 배가 고팠다. 목마른 사람이 우물을 파는 법. 굶주리고 목말랐던 아빠는 재빨리 타협안을 생각해냈다. 나타샤의 어감을 살리면서 좋은 의미를 가진, 정순이보다는 세련되고 부르기 좋은 이름이 생각났던 것이다.

사샤.

수호자란 의미의 사샤는 그렇게 아빠의 굶주림 속에서 탄생했고 내심 싸움에 지쳐 표면적 승리라도 거두고 싶었던 엄마 역시 아빠와 일심단결, 재빨리 고개를 끄덕거렸다.

어느 날 문득 그렇게, 나는 사샤가 되었다.

one
fine day

6시, 엄마 권 여사의 날카로운 칼질 소리에 기상. 30분간 샤워. 권 여사의 우렁찬 고함 소리에 욕실 나옴. 15분간 머리 세팅 완료. 5분간 화장실에 앉아 있기. 아, 실패. 권 여사의 무시무시한 고함 소리 다시 시작. 화장실에서 나와 5분간 밥 먹기. 김치찌개, 짜다. 단을 줄인 교복 치마 가방에 넣기. 뛰기. 학교 정문 도착. 학주 통과. 다시 뛰기. 11시 방향 학생부 쌤 출몰. 통과. 세팅머리에 15초간 쌤 시선 머묾. 모른 척 교실까지 뛴다. 정미 만남. 숨 안 쉬고 같이 뛴다. 교실 도착. EBB 수능 완성 문제집 편다. 잔다. 쉬는 시간 종이 울린다. 5분 후 1교시 시작. 진로 담당 윤이나 쌤 들어온다. 꿈에 대한 강의, 약간 듣는다. 다시 잔다. 집단 수면 상태. 곧 종 칠 때다. 이히히!

"쌤! 쌤은 쌤이 되고 싶어서 된 거예요, 어쩔 수 없이 된 거예요?"

실장 민주가 쓸데없는 질문을 한다. 꼭 저런 애들이 있다. 마칠 때쯤 되면 질문하는.

"쌤은 쌤이 많이 되고 싶었지. 아주 많이. 그러니까 고시원에서 열심히 임용 공부하면서 밤도 지새우고 그랬지, 뭐."

저 쌤은 언제나 경쾌하다. 저 쌤이 고시원에서 열심히 공부하는 모습도 와 닿지는 않지만 학교가 뭐가 좋다고 그 고생을 했는지, 참 이해불가다.

"쌤은 우리 때부터 쌤이 되고 싶었어요?"

우리 반 실장 민주, 눈치 없기로는 2등 하라면 서러울 거다. 저런 얘기는 수업 시작 때쯤 얘기해서 한 시간 땡땡이 쳐야지, 하필 지금 타이밍에 이게 뭐냐? 참 좋다, 좋아.

"난 진짜 학교 쌤이 되고 싶었어. 고등학교 땐 매일매일 밤마다 이미지 트레이닝을 하곤 했지. 너희도 해봐. 구체적으로 원하는 모습을 그려보라고. 그러면 꿈이 현실이 될 확률이 훨씬 높아져."

꿈. 지금 마음속으로 원하고 그리면 다 이루어지는 것이 꿈이라고 말하고 싶은 거야? 기도하듯, 열렬하게 원하고 바라고 희망하라고 말하고 싶은 거지? 그렇지만 결국은 더 좋은 대학, 더 좋은 직장에 가기를 바라며 아이들은 여기 이렇게 앉아 있다. 노랗게 찌든 얼굴을 하고서. 정미만 해도 그렇다. 나는 알고 있다. 정미는 그게 아니라고 오만가지 거창한 꿈을 다 갖다 붙인다. 그렇지만 저 아이에게 꿈이란 단 한 번이라도 1등을 해보는 것이다. 그래야 무시무시한 자기 엄마의 잔소리로부터 벗어날 테니까.

불쌍한 정미. 사람에겐 단련이란 것이 필요할 텐데, 정미에겐 단련이 없다. 이젠 강해져야 하는데. 어쨌든 꿈을 꾸지 않는 나는 오히려 행복하다. 중학교 내신 50퍼센트로 성적이 좋지도 나쁘지도 않게, 아주 안성맞춤이었던 나는 어차피 1등이란 꿈을 꾸지 않는다. 그러니 시달릴 일이 없다. 조금만 원하면 상처도 덜 받는 법이니까.

물론 이 사실을 우리 엄마 권 여사가 알면 난 죽음이다. 엄마는 자기가 목숨 걸고 낳은 딸이 조금 더 투지를 불태우기를 바라고 계신다. 예전에는 사람 됨됨이가 중요하지 공부가 중요하냐며 일장 연설을 하던 우리 권 여사께서 요즘은 친구를 영 잘못 사귀셨다. 정미 엄마를 가까이하는 게 아니었다. 강남 엄마들은 매일 계도 하고 모이고 집에서도 밴드로 죽자 사자 연락한다는데 본인들은 그러진 못할지언정 정보 공유라도 하고 살자며 늘 전화통을 잡고 있더니 정미 엄마가 말하는 모든 것을 객관적이지만 소수의 사람들만 알고 있는 정보로 믿게 된 것이다. 그렇지만 나는 정미 엄마의 정보를 결코 믿지 않는다.

중학교 2학년 때 나는 소위 말하는 '학원발' 덕분에 반 석차

20등에서 5등으로 성적이 급상승했다. 엄마의 꿈은 그때부터 시작되었다. 그놈의 꿈! 꿈! 그 꿈 때문에 나의 학원 뺑뺑이는 그야말로 정점에 달했고 나는 완전히 지쳐버렸다. 결국 중학교 3학년 최종 성적이 50퍼센트가 되었을 때, 나는 오히려 안도했다.

그러나 우리 엄마가 포기할 것이라고 믿은 것은 나의 착각이었다. 엄마는 학원을 잘못 보냈다고 말했다. 그래서 종이 속에 존재하는 내 이름 정순이는 지금쯤 시험을 쳐야만 들어갈 수 있는 학원 대기자 명단의 어느 끝쯤에 자리 잡고 있을 것이다. 나는 지금 좋은 학원에 가기 위한 후보 학생으로서의 자유를 충만히 누리고 있다. 그런데, 저 쌤이 꿈을 말하고 있는 것인가? 꿈은 엄마들을 환상 속에서 살게 한다. 그리고 그 부산물이 바로 잔소리와 여드름과 변비다. 꿈보다 더 큰 효험이 있는 것을 나는 알고 있다. 잠과 초콜릿. 그리고 이 경우엔 바로 잠이다.

잘 알려진 '브리튼스 갓 탤런트'에 출연한 폴 포츠의 이야기가 영상에서 흘러나온다. '네순도르마, 공주는 잠 못 이루고'를 부르는 폴 포츠. 흥! 근데 왜 나는 이렇게 잠을 잘 이루는 것일까. 역시 공주 팔자는 아닌가보다.

"네순도르마는 원래 '공주는 잠 못 이루고'가 아니라 '아무도 잠들지 말라'는 뜻이야."

진로 쌤이 진지하게 말한다.

"너희들 누구도 자기 꿈 앞에서 잠들지 말기를 바라. 비록 지금 너희들 대부분은 자고 있지만. 뭐, 너희에게 늘 1교시나 9교시만 있는 건 아니니까."

나는 외치고 싶다. 진로 쌤! 도대체 꿈이 뭐지요? 나는 꿈을 꾸어야만 하는 걸까요? 없는 꿈도 만들어서 자기 삶에 탄력을 붙이란 말인가요? 당신들처럼?

나에게 최고의 처방전이었던 잠에서 나는 깨어났다. 이유는 잘 모르겠다.

러시아워다. 피하려고 했건만. 운전대를 잡은 내 손은 가늘게 떨린다. 떨리는 손으로 라디오 볼륨을 높인다. 라디오에서 흐르는 바이올린 선율에 큰 숨을 내쉬어본다. 이대로 의자 위에 푹 꺼지고 싶다. 그러나 핸드폰 벨소리가 상념에서 벗어나게 한다. 어디쯤 왔느냐, 밥은 먹고 올 거냐는 아내의 전화임이 틀림없기에 받지 않는다. 곁눈질해본 결과 예상대로 아내다. 아내는 한 번 전화를 하고 받지 않으면 문자를 보낸다. 나는 문자의 내용도 정확하게 알고 있다. 어디쯤 왔ㄴ?노. 아내는 항상 철자 틀린 문자를 보낸다. 성격이 급해서 아무렇게나 검지를 찍어대기 때문이다.

유턴을 한다. 이제 곧 집이다. 아내는 매운 고추를 넣은 된장찌개를 끓이고 있을 것이다. 그러고는 미리 연락 주지 않는다는 잔소리를 해댈 것이다. 잔소리의 내용도 어떻게 저렇게 몇 년간 똑같을까. 그리고 또 끝없이 정미 엄마와 하루 종일 지껄여댄 전화 통화에 대해 말하며 날 추궁해댈 것이다. 무제한 통화 요금제를 해지해야겠다. 여하간 이 세상 모든 문제의 근원은 여자다. 여자들은 자신들의 전화 통화로 남자들이 얼마나 많은 수명 단축을 하는지 모를 게다. 아니, 아내는 어쩌면 잘 알고 있을 수도 있다.

아내의 잔소리가 싫긴 하지만 나 또한 요즘의 사샤가 걱정되기는 매일반이다. 우리 귀여운 사샤. 언제나 꼬마 같은 녀석. 내가 그 녀석을 이렇게 말하는 걸 알면 사샤는 징그럽다면서 꽁무니를 뺄 것이다. 그렇지만 정말 나에게는 눈에 넣어도 아프지 않은 자식이다.

그런데 이 녀석에게 요즘 문제가 있다. 아내는 밥 잘 먹고 학교 잘 다니는 아이가 무슨 문제냐고, 밥을 많이 먹고 잠을 많이 자는 게 문제라고 말할 것이다. 아내가 사샤의 성적표에 나타난 숫자에 관심을 기울이는 만큼 사샤의 표정을 눈여겨본다면. 아, 여자들은 정말 멍청하다. 여자들은 앞집 차가 바뀐 것은 알아차리려도 아이 눈빛이 달라지는 것은 보지 못한다. 아이의 눈에 빛이 없는데……. 어리둥절한 표정을 짓는 나에게 문제가 뭐냐고 아내가 다그칠 때마다 나는 대답을 할 수 없다. 어제도 아이 눈빛에 대해 얘기했다가 소설 쓴다는 타박만 받았다. 그렇게 아이를 싸고도니 애가 저 모양인 게지, 혀를 끌끌차는 소리 속에서 나는 신음할 뿐이다. 나는 결국 아내의 혀끝에서 사라질 것이다. 그러나 실상은 문제가 없는 것이 문제다. 질풍노도의 시기를 겪는다는 아이들 대부분이 이성 문제나 외모 문제, 친구 관계 때문에 고민한다고 하는데 우리 사샤에게서는 고민의 흔적을 찾아볼 수 없다. 지나치게 명랑하고 밝다. 그런데도 행복해 보이지 않는다. 도대체 무엇이 문제일까. 사샤⋯⋯.

이 인간, 또 전화 안 받네. 안 받아. 하여튼 남자란 족속들은! 밥을 먹으면 먹고 온다, 안 먹으면 안 먹고 온다, 문자 한 번 하는 게 그래 어렵나? 근 20년을 같이 살아왔지만 이 인간의 속은 참 알 수가 없다, 알 수가 없어. 다, 내 죄다, 내 죄라. 소설가 나부랭이 흉내나 내면서 『위대한 개츠비』인가 뭔가 옆구리에 끼고 다니던 그 모습에 내가 홀딱 반했뿌지. 남자 손가락이 그렇게 가늘 수 있다는 것에도 놀랐었고. 가슴이 쿵쾅쿵쾅 뛰었지. 지금 생각하면 내가 미쳤지, 미쳤어. 울 어무이가 그래 사랑에 미쳐뿌면 눈에 뭣을 붙여도 모른다고 카다마는, 딱 내가 그 짝 아이가? 어무이요, 잘못했구마!

이 인간, 이 속을 알 수 없는 인간! 나는 뭐, 이런 된장 냄새나 맡고 손에 양념 가루 묻혀가며 이래 살고 싶은 줄 아나? 나도 클래식 틀어놓고 커피 한잔 하면서 고고하게 앉아 있고 싶다! 밥은 된장찌개 끓이묵고 자기처럼 방구석에 틀어박혀가 커피나 쫍쫍 마셔가며 소설 나부랭이나 읽고 싶겠나? 으이? 저 시간에 일을 더 해봐라, 승진을 해도 여러 번은 했겠다. 젊은 것들이 탁탁 치고 올라오는데 뭔 책이고, 책이? 뭐? 인문학의 정신? 같잖다!

근데 복실이 이놈은 아까부터 왜 내 옆을 맴도노? 에이고, 불쌍한 놈. 개건 사람이건 늙으면 고생이라 카디만. 요즘은 뒷다리를 아예 못 쓰는구나. 내도 미쳤지. 사람도 못 먹어 안달인 고기를 줬으니. 그 이후부터 저놈이 저래 내를 요래 쫄쫄 따라댕기지. 아니, 근데 이놈이 어디서 터노? 이놈의 터래기 때문에 사람 죽겠네. 아이고…… 내가 이젠 개 뒤치다꺼리까지 하게 생겼구나. 좀 이따 저 터래기나 밀어뿌야지.

그래도 사샤 아빠, 지 새끼 아끼는 그 마음은 내가 안다. 사샤를 사랑하는 마음이 큰 양반이라는 건 알고 있지. 그래. 그렇지만 저 양반도 그렇지, 지금 사샤가 어떤 때고? 중학교 때 그래 성적이 떨어져가 그 난리가 났으면 고등학교 때라도 관리를 해줘야지. 내가 학원 알아보고 정보 캐내고 정미 엄마한테 그렇게 도움을 많이 받는데, 아니 고맙다는 말은 못할망정…… 뭐? 여자들끼리 수다를 떨어? 수다 같은 소리 하고 자빠졌네. 정보 교환이다! 무식하기는.

사샤, 요것도 괘씸하다. 하라는 공부는 안 하고 만날 잠만 자노! 나는 고등학생인데 저래 잠 많이 자는 아는 평생 처음 본다. 못 자가 죽은 귀신이 붙었는강? 학원 대기자 명단, 그것도 제일 끝에 지 이름이 올라 있으면 부끄러버 할 일이지, 대기자

됐다는 소릴 듣고 빙긋이 웃어? 내가 지 빙긋이 웃는 걸 분명히 봤다. 내 속 휘딱 디비지는 거를 누가 알겠노?

오늘도 변함없이 우리 담임은 컴퓨터 모니터를 보고 있으면서도 내가 왔다는 것을 알고 있다. 누렇게 뜬 얼굴, 입가에 난 부스럼이 그의 피곤함을 말해준다. 입술 보호제라도 바를 것이지. 저러니까 배탱이라고 애들이 놀려대는 것이다. 촌스러운 별명과 딱 맞아떨어지는 코디며 입을 못 다물게 하는 뱃살 덩어리. 검은 양복에 흰 양말은 누구의 센스일까. 거기에 삼디다스 슬리퍼는 그의 화려한 패션 감각을 상징한다. 담임이나 그의 부인은 외모에 대해서는 자유로운 영혼을 갖고 있음에 틀림없다. 하긴 여자 탓할 게 뭐 있나? 잘 입혀봐라, 뭐가 달라지겠냐? 만날 사흘 동안 피죽도 못 먹은 것 같은 상에 푸르뎅뎅한 피부, 부르튼 입술이며 아무렇게나 빗어 넘긴 저 머리카락. 아, 정말 저 머리카락만이라도 어떻게 좀 안 되는 걸까? 안구 정화가 필요한 시간이다.

"오늘도 열이 많이 나요, 선생님."

나는 한 번도 달라진 적이 없는 얘기를 한다. 담임은 알고 있을까. 나는 언제나 얼굴이 빨갛다. 그건 정미의 덕이 크다. 정미는 그때만큼은 정말 친절하다. 열심히 손바닥을 비벼서 내 얼굴을 더 세게 문지른다. 나는 피부가 벗겨질 만큼 아프지만 효과만큼은 최고이기에 꾹 참는다. 이런 걸 인고의 고통이라고 하는 것이다. 아무리 생각해도 난 정말 단련이 잘된 사람이다.

"흠……. 진짜 얼굴이 빨갛네. 근데 너 보건실만 자꾸 가서 되겠느냔 말이지. 고등학교에선 체력 싸움이란 말이지. 마음이 약해지면 몸도 아픈데 말이지."

"네. 오늘 좀 쉬면 나을 것 같은데요."

크크, 말이지 타령! 어쨌든 야간 자율학습은 이걸로 땡이다. 배탱이, 그래도 담임이라 그런지 불쌍하기도 하다. 난 보았다. 수학 쌤이 안경을 번뜩이면서 아까부터 나를 노려보는 걸. 그리고 가당찮다는 듯이 배탱이 쪽으로 흘끗흘끗 흰자위를 치켜뜨며 쳐다보는 것도. 뭔가 기회가 보이면 끼어들려고 준비된 자세까지. 교무실 문이 닫힐 즈음, 수학 쌤이 우리 담임 배탱이한테 기다렸다는 듯이 가는 것도 난 분명히 봤다. 어쩌면 그는 나의 계략을 눈치챘을 것이다. 그리고 나를 조심하라고 일러두겠지. 아마도 그는 이렇게 말할 것이다.

"배 선생 반에는 야간 학습 빠지는 애들이 많은 것 같네, 그죠?"

커피를 타주는 듯 유연하게 배탱이 근처를 배회할 것이다. 그리고는 재빨리 치고 들어오겠지.

"내가 말이지, 저런 애들 어떻게 다루는 줄 다 알아요. 배 쌤, 알잖아? 내가 이 경력에 저런 애들 한둘 봤겠어요? 배 쌤은 마음이 너무 약해서, 그죠? 그게 사람이 그렇더라고. 다 좋은 게 있으면 나쁜 게 있고. 근데 가끔씩은 마음도 강하게 먹어야 되

26

는데. 애들 노는 대로 휘둘리면 고등학교 담임은 못하는데, 그
죠?"

그러면서 또 일장연설을 늘어놓겠지. 후, 그렇지만 뛰는 놈
위에 나는 놈이 있다. 어쩌랴. 세상 모든 것은 결과와 증거 중
심으로 돌아가는 것을. 그리고 나에게는 분명한 결과와 증거가
있다. 내 붉은 얼굴, 상기된 듯 번쩍거리는 두 눈, 몸매와는 조
금 다르지만 힘없는 표정 연기까지. 정미가 내 얼굴을 박박 문
질러 한 시간 이상 사우나를 한 것 같은 열이 올라올 때, 나에
대한 비난은 당신들을 향한 부메랑이 될 것이다. 하하하! 아니
이런 천재적인 소녀를 봤나? 깜짝 놀랄 일이다. 개선문 들어가
듯 교실 문을 여는 내 마음은 가볍기만 하다.

"야! 사샤, 또 집에 가냐?"

여기저기서 아이들이 웅성거린다. 친절한 내 친구 정미만이
나를 본척만척이다. 절친한 친구는 원래 사정을 묻지 않는다.
그리고 내 거짓 행각에 동조 이상의 도움을 준 만큼 정미는 묵
비권을 행사한다.

그런데 저기 저 녀석들은 항상 본척만척이구만. 뻔히 다 아
는 사실을 큰 소리로 떠들어대는 저 범상한 녀석들도 기분 나
쁘지만 단 한 번도 사람 보고 아는 체하지 않는 저 범상치 않은
녀석들도 기분 나쁘기는 매한가지다.

교실 저 구석에서 열심히 뭔가를 그려대는 녀석. 지가 대단
한 예술가라도 되는 모양이지? 이성원이라는 놈. 공부도 열나

게 잘하는 저 자식은 은근히 기분을 나쁘게 한다. 저놈 저거 나를 보고 아는 체도 안 하지만 사실 나뿐만 아니라 세상 모든 일에 관심이 없는 듯하다. 그러면서 성적은 1등을 놓친 적이 없는, 정말 재수 더럽게 없는 놈이다. 그 옆의 정재승, 저놈은 또 뭐야? 침을 질질 흘리면서 이성원이 그려대는 뭔가를 보고 있구나.

근데, 이성원 저놈은 허구한 날 뭘 저렇게 그려댈까? 분명 여자 스타킹이나 화장실에나 있을 법한 은밀한 낙서 같은 걸 그려대고 있겠지. 그렇지 않으면 사내아이가 저렇게 군침을 흘리면서 바로 옆에 있을 이유가 없지. 병신 같은 놈들! 거슬리는 놈들! 변태 같은 놈들!

동네나 한 바퀴 둘러보고 집에 들어가야지. 아니, 오늘은 좀 지적으로 놀아볼까? 교부문고에나 들러야겠다. 후훗!

손 과장의 손은 가늘게 떨렸다. 그는 아까 사샤 담임과 한 판 할 뻔했다. 평생 학교에서 받은 전화는 이번이 처음이었는데……. 손 과장은 혹 놓쳐버린 정보가 있나 싶어 담임과의 전화 통화 내용을 상기하려고 노력했다.

"사샤 어머님보다는 아버님께 한 번 말씀을 드려야 할 것 같았는데 말입니다. 그런데, 저…… 사샤가 사실은 그리 많이 아파 보이진 않는데 말입니다. 보건 선생님 말씀으로는 자꾸 보건실에도 가고 말입니다. 아까도 병원에 가겠다고 하는데 말입니다. 애들 말로는 그게 아니라고 하는데 말입니다.”

손 과장은 말허리를 잘랐다.

“선생님께서는 우리 아이가 거짓말을 한다는 말씀이십니까?”

“아, 네! 그렇지 말입니다. 아, 아니, 저, 그런 건 아니고 말입니다. 혹시 애가 무슨 문제가 있나 해서 말입니다.”

“애가 아프니까 보건실에 가고 더 아프니까 병원에 가겠다고 하는 거겠지요, 선생님? 제가 한번 알아보겠습니다. 어쨌든 학교에도 한번 못 찾아뵙고 죄송합니다. 애를 맡겨만 놓고 면목 없습니다.”

손 과장은 거칠게 전화를 끊었다. 두 손이 마구 부들부들 떨렸다. 무엇이라고 단정할 수는 없으나 아버지에게도 예감은 있다. 사샤 담임 말이 사실이라는, 그러나 인정하기 싫은 직감 속에서 손 과장은 담임을 향한 원인 모를 분노로 치를 떨었다.

‘이건 아이에 대한 편견이야.’

그는 핸드폰을 만지작거렸다.

‘아니야, 요즘 사샤의 눈빛을 보면 충분히 가능한 일이지. 아, 결국은 터질 게 터져버린 건가?’

혼란 속에서 손 과장은 더 이상 집에 있을 수 없었다. 무서운 아내의 잔소리까지 시작되면 이번에는 자신이 미쳐버릴 것만 같았기에 거칠게 현관문을 닫고 집을 나섰다. 그 모습을 지켜보던 권 여사는 기가 막혔다. 그렇지만 이 여인은 나름대로 연륜을 갖고 있었다. 말보다 더 강한 남편의 거부 속에서 그녀는 지금은 입을 다물고 그를 내버려두어야 할 때라는 것을 알았다.

골목은 한산하다. 벚꽃이 흐드러지게 피어 있다. 아름답다. 손 과장은 숨을 멈추었다. 순간이기에 아름다운 걸까. 아름다움, 지속성, 순간, 추함. 수많은 단어들이 오버랩되면서 그는 사샤의 어린 시절을 기억해냈다. 조그맣던 아이. 자신과 아내로부터 이처럼 순수한 결정체가 만들어질 수 있다는 데 그는 얼마나 감동했던가. 아이가 처음 "아빠, 아빠"라고 말했을 때의 떨림을 그는 잊을 수 없었다. 사샤의 모든 것이 그에게는 그림자처럼 뗄 수 없는 것이었고 떼어낼 수 없기에 아픈 것이었다. 그리고 그 딸이 크고 있었다. 커버린 딸은 타인의 눈빛을 하고, 타인처럼 말했다. 얼마 전 그는 자기도 모르게 딸에게 '우리 아기'라고 했다가 사샤의 눈에 경멸이 어리는 것을 보았다. 그 애는 말 그대로 진저리나게 싫어했던 것이었다.

벚꽃 속에서 그는 꽃 그림자에 비친 딸아이를 보았다.

손 과장 앞에 딸이 있었다. 그래, 담임의 말이 맞았다. 내 아이는 지금까지 나에게 거짓말을 해왔다. 내 딸이, 바로 저 아이가 야간 자습을 빼먹기 위해 지금까지 거짓말을 밥 먹듯 해 왔던 것이다. 진실의 순간이란 거지? 그는 생애 처음 위기를 느꼈다. 또 딸의 눈빛에 비친 죄책감을 보면서 욕지기가 치밀어

올랐다. 그의 앞에 사샤가 서 있다.

　탁구공. 고상한 대화들이 탁구공처럼 손 과장의 머릿속을 헤집고 다닌다. '무슨 일 있구나. 그래, 사샤! 고민 있으면 말을 해봐. 아빠가 다 들어줄게.' 그러나 입을 열려고 해도 손 과장의 입은 찰떡이 물린 듯 닫혀 있다.

　'우리 사샤, 아빠가 너 걱정하는 거 알지? 우리 사샤가 아팠다며?'

　아니야, 이건 아니지. 낯간지럽다. 게다가 꾸짖어야 할 때인데. 손 과장은 고개를 가로저었다.

　'아빠가 다 알고 있거든. 요놈의 자식! 너 거짓말했지? 너 만날 야간 자율학습 빼먹으려고 뻥치고 다닌다며?'

　아니, 아니, 이건 아니고. 재빨리 지우개가 날아왔다.

　한편 사샤의 머릿속에서도 부지런히 탁구공이 움직였다.

　'아빠, 오늘 아파서요……. 제가 야간 자율학습을 빼먹었는데요, 근데, 오는데 갑자기 괜찮아지더라고요? 그래서 교부문고 좀 들렀다가 오는 길이에요.'

　아니, 이건 아니지. 아예 소설을 써라. 소설을 써. 아빤 다 알고 있는데 거짓말했다간! 휴…… 짜증나. 이 사랑스러운 상황은 뭐지? 뭐라고 말해야 할까.

　　"사샤!"

"아빠!"

"네가 먼저 말해라."

"아빠가 먼저 말씀하세요."

"야! 네가 거짓말해서 야자 빼먹었으니까 네가 말해봐."

"잘못했어요."

"다시는 안 그럴 거야?"

"네……."

"너 또 그럴 거지?"

"아니요. 안 그럴게요. 이제 죽어도 학교에서 죽으면 되지요, 뭐."

"뭐, 뭐라고? 죽기는 왜 죽어?"

"……."

"너 내일 그냥 학교 가지 말래?"

"왜요?"

"아빠도 회사 가기가 싫거든. 집에도 오기 싫고, 내가 요즘 딱 그런데, 너도 그런 거냐?"

"그래도 학교 빼먹으라고 가르치는 아빠가 어디 있어요?"

"그래, 그건 그렇지. 말은 잘한다. 그걸 잘 아는 놈이 왜 그랬는데?"

"몰라요…… 아빠. 저도, 저도 잘 모르겠어요. 뭐라고 말을 잘 못하겠어요."

"그렇지? 아빠도 그렇다……."

부녀는 한참을 걸었다. 사람들이 벚꽃길이라고 부르는 이 길엔 이제 인적이 드물었다. 가끔 늦은 시간에라도 벚꽃을 감상하려는 사람들이 도로에 주차한 채로 사진을 찍어댔다. 플래시가 어둠 속에서 번쩍이며 사람들을 비췄다. 가족처럼 보이는 한 무리가 사진을 찍더니 깔깔거리며 지나갔다.

"사샤야, 아빠 소원이 한 가지 있다. 너 들어줄 거야?"

"공부 잘하고 시험 잘 치고 학교랑 학원 잘 다니고 쌤들, 엄마, 아빠 말 잘 들으라는 거 빼고는 다 돼요."

손 과장은 사샤의 어깨를 돌려 세웠다. 그리고 딸의 두 눈을 똑바로 마주보았다.

"사샤. 나는, 아빠는 말이다."

사샤는 아빠의 손길에서 열기를 느꼈다.

"아빠는 그냥 네가……. 그냥 네가 행복해졌으면 좋겠다."

바람이 불었다. 바람결에 벚꽃이 흩날렸다. 벚꽃과 함께 지나가는 아이들의 웃음소리가 흩어지면서 봄내음은 무섭도록 빨리 정적 속으로 가라앉았다.

날 강하게
하는 것

전쟁이구만, 전쟁. 진로 담당 윤 선생은 한숨을 돌렸다. 아침부터 밥 차리고 남편 깨우고 애들 학교 보낸 다음 노란 신호등에서도 엄청 밟아서 왔건만 결국 지각이다. 아까부터 교무부장이자 수학 선생인 박 부장의 눈초리가 사납다. 요즘 들어 교감선생님도 은근히 늦는다는 눈치를 주는 것 같고. 내 편이 되어 주는 것은 오로지 김영보 부장 선생님뿐이다.

친절한 영보 씨. 아이들에게 그렇게 불린다지? 늘 검은 양복만 입고 다니는 그의 웃는 모습을 본 사람은 아무도 없다 했다. 그럼에도 그는 늘 친절했다.

'영국 신사 한 포대를 들이붓는다고 해도 저분을 따라갈 순 없지. 후!'

그러나 한 포대기의 영국 신사가 교무실에 떨어지는 모습을 상상하던 윤 선생은 아까부터 곁에서 맴도는 박 부장을 피할 수 없었다. 아침 7시 이전에 출근해서 애들 수학 교재를 연구하는, 말 그대로 연구교사인 박 부장은 근성과 열정으로 가득찬 인물이었으나 과녁 맞추듯 같은 교사들을 무시하는 그의 혀를 대부분의 선생들은 감당하기 어려워했다.

어느새 박 부장은 단단히 결심을 한 듯 포부 가득한 눈초리로 윤 선생의 곁에 바짝 다가와 있었다. 서랍에서 커피를 꺼내던 윤 선생은 무심결에 박 부장과 눈동자가 마주쳤다. 두려움이 엄습해왔다.

'하느님! 제발 저 선생님이 그죠? 그죠? 그러면서 내 주위를 얼쩡대지 않도록 해주소서. 그리고 잠시 생긴 이 짬에 커피 한 잔이라도 마실 수 있는 은총을 주소서. 제발요!'

"윤 선생은 애가 몇이죠?"

'이럴 땐 하느님도 바쁘신가보네.'

"둘입니다. 아, 그리고 사내아이들입니다."

"애들 키운다고 참 바쁘죠, 그죠?"

'아, 시작이다. 오늘로 열한 번째인 저 똑같은 질문을 어쩜 저렇게 천연덕스럽게 할까?'

"아, 네……."

'시작일 거야. 자신이 어떻게 대학 입시 쪽의 살아 있는 전설이 되었는지를 이야기할 준비가 된 거야.'

"그래, 아침에 헐레벌떡 오는 사람들 보면 참 안됐어요. 그죠? 참, 예전에 나도 젊을 때는 그랬어요. 상상이 되죠, 그죠? 윤 선생은 상상이 참 잘될 거야. 근데 어느 순간부터 사람이 시간이라는 그게 참 아깝더라고. 그래가지고 내가 결심을 딱 해 버렸다, 이 말씀입니다. 내가 이참에 아침 시간이라도 애들 위해서 좀 쓰자. 그리고 지금까지 그 결심을 실천하고 있어요."

마지막으로 박 부장은 윤 선생을 지그시 바라보았다.

"그러고 보니까 우리 윤 선생도 참 젊은데 말이죠, 그죠?"

'돌아버리겠네.'

"아, 네."

"저기, 윤 선생! 어제 결재 올린 거 말이죠, 상의 좀 하시죠."

김영보 부장 선생님이 구원의 소리를 보내온다.

'배탱이, 저 사람은 뭘 안다고 자기까지 슬쩍 웃고 있담?'

어쨌든 윤 선생의 머리 뒤로 할렐루야가 울려 퍼지는 순간이었다.

영보 씨, 그는 역시 아이들 말처럼 친절한 영보 씨다. 배탱이까지도 귀엽게 보였다. 윤 선생은 감사의 미소를 지으며 영보 씨와 배탱이를 바라보았다. 무뚝뚝한 얼굴 뒤편으로 영보 씨의 입꼬리가 살짝 올라가는 모습을 분명 본 듯했다.

'그래, 저것이 그만의 미소 짓는 방법일 거야. 친절한 영보 씨 같으니라고. 흐흐흐. 아, 근데 배탱이는 양말에 또 구멍이 났네?'

"죄송합니다만 부장님이 부르시네요……."

윤 선생은 끝내지 못한 대화가 미처 아쉽다는 듯이 자리에서 일어났다. 급하게 영보 씨를 향해 걸어가는 윤 선생의 어깨 뒤편에서 끌끌 끌끌 낮게 촐싹대며 혀 차는 소리가 들려왔다.

'아, 재수 없어. 아, 아, 악! 아야!'

당당하게 영보 씨의 책상 쪽으로 돌던 그녀는 그러나 자신의 실내화를 저주해야만 했다. 3년 넘게 신은 오른쪽 실내화 옆구리가 터져버린 것이다. 손끝에 악을 주며 버텨보려 했지만 미처 영보 씨의 책상 모서리를 잡기도 전에 그녀는 옆으로 발랑 넘어져버렸다. 곧이어 찢어지는 스타킹과 함께 종 소리가 울려 퍼졌다. 그나마 다행인 것은 교무실에 있던 아이들이 참지 못하고 킥킥거리는 웃음소리가 종 소리에 묻혀버렸다는 것이었다.

어쨌든 교사의 운명은 종생종사. 쿡쿡 웃는 아이들의 웃음소리를 무시하고 윤 선생은 종 소리 흩어지는 교실에 들어섰다. 아이들 대부분은 종이 쳤음에도 여전히 잠을 자고 있었고, 몇몇 녀석들은 선생이야 오든 말든 쫑알쫑알 계속 떠들어댔다.

윤 선생의 뒤로는 두 녀석들이 박력 있게 입에서 햄버거며 케첩 냄새를 폴폴 풍기며 미친 듯 따라 들어왔다. 수업 시작 때마다 어김없이 반복되는 일들이었다.

반팔을 입고 담요를 걸쳐 쓴 채 자고 있는 녀석, 실내화를 벗어 서로 때리는 녀석, 매점에서 물고 온 과자 봉지를 과감하게 교실 바닥에 투척하는 녀석, 심지어 잇새로 침 멀리 뱉기 묘기를 선보이는 녀석들을 바라보는 윤 선생은 한숨이 절로 나왔다. 앞으로 전쟁이 시작될 터였다.

'실장, 쟤 좀 깨워라!'

'어허! 과자 봉지 주워야지?'

'너 이 녀석, 방금 뭐라고 했어? 뭐, 씨발? 쌤 앞에서 친구한테 그게 무슨 소리야?'

'자리에 좀 앉지 그러냐?'

'책은 미리 좀 꺼내놓지, 넌 꼭 종 치면 사물함 가더라?'

'화장은 나중에 좀 하지?'

'뭐, 화장실? 좀만 있다가 가자! 지금 꼭 가야겠냐? 뭐, 급해?'

지루한 전투가 끝나고 아이들은 다른 문제집이나 참고서를 꺼내 공부를 시작했다. 대부분 교과 공부 이외의 내용으로 진행되는 진로나 봉사 시간을 아이들은 당연히 주어진 자습 시간으로 여겼다. 중학교까지는 그나마 알차게 꾸려지던 비교과 시간이었지만 막상 고등학교에서는 교사들마저 자습 시간으로 지나쳐버렸다. 교사도, 아이들도, 부모들도 큰 기대를 하지 않는 시간. 자습조차 제대로 되지 않는 것이 일반계 고등학교의 현실이었다.

움직이지 않는 아이들은 더욱 움직이지 않았고 자신에 대한 생각을 연습하지 않는 아이들은 문제 풀기에 집중했다. 아이들은 정물처럼 굳어갔다. 시간표 공장 속에서 자습은 편리하고 안전한 선택이었다. 부모들도 이의를 제기하지 않고 다른 교사들을 부담스럽게 하지 않는 방법.

그녀도 때로 쉬운 방법을 선택했다. 그러나 그러한 선택을 할 때마다 자기 속에 보이는 타성이라는 괴물에 그녀는 멈칫했다. 괴물을 싫어하면서도 그것과 닮아가는 자신의 모습을 보면 두려움이 느껴졌다.

당당히 문제집을 꺼내놓는 아이들을 앞에 두고 그래도 수업에 참여하려고 하는 몇몇 아이들을 보며 윤 선생은 칠판에 수업 주제인 '효율성과 효과성'을 썼다. 그녀가 재생한 영상에서는 청춘의 멘토, 수많은 전문 직종을 거친 임모 씨가 자신의 인생을 효율성과 효과성에 대비해서 설명하고 있었다. 윤 선생은 잠시 영상을 멈추고 말문을 열었다.

"지난 시간에는 자기 꿈에 대해 생각해봤지? 오늘은 인생의 효과성과 효율성에 대해 좀 생각해보자."

그녀는 아픈 다리를 잠시 긁적거렸다.

"임씨는 자신의 인생이 효율성의 측면에서는 완전한 실패작이었지만 효과성의 측면에서는 최고였다고 자평하지? 사실 직업 바꾸기만 수차례 했으니 남들 눈에는 뭐, 효율성 빵점인 삶이지. 그렇지만 그는 자신의 선택을 후회하지 않아. 왜? 그 선택은 자신의 삶에 효과적이었기 때문이란 거야."

윤 선생은 아직도 비몽사몽인 아이들을 한숨을 쉬고 바라보았다. 그런데 몇 놈이 부스럭거리며 일어나 앉았다.

"자, 쌤은 너희들 생각이 궁금해. 우린 지금 어떤 삶을 살고 있냐? 효율적인 삶? 효과적인 삶? 둘 다인 삶? 둘 다 아닌 삶?"

윤 선생이 손가락을 꼽아가며 아이들의 생각을 유도하자 아이들은 언제나처럼 성원이를 쳐다보았다.

만화 그리는 1등. 1등이라는 타이틀과 자기 꿈이라는 아우라를 깔고 있는 조용한 녀석, 이성원. 근육은 없지만 공부를 잘해서 함부로 할 수 없는 소위 상위 그룹의 아이.

아이들의 시선을 의식한 성원이는 눈을 내리깔고 조용히 말했다.

"둘 다 아닌 삶을 살고 있습니다."

"음……. 예상 밖인데? 넌 효율적이고 게다가 효과적이라고도 생각했는데 말이야……. 그렇다면, 만일 선택권이 있다면, 넌 둘 중 어느 것을 선택하고 싶니?"

성원이 고개를 숙이고 주먹을 쥔다.

'저놈이 미쳤나, 주먹까지 쥘 건 뭐냐?'

사샤가 성원이를 찬찬히 바라보며 생각했다. 성원이를 바라보는 대부분의 아이들이 모두 그런 눈빛이었다.

"효과성을 택하고 싶습니다."

"그런데 왜 지금은 효과성도 없고 효율성도 없는 삶을 산다는 거지?"

주먹을 풀지 않은 채 바닥을 바라보며 성원이 말을 이었다.

"학교생활이란 게 그렇잖아요? 비효율적이고 게다가 효과도 없으니까요."

뭔 소리야? 열어젖힌 창문으로 뜨뜻한 바람이 불어 들어왔다.

윤 선생은 무슨 뜻인지 감은 오면서도 막상 아이의 입에서 진실의 소리가 나오자 당황스러웠다.

"학교생활이 비효율적이고, 게다가 효과도 없다……. 그건, 그건 대체 무슨 말이지?"

"……."

한참을 있다 성원이가 고개를 들고 윤 선생을 바로 보았다.

"효과적인 삶을 살기 위해서는 생활 속에서 비효율적인 부분을 버려야 하는데……. 그런데, 지금 보시다시피……."

성원이가 체념한 듯 아이들을 휙 둘러보며 말했다.

"학교생활이 뭐, 이렇습니다."

'짜식, 저건 또 뭔 소리야? 우리를 쭉 둘러보는 꼴 좀 봐. 잘난 척은! 쳇!'

온기 머금은 바람 속에서 성원의 눈썹이 매우 짙다는 것을 사샤는 처음으로 알아차렸다. 턱의 선이 날렵하다는 것도. 그리고 저놈이 꽤 고집스러운 놈이라는 것도. 생각이라는 걸 갖고 있는 놈이라는 것도.

"학교생활이 비효율적이다. 게다가 효과도 없다. 이거 교단에 선 사람으로서 뭐라고 해야 할지 모르겠네. 그래, 학교생활은 그렇다고 해두자. 그럼 성원이는 앞으로 뭐가 되고 싶니?"

성원이가 피식 웃었다.

"앞으로 꼭 뭐가 되기를 바라야 하나요?"

윤 선생이 조금 당황한 듯 손에 쥔 분필을 반으로 가르며 말했다.

"그게 말이지, 그래. 그게 궁금해서 말이야. 네 꿈이 뭐냐는 걸 묻고 싶었던 것 같다."

'흠……. 이놈 꽤 제법인데? 만날 수업 시간에 뭔가 그리고만 있는 줄 알았는데 주관도 가진 놈이다! 자기 생각이 확실한 놈은 좋겠네! 저놈은 꿈이 뭘까…….'

대답하지 않는 성원이를 바라보다 윤 선생은 그만하자는 듯 아이들을 돌아보며 마무리했다.

"자, 그래! 성원이 말을 들으니까 쌤도 생각나는 게 많네. 나는 과연 효율적인 삶을 살고 있을까, 효과적인 삶을 살고 있을까? 아마 당분간 쌤의 머릿속을 차지하는 화두가 될 것 같아."

이제는 가루가 된 분필을 칠판대에 톡톡 털어 넣으며 윤 선생이 말을 이었다.

"쌤이 보니까 성원이는 삶을 선택할 수 있는 자유의지를 가진 학생인 것 같아. 그런데 대부분의 사람들은 자기의 선택에 대해 고민도 하기 전에 남을 따라 살고 있다는 걸 알게 되지. 그렇게 떠밀려서 자기 삶을 잃어버리기 전에 모두들 자기를 강하게 하는 한 가지쯤은 가지고 있었으면 좋겠다."

칠판에 썼던 '효율성과 효과성' 수업 주제를 지우고 나서 그녀는 아이들을 바라보았다.

"자, 그럼 너희들을 강하게 하는 것은 뭐지?"

'아, 저 쌤의 수업은 너무 머리가 아프다. 진로 수업인지 철학 수업인지 당최 알 수가 없네. 난 강하지 못한 사람인데 뭐가 날 강하게 한다는 말이야?'

사샤는 한쪽 머리가 깨질 듯 아팠다.

'나를 쥐어짜는 진로 쌤, 너무 싫다. 아까 교무실에서 넘어졌다고 소문이 자자하더니 스타킹은 좀 벗고 오지. 스타킹 사이로 보이는 저 털 좀 봐, 에구구. 빵꾸 난 양말 신고 온 배탱이나 두 줄 난 스타킹 신고 털 삐죽이 내민 채 들어오는 진로 쌤이나 정말 신경을 쉬지 못하게 하는 무리들이다. 뭐, 날 강하게 하는 거?'

햇살이 사샤의 두 눈에 가득 차 들어오면서 사샤는 울렁거림을 느꼈다. 그때 햇살 안에서 푸르스름한 빛이 떠올랐다. 빛은 사샤가 눈을 깜빡일 때마다 더 또렷해졌다. 사샤의 응시 속에서 그 빛의 정체는 이내 밝혀졌다.

'사샤, 난 네가 행복해졌으면 좋겠다.'

아빠의 눈동자.

'사샤, 아빤 네가 행복해졌으면 좋겠다.'

물기 어린 베일 안에서 아빠의 눈동자가 더 또렷해졌다. 뭔지 모를 불편함을 느낀 사샤가 세차게 머리를 흔들자 베일이 걷혔다.

그때 정미가 낮게 속삭였다.

"날 강하게 하는 거? 쳇. EBB 문제집이지, 병신들."

배탱이 입장. 그리고 오늘도 어김없이 빵꾸 난 흰 양말 밖으로 그의 가여운 셋째 발가락이 갈 곳을 잃었다.

"체험활동 시간이란 거 알지? 뭐 별다른 건 없고. 서기! 응, 그래. 넌 오늘 자율로 기록하면 될 거야. 자율이 맞지, 아마? 자율이 맞나? 행사인가? 에잇, 헷갈려. 혹시 모르니까 내가 한 번 더 확인해보겠다."

"쌤! 그럼 오늘 뭐 해요?"

"뭐 하긴 뭐 해? 오늘 경찰 아저씨 오셨다. 폭력 예방 강연 들을 거야."

담임의 말이 끝나자마자 아이들이 대놓고 수군거렸다.

"야, 이게 정말 몇 번째냐?"

"강연, 강연! 지긋지긋하다. 어떻게 초등학교 때부터 지금까지 이놈의 강연은 끝이 없냐? 혹시 지난번에 왔던 얼굴 까만 이 대팔 경찰 아저씨 아냐?"

열심히 수학 문제를 풀던 정미가 샤프를 던지며 신세 한탄을 시작했다.

"이게 뭐냐? 성폭력, 정보통신윤리, 다문화, 예절친절, 폭력 예방, 환경에다 물에다가 글짓기에, 그림까지. 행사가 많으니까 다 숙제로 나가고 나같이 문제 풀 시간도 없는 애는 자체적으로 패스할 밖에……. 휴, 너무 힘들다, 힘들어. 고딩이 살기엔 너무 팍팍한 세상이다. 야, 민주! 그래도 실장이랑 부실장 너희는 강당 가서 직접 듣기라도 하지. 우린 하는 게 텔레비전

켜놓는 거야. 우리가 좀 선택할 수 있는 프로그램이 없을까? 하긴, 누구 말마따나 비효율적인 학교에서 뭘 바라냐?"

성원이를 힐끗 바라본 정미는 한숨을 쉬었다.

"야, 야. 너네는 자습이라도 하지. 우린 강당에 가니 자습도 못해. 무슨 소리야? 닥치고 있으라고. 강당 가서 문제집 보고 있어도 뭐, 눈에 제대로 들어오기나 하는 줄 아냐? 고마운 줄 알고 있으라고. 너네는 TV 볼륨이라도 작게 하면 되지. 무슨 목소리들이 그렇게 큰지. 마이크에 바짝 대고 내는 숨소리는 진짜 지겨워. 아, 정말 자습이라도 하고 싶다."

실장 민주의 반격에 정미가 어깨를 한 번 치켜 올리더니 평소 모습대로 고개를 숙이고 문제집을 살폈다. 그제야 아이들도 조용해졌다. 좌우로 아이들을 훑어보던 배탱이는 이젠 정리가 되었거니, 안도한 얼굴로 컴퓨터를 켜며 그래도 한마디 했다.

"이놈들아. 그런데 말이지, 강의 안 들으면 어떻게 하냐 거지. 지금 사회가 말이지, 노인한테 막말하고 폭력 문제는 매일 일어나고 그렇지 않느냐 말이지. 애들은 서로 픽픽 때리고. 강의 필요 없다고 하는데 이거라도 안 하면 어떻게 되겠느냔 말이지!"

이 말 끝에 성질 급한 민주가 끼어들었다.

"아, 쌤. 맞긴 맞는데요. 거 왜 있잖아요. 너무 많이, 자주, 했던 거 또 하고 뭐 그러니까요. 행사마다 하잖아요. 강의 말고도 다른 방법이 있을 텐데……. 거 왜, 좀 뭐가 없다고 해야 할

까? 나 요즘 치매냐? 행사에 뭐가 딱 빠졌는데 그걸 뭐라고 해
야 하지? 진로 시간에 들은 거 같은데…….”

“효과성.”

성원이가 조용히 대답하자 아이들이 우와 하면서 성원이 쪽
을 바라봤다. 민주가 반가운 듯 따라 말했다.

“어, 맞다! 효과성! 히히!”

“아이고, 이놈들아. 그만하자. 자, 자, 아침 자습 시작.”

“흥! 무슨 아침 자습이야? 조금 있다가 영어 듣기 하는데.”

사샤가 못마땅한 듯 중얼거리며 억지로 교재를 펴놓고 잠을
쫓아보았다.

“웬일이냐? 잠도 안 자고.”

그 새로운 모습에 놀란 정미가 사샤를 바라보았다. 그런 정
미의 눈가에 피곤이 묻어 있었다. 지친 기색이 역력했다. 어제
도 잠 못 자고 공부했던 게 틀림없었다.

“그러게 말이다. 나도 나이가 드는 모양이지? 잠이 줄어든
게 영……. 찝찝하다. 어데 아픈 거 아닌가 몰라?”

알립니다. 지금 곧 영어 듣기가 방송됩니다. 다시 한 번 알립니
다. 지금 곧 영어 듣기가 시작되오니 각 반에서는 프린트를 꺼내
고 영어 듣기 준비를 해주시기 바랍니다.

또록또록한 목소리 속에서 사샤는 고개를 흔들어가며 잠을

쫓았다.

"그래, 그까짓 것! 나도 한번 해보자. 영어 듣기가……. 어디 보자……. 챕털 쑤리? 그래, 챕터얼 쑤리!"

아이들이 모두 프린트물을 꺼내놓고 문제를 풀었지만 사샤는 알자지라 방송을 듣는 것 같았다. 열심히 고개를 흔들며 프린트물에 눈을 고정시켜봤지만 온몸에서 뼈가 빠져나간 듯 흐물흐물해진 사샤는 결국 눈을 감았다.

"아, 챕털 쑤리는 왜 이렇게 어렵나?"

사샤가 중얼거리며 책상 위로 얼굴을 묻는데 얼핏 정미의 중얼거림이 들리는 듯도 했다.

"나이 드는 거 좋아하시네."

학교 폭력은 심각한 문젭니다. 실제로 친구를 괴롭히다가 자살에 이르게까지 한 예가 많아요. 죽은 친구는 얼마나 힘이 들었겠어요? 근데 말이죠, 지금부터 잘 들어요! 혹시 말이죠, 유서에 자기 이름이라도 쓰인 경우에는 정말 힘듭니다. 내가 힘드냐? 그게 아니라 이름 쓰인 사람은 두고두고 후회하게 될 거라는 뜻입니다. 법적 처벌은 물론이거니와…….

'두고두고'라고 하며 고개를 흔드는 경찰 아저씨의 턱살이 심하게 흔들렸다. 턱을 괴고 있던 사샤는 앞쪽에 있는 성원이가 열심히 뭔가를 그리는 걸 보았다. 사샤가 조용히 그를 불렀다.

"이성원!"

"아씨! 이성원!"

"아놔! 이성원!"

아까부터 부르는 소리를 들었는지 못 들었는지 성원은 그리기에 여념이 없다. 머쓱해진 사샤는 성원을 다시 세게 불렀고, 그제야 눈을 든 성원은 멍한 눈으로 사샤를 한참 바라보았다. 마치 서로를 처음 보는 사람인 것처럼. 그리고는 제정신이 든 듯 눈을 비비고는 다시 그리기에 열중했다.

"야, 인마! 사람이 부르면 보는 시늉이라도 해라. 참, 내."

"보는 시늉은 했잖아."

사샤 쪽은 거들떠보지도 않은 채 그리기에 열중하는 성원에게서 시큰둥한 대답이 날아왔다. 오히려 성원이를 그림자처럼 지키는 재승이가 사샤에게 물었다.

"왜? 무슨 일이야?"

짜증이 치받은 채 재승이를 무시하고 자리를 뜨던 사샤가 성원이를 노려보며 고함을 쳤다.

"좋아, 됐다. 사람을 소 닭 보듯 한단 말이지?"

그제야 성원은 탁 소리가 나게 연필을 놓았다.

"예, 예. 무엇을 도와드릴깝쇼?"

"깝쇼? 헐……."

재승이의 헐 소리에 사샤는 애꿎은 재승이만 노려보았다.

"야! 넌 뭘 꼭 도와주고 뭘, 어? 그래야지 부르고 그러냐? 친구끼리, 어? 그냥 뭐, 부르고 그러면 안 되냐고?"

"그래, 알겠으니까 그 뭐냐? 친구? 그래, 친구끼리 부른 이유가 뭐냐고요."

"됐다, 별것 아니야."

다시 고개 숙이는 사샤에게 성원의 대답이 돌아왔다.

"그럼 말고."

성원이 다시 앞을 바라보며 돌아앉았다.

'쳇, 뭐 저런 놈이 다 있나.'

"이성원! 넌 왜 그렇게 잘났냐? 넌 뭐가 그렇게 잘났냐고? 네 잘난 척 지긋지긋하거든."

"So, what?"

"좋다. 그래, 좋아. 그냥 단순한 거 좀 물어보려던 건데, 이젠 영어질까지 해?"

"아, 어감 좋다. 영.어.질."

"이 자식을 그냥! 너, 어? 너 죽어볼래, 어? 어?"

"아니, 청춘에 죽긴 왜 죽냐? 젊은 나이에 혈압 조심해라."

친구를 왜 친구라고 하느냐? 우리 어릴 땐 동무라고 그랬어요. 같은 또래니까 싸우기도 많이 싸우지요. 그런데 이 싸움의 종류에도 여러 가지가 있단 말입니다. 첫째, 언어적 폭력! 이거 요즘 문제 많아요. 아예 욕을 입에 달고 사는 친구들이 많습니다. 지하철에서도 내가 그냥 아주 깜짝 깜짝 놀라요.

"그냥, 왜 그렇게, 뭘 그렇게 그러냐고! 그거 물으려고 그랬다. 에잇, 더러워서!"

발로 책상을 쾅 밀어내고 성원의 등짝을 소리 나게 찍어 내리며 휘갈기던 사샤는 빛의 속도보다 빨리 뛰어오는 배탱이를 발견하곤 재빨리 손을 감추었다.

둘째, 신체적 폭력. 이건 정말 심각한 겁니다. 이런 일은 물론 소위 일진이라고 하는 애들 사이에서 주로 일어나고 있죠. 사실 빈번히 일어나고 있는 문제예요. 가끔 뉴스에도 나오고 하죠? 그래도 우리 대동고등학교는 이름처럼 크게 하나 되는 학교라고 들었는데 그런 일 없겠죠? 하하하! 남을 아프게 하면 나도 아프단 사실, 잊지 말아요! 하하하!

"아니, 이것들이! 자율 시간에 이것들이 뭐하는 짓이야? 다른 애들 자습하고 열심히 어, 자율적으로다가 공부하는 거 안 보이냐? 사샤, 너는 어디서 폭력이야, 폭력이? 그리고 성원이 너는 하라는 공부는 안 하고 뭘 자꾸 그리고 그러냐? 이 녀석, 공부 잘한다고 모른 척 해줬더니 끝이 없어!"

셋째, 심리적 폭력이 있습니다. 이건 말이죠. 제일 심각한 건데요. 여러분, 왕따라고 들어봤나요? 에…… 대부분의 심리적 폭력은 육체적 폭력과 동반되는데요, 아까도 내가 한 번 말했지요?

예를 들어서 말이죠…….

성원이의 종이를 뺏어든 배탱이는 그 안에 뭐가 그려져 있는지 뚫어지게 바라보았다. 그 모습에 사샤는 초등학교 때 스펙트럼 실험을 하면서 작은 구멍을 냈던 기억이 떠올랐다. 꽤 오랫동안 종이를 바라보던 배탱이는 조심스레 종이를 접어 성원이의 책상 위에 올려두고는 말없이 교탁 쪽으로 걸어갔다. 궁금증을 참지 못한 사샤가 종이를 휙 낚아채 열어보았다.

그림을 본 사샤는 가슴 중앙쯤이 아픈 것 같았다. 요즘 자꾸 눈물이 난다. 미쳤나봐. 근데 정재승, 쟤도 미쳤나? 저놈 표정도 이상한데?

다리 위를 걷다

종 소리가 울리자 아이들이 우르르 매점으로 뛰어갔다. 먹고 또 먹어도 배가 고픈 건 고딩들의 천형(天刑)이자 특권이었다. 배고픔이 당연한 생리 현상이니만큼 지속적으로 배 채움의 욕구를 만족시켜야 한다는 지론을 가진 사샤는 급식으로 배를 채우자마자 햄버거며 과자를 단 몇 초 만에 집어 먹고는 연못으로 뛰어갔다. 대동고등학교의 연못가는 밤이면 귀신이 나온다는 소문에도 아이들로 늘 북적거렸다. 〈여고괴담〉에나 나오는 연못 귀신이 무섭지도 않은지 아이들은 늘 연못가에서 쉬고 이야기했다. 하긴 요즘 연못 귀신은 심하게 각색되어 호러라기보다는 유머로 아이들에게 친근하게 다가왔다. 짧은 점심시간에도 재미 삼아 던져주는 빵 부스러기를 받아먹는 잉어떼가 재미있어서였는지 아이들은 연못가에 앉아 이런저런 잡담을 하거나 멍 때리기를 즐기기도 했다. 그 안에는 만화를 그리는 성원이와 아까부터 책만 보는 재승이도 끼어 있었다.

"야, 누가 보면 사귄다고 하겠다."

만화 그리는 손을 멈추지도, 눈을 들지도 않고 성원이가 사샤에게 말을 건넸다.

"누가 누구랑 사귄다고? 큭! 하하하하!"

책을 덮으며 재승이가 큰 소리로 웃었다.

"이놈이 실성을 했나? 야, 정재승! 우쥬 플리즈 비켜줄래?"

"휴……. 그게 언제 때 용어냐? 참 대단하다. 그리고, 비키기 싫거든."

"재승아, 가 있어라. 얘가 어제부터 나랑 아주 할 말이 많은 모양이다."

재승이가 끝내 웃음을 감추지 않고 바로 옆 벤치로 옮겨 앉았다.

"그게 비켜준 거냐?"

"독서 중이시다. 말 시키지 말라고."

재승이 짐짓 책 쪽으로 눈길을 돌린 사이, 사샤가 성원의 곁에 자리했다.

"됐고, 이성원. 너 어제 그린 만화, 거 뭐냐? 매일 그런 거 그렸던 거야?"

"아, 그러니까 그게 궁금했던 거로군. 왜 그렇게 내가 뭘 그리는지, 또 거기에 어떤 심오한 뜻이 있는지가."

"그렇게 비꼬지 말고 이놈아. 넌 왜 그렇게 뭔가를 열심히 하는지가 궁금해서 그런다."

"이유 없다. 그냥 그리고 싶었고, 난 그릴 때 행복하고. 그게 전부."

"그럼 앞으로도 계속 그렇게 만화 그리면서 살고 싶어?"

"오, 예리한 질문인데. 너, 꼭 우리 엄마 같다? 결국 대학 진학 어떻게 하겠느냔 얘기지? 사람들은 남의 진학이 그렇게 궁금한가보지? 뭐, 그게 그렇게 걸쩍지근하면 얘기해줄게. 결론부터 얘기하자면 맞아. 그럴 거야. 난 말이다, 한 시간을 핏대 올려가면서 얘기하는 것보다 한 장의 그림만으로 얘기하는 게 더 좋아."

성원이가 만화 그리기를 갑자기 멈추며 말했다.

"이번 달 말에 작품 전시회에 와라."

"전시회? 뭔 전시회? 우리 학교에도 그런 거 있었냐?"

"우리 학교에 만화 동아리 있는 거 몰랐냐? 작년에 거의 없어졌다시피 했는데 올해는 몇 놈이 더 들어왔다더라."

"언제 하냐?"

"일요일. 우리 학교 미술 쌤은 그래도 우리 애들 좀 봐주시는 편이야. 동아리 하면서 외부 대회 좀 나가주고, 상도 좀 타오고. 뭐 다 그런 거 아니겠냐. 그래야 동아리에 압력이 덜 들어오고, 누이 좋고 매부 좋고."

"미대 진학반은 미술부로 따로 있잖아?"

"이래저래 나랑은 안 맞더라. 난 만화 쪽이거든. 만화 미술부…… 상상이 가냐? 잘 없어. 나야 뭐, 애들끼리 맘 편하고 재미있게 하는 게 좋아."

"넌 언제부터 그런 꿈이 생겼냐? 난 꿈이 없는데 꿈 없는 그 것도 요새는 병인가보더라. 후! 그래도 정재승 같은 놈 보면 내가 힘이 난다만서도."

바로 옆에서 재승이가 큭 하고 웃는 소리가 들렸다.

"너 재승이 우습게 보지 마라. 저 녀석 나랑 같이 나중에 책 내자고 덤벼드는 놈이야. 지가 글 쓰고 내가 만화 그리고. 미래의 만화 작가님이라고 지금 날 이렇게 신주 떠받들 듯 하는 거라고. 저놈 책 벌써 세 권째 썼어. 물론 나 말고 아무도 읽은 적은 없지만. 우리는 서로 그렇게 거래가 됐거든."

"어우! 진짜? 정재승 같은 놈도 그러고 있었단 말이냐? 나만 따라지였네……. 야! 나도 좀 끼워주면 안 될까? 나도 뭐 시키면 잘하는데."

"너, 됐거든. 뭐, 나 같은 놈? 왜? 난 찐따냐? 찐따 앞에서 좀 꺼져줄래?"

예상치 못한 순간에 재승이가 흘겨보면서 화를 내자 사샤는 기가 죽었다. 사샤에게 인상을 쓰던 재승이가 갑자기 성원이를 보며 작은 소리로 물었다.

"근데 성원이 너, 진로 시간에 왜 그렇게 어두웠던 거야? 주먹까지 쥐고……."

성원이가 한숨을 쉬었다.

"그렇게 표시 났냐? 당황해서 혼났다……. 그냥, 그렇더라고. 입으로는 효과적인 삶을 살고 싶다고 하면서 이러지도 못하고 저러지도 못한 채 효율성조차 없는 삶을 살고 있는 이 고딩이 불쌍해서 좀 어두웠다. 짜식, 걱정했냐? 그리고 사샤! 괜히 꿈 없다고 고민하지 마라. 꿈은 만들려고 해서 생기는 게 아니더라."

"사람들은 꿈을 만들라고 하잖아? 성공한 사람들 보니까 다 그렇던데……."

"그러니 가짜 꿈이지. 감동이 없잖아. 성공? 우리 형 수도대 1등으로 들어갔어. 뭐, 우리 형제들이 좀 그래. 보시다시피 스마트하지. 우리 형이 학원에서 돈 받고 학부모들 상대로 성공 강의를 얼마나 나간 줄 아냐? 수능 치고 한 달 새 번 돈이 울 아버지 몇 달치 월급이었어. 근데, 내가 우리 형더러 그만 짓 그만 좀 하라고 그랬다."

"왜? 미쳤어? 돈 되는 일에 네가 왜 설레발을 치냐?"

"난들 처음부터 그랬겠냐? 우리 자랑스러운 형님께서 강의를 어떻게 하나 싶어서 나도 한 번 따라갔거든. 미래의 알바 체험이라 생각하고 말이지. 근데…… 도저히 쪽팔려서 못 들어 주겠더라. 젠장. 아직도 그때 생각만 하면 손발이 오그라든다."

"왜? 빨랑 얘기해! 너 원래 이렇게 사설이 기냐?"

"우리 형이 말이지, '여러분! 인생에서 성공하려면 말이에요,

이래야 해요. 아시겠어요?' 어쩌고저쩌고 하는데……. 이제 갓 스무 살 처먹은 인간이 부모들 앉혀두고 인생에서 성공하려면 이러저러하게 하라더라. 공부 비법도 아닌 비법을 슬쩍슬쩍 끼워 넣으면서. 그걸 또 학부모들은 열나게 적고 있고 말이지. 내가 젠장, 쪽팔려서! 우리 형이 그러더라. 자기도 불안하다고. 근데 더 불안한 사람들은 자기가 성공한 줄 안다고……."

성원이가 슬쩍 웃으며 사샤를 보았다.

"그러니까 말이지. 그냥 네가 뭘 할 때 가장 행복할지만 생각해봐라. 그게 내가 찾은 방법이야."

5교시 시작을 알리는 종 소리에 사샤는 엉덩이를 털면서 일어났다.

"오늘은 이까지 하자!"

연못 안 잉어들도 먹이 줄 사람이 없다는 걸 알았는지 자취를 감추었다.

토요일 오후. 아빠 서재로 들어온 사샤의 눈은 한 시간째 같은 페이지에 머물러 있었다. 언제부터인지 모르지만 사샤는 아빠 서재에 들어갈 때마다 편안함을 느꼈다. 퀴퀴한 책 냄새, 아무렇게나 쌓여 있는 책더미들, 희뿌연 빛 속에 반사되는 먼지의 향연들, 가끔씩 아빠가 밑줄을 쳐둔 아름다운 문장들. 이 모든 것들은 사샤에게 가슴 시림과 기쁨이라는 모호한 감정의 조합을 느끼게 했다. 어쩌다 운 좋은 날 아빠가 써놓은 메모들을 발견하게 되면 읽고 또 읽어 통째로 문장을 외웠다. 이제는 잘 볼 수 없게 된, 오래된 책 뒷장에 꽂혀 있던 도서대여 카드에서 발견한 타인의 이름들. 그것을 보았을 때의 위안과 기쁨처럼 사샤는 아빠의 흔적이 새겨져 있는 문장의 밑줄 속에서 애정을 느꼈다. 만족스러웠다. 사실 이 경험들은 사샤의 삶에서 두고두고 재생하게 될 순간들이었다.

그러나 이런 사샤를 바라보는 권 여사는 걱정이 태산 같았다. 모의고사에서 사샤의 성적은 간신히 60퍼센트대에 들었고, 학원 대기자 명단에도 사샤의 이름은 여전히 쓰여 있었다. 그런데도 사샤는 걱정하는 낌새마저 보이지 않았다. 그것에 권 여사의 걱정은 커져만 갔다.

사실, 그녀는 남편의 감수성이 부담스러웠다. 남편은 자신보다 더 민감한 정서를 가진 남자였고 이것은 여자에게 결코 기분 좋은 요소가 될 수 없었다. 부부가 서로에게 의지할 수 있는 곳이고 오랜 시간 동안 동지였음에도 같은 그림 속으로 들어갈 수 없는 무엇을 남편은 갖고 있었던 것이다.

뼛속까지 비를 느끼는 남자와 비 때문에 빨래 걱정을 해야만 하는 여자는 한 우산을 쓰고 있어도 옆에 있는 타인을 철저히 의식해야 한다. 그리고 그런 타인은 적어도 남편 하나라야 했다. 그런데 사샤가, 하나밖에 없는 딸이 타인이 되려 했다.

청소할 일이 아니면 쳐다보기도 싫은 골방 같은 서재로 사샤가 들어갈 때마다 그녀의 걱정은 더 커져만 갔다. 그곳에는 남

편과 남편의 한숨, 그리고 딸의 눈물이 있었다. 그것은 표현할 수 없는 두려움으로 그녀 마음에 자리 잡았다.

법관이 되기를 그처럼 바랐건만. 한 집안에 의사와 법관만큼은 반드시 있어야 한다는 게 그녀의 지론이었다. 불행히도 자식이 하나밖에 없는지라 둘 중 하나를 선택해야만 했던 그녀는 그래도 굳이 고르라면 의사보다는 법관이 더 나을 것 같았다. 의사는 너무 육체적으로 애가 많이 쓰여서……. 그녀는 여러 가지 변수를 고려한 이후 사샤의 직업으로 법관을 선택했다. 물론 미래의 이 선택에 사샤는 감히 끼어들지 못했다.

빨랫감에 거세게 빨랫비누를 묻히며 그녀는 혀를 끌끌 찼다. 많이 느끼는 만큼 상처도 클 텐데 이 험한 세상을 어떻게 살아가려고 그러는지……. 걱정을 털어내려는 듯 우악스럽게 움켜쥔 옷감을 치대고 밟아대는 그녀의 속을 아는지 모르는지 사샤는 아까부터 서재에서 나올 생각을 않는다.

사샤는 십 대의 검고 푸른 강을 건너고 있었다. 사람들이 만든 다리는 위태로웠고 강 저 너머는 보이지도 않았다. 강의 얼굴은 끝도 알 수 없을 만큼 깊었다. 다리 위에 서 있다는 것을 자각한 사샤는 두려웠다. 그러나 안개 속 희뿌연 새벽 박명(薄明)의 아름다움은 다리를 건너본 자들만이 뒤늦게 깨닫는다는 것을 사샤는 알지 못했다.

과거의 내가 낯설다. 과거는 그저 낯설고 현재는 그저 부끄럽다.

나는 정말 오롯이 나 자신일까.

성공한 사람들의 꿈 이야기. 남들이 어떻게 살고 있는지, 그들이 어떤 생각을 하는지 모른다는 것은 너무 두려운 일이다.

더 두려운 건 그들이다. 무섭도록 치열하게 자신의 꿈을 향해 간다고 하는 그들. 진심으로 즐기는 그들, 자기에 대한 사랑을 가감 없이 드러내는 그들. 그 테두리에 결코 낄 수 없음을 아는 나.

그래서 두렵다.

지금은 이 골방마저 사라질까 너무 두렵다.

—사샤

학교
열전

"주제 탐구학습으로 해야 합니다."

"김영보 선생님! 지금 때가 어느 땐 줄 압니까? 주제 탐구학습은 무슨 놈의 주제 탐구학습입니까? 애들 공부하느라 정신이 없어요. 설마 그건 인정하겠죠, 그죠? 하루 정도 스트레스 풀도록 해주면 될 일……. 아싸랜드 하루 가서 애들 쭉 풀어놓읍시다. 이거 교육이 어떻게 돌아가려는지."

"이번 전일제는 진로 체험의 날로 해야 해요. 처음부터 그렇게 계획되어 있던 거고요. 학급별로 담임선생님들께서 계획서를 내시고 체험 장소도 다 다르게 소규모로 이동하는 걸로, 그렇게 벌써 계획이 잡혀 있지 않았어요?"

"이것 보시오, 김 부장! 교무부장은 나야. 이거 술 한잔 하면서 할 얘긴데 말이지, 내 지금 말합니다. 내가 처음부터 상세하게 계획을 다 봤던 것도 아니고, 그냥 하루 애들 풀어놓으면 우리도 편하고 쉽게 갈 일을 말이야. 인생 그렇게 어렵게 살지 맙시다. 일도 쉽게 하는 사람이 있고 어렵게 하는 사람이 있어. 일 어렵게 하면 다른 사람까지 어려워져요. 그죠?"

이제는 사뭇 달래는 투다. 아까부터 김 부장과 박 부장은 뜨거운 한 판을 벌이는 중이다. 눈은 웃지 않지만 입가에는 늘 미소를 띠고 있는 박 부장이 오늘만큼은 숨겨둔 발톱을 내민다. 단단히 화가 난 모양이다. 삐죽거리는 입 모양새며 가끔 표 나지 않게 흔들리는 다크 서클이 그의 분노를 짐작케 한다. 모양새가 평소와 다른 사람은 비단 박 부장뿐만이 아니다. 침착하고 과중하기로 유명한 김 부장이 오늘은 뚝심 있게 밀어붙인다. 여간해서는 다른 교사들과 부딪히지 않는 그가 단단히 마음먹은 눈치였다.

"학생 활동 중요한 것은 아시지 않아요? 진로 중심으로 계획을 짜서 학급 단위로 탐구학습이 되도록 하려는 취지를 몇 번이나 말씀드리지 않았나요?"

"허, 그 사람. 내 말 참 못 알아듣네. 아싸랜드 가서 애들 반별로 쭉 풀어놓아도 학급 단위로 거 뭐냐, 주제 중심 탐구학습 되는 거 아니요. 다른 분들은 다 알아들었죠, 그죠?"

"말귀가 어두우신 분은 교무부장님이십니다. 그토록 취지를 설명했건만."

"취지? 애들 공부시키자는 게 내 취지요, 김 부장, 당신 무슨 독립 운동하시오? 뭐, 자기소개서? 성장? 수도대 간 애들 붙잡고 물어보쇼. 당신이 지금 하는 게 일반계 고등학교에서 쓸모가 있는 일인지. 그래, 쓸모는 있겠지. 솔직히 말해봅시다. 김 부장한테 쓸모 있는 거 아니요? 올해 당신 부서에서 체험활동 중점학교인가 뭔가 한다고 하니 그러는 거 아니요? 뭐, 행복교육? 지나가는 소가 웃겠어요. 애들이 행복해한다? 성적 좋으면 행복해져. 허, 김 부장! 당신 승진 점수가 그리 필요해요? 그렇게 말이지, 소수를 위해서 다수를 희생시키면서 당신, 그러는 거 아니지. 애들 공부시키는 게 우리 본연의 임무라고. 이런 식으로 다 계획대로 하면 선생들은 또 얼마나 힘들고? 그리고 말이 나왔으니 말이지 교육청에서 시키는 대로 다 하는 사람이 어디 있어요? 융통성 있게 처신해야지."

"지금 하신 말씀에 대해."

김 부장의 눈에 순간 살기가 번득였다. 그리고 한 음절 한 음절을 끊어 말했다.

"책임지실 수 있겠습니까?"

이 순간, 지금까지 모른 척하고 멀찍이 앉아 있던 교감이 일어나며 나섰다.

"어, 왜들 이러시나? 점심 맛있게 먹고 말이지. 거, 박 부장. 나랑 나중에 얘기 좀 합시다. 김 부장, 허허허. 좀 나갑시다. 어?"

슬그머니 다가와서 김 부장의 손을 잡고 나가는데 손의 힘이 대단하다. 오늘 한번 박 부장과 붙어볼까 생각하던 김 부장이 교감 선생의 손에 들어간 힘에 멈칫했다.

'부끄럽게 싸웠다. 꼴사납게 싸웠어.'

자신에게까지 화가 더해지는 것을 느끼며 김 부장은 교무실 밖을 나선다.

"김 부장. 김 부장이 참으세요."

멀찍이 운동장을 바라보며 교감이 먼저 입을 연다.

"어쩌겠나. 김 부장이 참아야지."

"네, 그래야죠. 그런데 지금 저에 대한 인신공격, 못 들으셨어요? 자기 기준으로 고등학교 공부 기준 정하는 것도 모자라 이젠 인신공격까지 하고 있어요!"

"그래, 김 부장 말뜻 잘 알고 있어요. 그래도 시간이 흐르면 사람이란 거는 다 파악하게 되는 거고, 내가 나서면 모양새가 영 빠지고……. 김 부장 내 맘 알고 있잖아. 요즘 체험활동 시끄러운 거 알죠? 일단 이번에는 교무부장이 말하는 대로 하십시다. 그냥 아싸랜드 가서 애들 좀 쉬게 하자고."

"매번 우르르 아싸랜드만 가자니까 저도 이러는 겁니다. 결국 동아리는 강제 배정했고, 동아리 담당 교사도 담임이 맡아서 지금 자습만 돌리고 있습니다. 애들 언제 숨이라도 좀 쉬게 해줬나요? 아예 아싸랜드로 소풍을 가자고 하면 듣겠습니다. 모든 걸 편의대로 하면서 공부 타령으로 합리화하는 것도 한두 번이죠."

김 부장은 잠시 숨을 고르더니 계속한다.

"죄송합니다. 교감 선생님. '일단 이번에는'이란 말씀, 지금껏 여러 번 하셨습니다. 그런데 저도 '일단 이번에는' 못 지나가겠어요. 죄송합니다."

돌아서는 김 부장을 바라보며 교감이 한숨지었다.

'사람이 순진한 건지, 바보 같은 건지. 강직은 한데 너무 곧구나. 어쨌든 중점학교 일은 잘돼야 하는데, 아무리 그래도 사람이 학교 현실을 저렇게 몰라서야……. 쯧쯧쯧.'

교무실에 들어온 김 부장이 자기 자리에 앉았다. 박 부장은 고개를 들지 않고 컴퓨터 화면만 바라보았다. 모두들 아무 일도 없었던 척하지만 분위기는 영 어색했다.

"윤 선생님. 아까 배 선생님 반의 체험학습 계획서, 결재 올렸습니까?"

"아, 네. 제가 아까 기안했습니다. 지금 제가 가서 설명 드릴게요."

윤 선생이 어색한 분위기를 만회하려는 듯 잰걸음으로 김 부장에게 다가간다. 그리고 그의 컴퓨터에서 문서 불러오기를 하며 조용히 속삭인다.

"커피 한잔 드실래요?"

"아닙니다. 고마워요. 아, 여기 뜨네요."

학생 중심의 진로 체험 교실 계획

1. 일시 : 5. 27. (금)
2. 목적 :
   가. 학급별 외부 체험활동: 학급별 외부 체험활동을 통해 내실 있는 체험활동이 이루어지고 학습능력을 증진시키는 계기가 될 것이다.
   나. 진로탐색 계기 제공: 학생들에게 진로탐색 계기를 제공하여 진로를 체험할 수 있는 기회를 마련하고 내실 있는 진로 교육을 제공할 수 있을 것이다.
   다. 통합 진로체험 교육: 진로체험과 더불어 봉사활동, 지역사회 탐방 및 자율활동을 통해 통합교육을 지향하여 창의성과 인성을 기르는 교육을 할 수 있을 것이다.
3. 프로그램 내용

......

"고생 많이 했습니다. 어, 배 선생님. 중구에도 프로그램이 꽤 되네요?"

"네, 이번 학생활동 지원단에서 인력풀을 마련해줬는데, 그쪽으로 연락해서 제가 몇 가지 변용해봤어요. 다행히 다산고 역사 선생님은 학교 측이 배려해줘서 오실 수 있다 합니다. 내일 공문 발송하겠습니다."

"그래요, 수고 많았어요. 오늘 우리 부서 회식 한번 할까요? 속에 열도 차는데 냉면이나 한 그릇 합시다."

누가 먼저랄 것도 없이 서로 "네, 좋죠." 하는데 박 부장이 휙 하고 교무실을 나갔다.

나도 처음부터 열심히 공부했던 건 아니었다. 어릴 때 우리 집은 퍽 잘 살았었다. 내 기억 속의 어머니는 늘 정원을 가꾸고 계셨다. 그러던 어느 날 우리 집 가구며 가전제품에 빨간 딱지가 붙었다. 그 길로 우리 집은 길바닥에 나앉게 되었고 그때부터 나는 닥치는 대로 일을 해야 했다……. 그래도 이를 악물고 의자 귀신이 되어 계속 자리를 지키며 공부를 계속했다. 수도대! 목표를 정한 나는 옆도 뒤도 돌아보지 않고 공부했다. 마침내 수도대 합격 통지서를 받은 나는 인생의 승자가 되어 있었다.

"미안하다, 내가 헛소리한 게 돼버렸다."

"?"

쉬는 시간에 느닷없이 성원이 다가오더니 한마디 하고 간다. 『난 이렇게 수도대 갔다』를 한참 읽고 있던 사샤는 영문을 몰라 성원이를 빤히 바라보았다.

"뭔 소리냐, 너?"

"전시회, 너 초청했던 거 물 건너갔다고."

"뭐, 누가 누굴 초청해? 응? 너네 사귀냐, 진짜?"

실장 민주가 갑자기 치고 들어오자 재승이 푸 하고 웃는다.

"어, 근데 정재승. 너 가만히 생각하니까 기분 나쁘다. 성원이 이 자식이랑 나랑 사귀면 안 되는 이유라도 있냐? 너 이놈이랑 나랑 엮일 때마다 피식 웃고 그러더라. 그게 무슨 의미냐?"

사샤가 재승이의 옆구리를 움켜잡았다.

"나는 엮인 적 없는데."

오히려 성원이가 사샤에게 반격을 하고 들어왔다.

"아, 그러니까 사샤 너는 이성원이랑 한창 진행 중인 거고 애는 네 대시를 열심히 반사하는 중이고?"

뒤늦게 깨달았다는 표정을 지으며 민주가 말하자 아이들이 몰려들었다.

"뭐, 뭐? 이성원한테 사샤가 대시했다고? 근데 이성원이 찼다고?"

"야, 너네 언제부터냐? 반지는 했냐?"

"뭐, 삼각관계라고? 근데 누가 인터셉트했다고?"

"야! 속 시끄러! 저리 가서 짖어라. 이 학교는 왜 이렇게 시끄럽냐?"

정미가 문제집을 집어던지며 짜증을 내도 아이들은 물러나지 않았다. 그런 정미에게 민주가 기어코 한마디를 던졌다.

"아……. 정미 미친개 네가 인터셉트했구나?"

정미가 이번에는 정말 참지 못하고 때릴 기세로 일어나자 아이들이 떼를 지어 뛰쳐나갔지만 이미 미친개로 변한 정미는 입에 거품을 물고 아이들을 뒤쫓아갔다.

그 모습을 멀찍이서 바라보던 사샤가 뒤늦게 정신을 차린다.

"쟤들 죽었다. 민주 쟤도 참. 정미가 미친개 소리 제일 싫어하는 거 알면서. 똘개로 바뀐 지가 언젠데. 친구에게 관심이 저렇게 없냐? 별명 바뀐 지가 언젠데 아직 3G람? 참, 아까 우리 무슨 얘기 중이었더라?"

"음……. 아마 우리 만화부 전시회 취소된 얘기 중이었던 것 같다."

"아……. 근데 왜 취소됐냐? 미술 쌤이 작품도 봐주고 그런다면서?"

"공부 안 한다고 학부모 한 명이 민원을 넣었나 봐. 만화 동아리 해체한다네? 웃기지. 그런다고 해체가 되나? 어차피 자율적으로 만들었던 건데. 그리고 동아리 한다고 공부 못한다는 건 도대체 어느 나라 발상인 건지……."

"동아리 하고 공부 못하잖아. 나를 봐라."

"음……."

"뭐가 음이야? 음? 긍정한다는 거냐?"

그때였다.

"쿼! 거 더럽게 시끄럽네! 쿼!"

'앗! 큰일이다! 은경이, 쟤 일진이랑 어울려 논다는데. 저 가래 끓는 소리는 뭐냐?'

교실 한 귀퉁이에서 잠을 자던 은경이가 고개를 들더니 사샤를 쳐다보았다. 그때였다. 피곤에 쩐 모습을 한 배탱이가 들어왔다.

'휴, 살았다. 은경이 같은 애한텐 눈에 안 띄는 게 상책이지!'

"자, 종례 시작한다. 오늘은 중요한 가정통신문이 있으니 나랑 같이 한 번 읽어보고 부모님께 잘 전달해드려라."

● 학생 중심 활동 운영을 위한 안내 ●

학부모님의 가정에 평화가 가득하시기를 기원합니다. 다름이 아니라 학생 중심 활동 활성화를 위해 안내드리고자 합니다. (중략) 본 대동고등학교에서도 진로 중심의 학생활동이 활성화될 수 있도록 할 것입니다.

"학교에서 너희들 진로랑 연계해서 니들 중심으로 살아 있는 활동으로 교육 한번 해보려는 거니까 가정통신문, 비행기 만들어 날리지 말고 집에 꼭 전달되도록 해라, 응?"

"만화 동아리는 해체하면서 애들이 살아 있는 활동을 한다고?"

성원이가 피식 웃었다. 아이들도 따라 시끄러워졌다.

"안 그래도 네 시간 내리 자습만 하는데 자습 더 시키려고?"

"그래도 격주로 수학 심화도 하잖아. 수학 동아리."

"흥! 뭔놈의 동아리가 어떤 거는 수학이고 어떤 거는 국어인데도 동아리별로 움직이는 게 하나도 없나?"

"다 늙어서 꼭 나가야 하냐?"

"쳇! 학생 중심활동이 학생 잡는구먼."

아이들의 반응을 접하는 배 선생의 마음은 착잡했다. 체험활동 담당 부서를 맡고 있기에 교육활동의 원래 취지를 모르는 바는 아니었다. 그리고 본 취지대로 하고 싶은 이상도 있었다. 그럼에도 학교에 전혀 반영이 안 되고 있다는 데서 그의 고민이 시작되었다.

비행기를 타고 날아오는 해외의 교육정책은 한국에서 KTX가 되었고 고등학교 앞에 오면 무궁화호로 변신했다. 그리고 고등학교 1, 2학년을 거치면서 비둘기호가 되다가 3학년 교실 앞에서는 급기야 '멈춤' 모드로 바뀌었다.

비행기가 날고 기차가 달리면서 교사들도 바빠졌다. 전국 단위 워크숍이 후다닥 지나고 나면 학교별로 교사 대상 연수가 이루어졌고, 행사처럼 연수가 끝나면 특히 초등·중학교를 중심 무대로 다양한 이름을 가진 프로그램들이 주연과 조연으로 활동했다. 현실이 이렇다 보니 교사들과 아이들도 교육현실에 점점 무감각해져갔다. 어차피 변화하는 것은 없을 거라는 체념주의가 학교 속에 무거운 기운으로 감돌았다.

또 다른 문제도 있었다. '살아 있는 교육', '아이들을 위하는 교육'을 외치던 교사들도 막상 교육정책이 현장에 투입될 때면 일단 반대부터 하고 보았다. 교육정책의 취지와 목적에 대한 고민보다는 정책이라는 이름 자체에 거부감을 가지고 있는 경우가 다수였기 때문이다. 학생 중심의 활동을 하자며 아이들을 이끌고 체험활동을 하던 교사들도 막상 교육과정 안에서 학생 활동을 하자고 하면 거부 반응을 보였다. 자기가 하면 소신 있는 교육이지만 그것이 정책화되면 이야기가 달라졌다. 그것은 더 들을 것도, 볼 것도 없는 쓰레기일 뿐이었다. 교사들의 거부와 불신, 교육당국의 성급한 판단 속에서 한국 교실은 기형적인 모습으로 변해갔다.

카펫을 타고 미래로 가서 미래가 어떤 모습일지 상상해보자던 미국 교실의 장면은 우리나라 교실에 수입된 뒤 한국식 '열린 교육'의 변형 과정을 거쳤다. 교실 안에 진짜 카펫이 떡하니 등장했고 아이들은 그 안에서 오골오골 떠들며 놀더라는 자조적인 농담이 들려왔다.

한편, 열성적으로 교육정책을 프로젝트화하는 큰 흐름 속에서 학교 안에도 다양한 목소리를 가진 사람들이 존재했다. 목적과 취지에 공감하는 사람, 목적과 취지에 공감하는 것은 아니지만 자기에게는 중요한 사람, 목적과 취지 따위는 중요하지 않은 사람, 목적과 취지가 중요해도 따르지 않는 사람.

프로젝트의 본질은 사라지고 어떻게 수업 시간표를 짜낼지, 교육과정을 어떻게 편성하고 조직할지에 대한 고민이 시작되면 여기저기서 탄식이 흘러나왔다.

"아, 올해부터 뭘 한대!"

"무슨 무슨 프로그램이 시작된대!"

"내년부터 전면 시행되는 무슨 무슨 수업으로……."

정책이 현장에서 잡무가 되는 사이 학교는 변화를 외치며 되레 변화하지 않는 상황에 놓이게 되었다.

"거봐. 내가 이것도 지나간다고 그랬지?"

"그렇지, 뭐. 삼 년 가면 오래가는 거라고 했잖아!"

"그러게 뭘 그렇게 열심히 해? 승진할 거 아니면 그렇게 할 필요 없어. 어차피 또 바뀔 텐데, 뭘……."

게다가 김 부장의 난항은 배 선생을 더욱 무기력하게 했다. 요즘 들어 막걸리가 좋아졌다는 김 부장의 헛웃음이 그는 가슴 아팠다. 배 선생은 김 부장과의 대화를 떠올렸다.

"사실은 말이지요, 요즘은 나 고향 내려가서 막걸리집이나 할까 생각 중이에요, 허허허."

"술도가요? 에잇, 김 부장님도. 그거 아무나 하는 건 아니지 말입니다. 요즘은 곡주도 그냥 만드는 거 아니지 말이에요. 한 100년 정도 장인의 손맛을 이어받은 묵은 집이라야 한다는데 말입니다. 하하."

"학교 돌아가는 판 보면 곡주 만드는 게 더 큰일이 아닐까 해요. 그래서 국 선생이라 하지 않아요? 적어도 먹는 사람 위로는 해주니까. 허허허."

"그러게 말입니다. 박 부장 사고방식도 참 문제지만 결국 그 사고방식이 모두에 의해 암묵적으로 동의되고 있다는 것, 그게 웃기는 일이지 말입니다."

김 부장은 배 선생의 말을 곱씹었다. 암묵적 동의.

"내가 가장 화나는 게 뭔지 압니까, 윤 선생?"

김 부장이 갑자기 말머리를 윤 선생에게 돌린다. 조용히 파전을 먹던 그녀가 갑자기 젓가락을 허공에 찔러가며 흥분했다.

"거야 뭐 박 부장의 인신공격 아니겠어요? 던져놓고 보는 것. 아님 말고. 승진을 위해서라는 둥 점수를 따기 위해서라는 둥. 결국 아니라고 할지라도 이미지 메이킹은 끝난 상태잖아요. 똑똑한 사람이에요."

"윤 선생, 아니에요. 그것 때문에 화난 건 아니고. 그래, 그 사람 인신공격에 순간 분노를 느꼈던 것도 사실이에요. 그렇지만 그건 내가 이해할 수 있어요. 그런데 절대로 용서 안 되는 게 있더라고요."

"부장님도 용서 안 되는 게 있나요?"

쪽 소리를 내며 막걸리를 마시던 윤 선생이 배시시 웃었다.

"당연히 있지요. 지금 몇 달을 싸우고 있잖아요? 참 긴 시간이었어요. 근데 애들 교육을 이야기했던 그 오랜 시간 동안 막상 애들 얘기는 없었어요. 학교는 있는데 애들은 없다, 그것만큼은 참 못 봐주겠더라고요."

"흠……."

"교육청에서 학생활동 지원단 꾸린 거 알고 있지요? 거기 첫 모임에 갔을 때 '이 사람들은 무슨 입 발린 소리를 하나' 싶어 꼬고 앉아 있었어요. 근데 귀에 들어오는 말이 있더라고요. 교육의 본질에 대해 먼저 고민하자고. 제도 안에서 교육의 본질을 생각하면서 애들을 활동하게 하자더군요. 그 말을 듣는데 마음이 움직이더라고요. 그래서 내가 시작해보자고 그랬어요.

그런데 막상 제도 안에서 교육의 본질을 논하니 역적이 되더라고요. 지금 내가 딱 그 짝이에요. 그 김에 우리 배 선생, 윤 선생 고생문이 훤하게 생겼어요. 미안합니다."

"아니, 부장님! 무슨 그런 서운한 말씀을 하세요? 저도 어차피 하는 일, 원칙대로 한번 해보고 싶어요. 마음으로 지지하는 분들도 많이 계시니 힘 좀 내세요. 아, 오늘은 막걸리가 왜 이렇게 입에 착착 붙나?"

밖에서 추적추적 내리는 비를 바라보는 배 선생의 마음은 착잡했다. 첫 단추부터가 잘못 끼워졌던 것이다. 지역사회 프로그램을 체험하게 하고 자기 결정권을 갖고 진로를 탐색하게 하는 학생활동의 시작은 교육 콘텐츠의 구성에 있었다.

이것은 학생의 진로와 선택권을 함께 고려해야 한다는 점에서 어려운 길이었다. 게다가 외부 활동을 나가려면 필연적으로 학교 전체의 시스템을 재구성해야만 했는데, 당연히 이것은 저항에 부딪혔다. 아니, 시작조차 하지 못했다. 교내 동아리마저 교과를 대체하는 수단이 되면서 수능 상위권 아이들의 반발은 무마되었고 기타에 속하는 아이들은 침묵했다. 소위 엄마표 아이들 몇몇은 침묵하고 컨설팅업체를 들락날락하며 로드맵대로 움직였다. 의미 없는 외부 활동에 아이들은 피로해했다. 모두가 침묵하는 질서 속에서 '그러나 왜?'라는 질문이 들 때마다 배 선생은 괴로웠다. '가장 무거운 소리는 침묵'이라는 경구가 그에게는 사실의 무게로 가슴에 와 닿았다.

그렇지만 배 선생은 한 가지만큼은 잊지 않았다. 난 선생이다. 그래, 배탱이! 난 선생이라고.

"쌤, 정말 우리 생일파티 해도 되요?"
"웬일이냐? 네 시간 내리 영화관일 줄 알았는데."
수군수군. 아이들은 갑자기 흥분하기 시작했다.

시험 뒤 1주일 동안에는 수업이 이루어지기 힘들었다. 자신들은 정신없이 바쁘고 아이들은 공부 의욕을 상실해버리기 때문에, 교사들은 평소에 보지 못했던 영화를 틀어주거나 좀 나은 경우는 다큐멘터리 동영상을 시청하면서 수업을 때우기 일쑤였다. 하루가 다르게 달라지는 교육현장에서 교사들은 컴퓨터에 매달려 있었다. 학기말 성적처리, 생활기록부 기록 등에 정신을 빼앗긴 교사들에게 공교육 정상화는 그저 먼 일이었다. 그러나 그것도 하루 이틀. 아이들이나 교사들이나 힘들기는 매한가지였으나 달리 뾰족한 방법이 있는 것도 아니었다. 이런 기간을 학생 중심 프로그램으로 활용하려는 움직임이 시작되고 있었지만 현실과는 거리감이 있었고 고등학교에서는 시도 자체가 엄청난 비약으로 여겨졌다. 이러한 때에 배 선생은 작은 시도를 해보기로 마음먹었다.

"내일 5, 6교시가 자율 시간이니까 그 시간을 활용하면 될 거란 말이지. 지금까지 우리 반 애들 생일파티 한번 제대로 못해봤지 않느냔 말이지! 그리고 특별한 손님도 오시고 말이지,

그날은 우리 학급 공동체의 날로 한번 해보자는 말이지. 그러니까 모둠도 짜서 말이지, 모둠별로 준비할 것들 마련하란 거지, 응, 알겠지?"

"우와! 쌤 짱이다, 짱!"

아이들은 환호했지만 사실 배 선생에겐 확신이 없었다.

'될까? 시작이 반이란 말이지, 시작이 반.'

자신에게 주문을 걸며 시작이 반이라는 말을 스스로 되뇌어 보았다. 체증처럼 남아 있는 찌꺼기는 고민한다고 해서 해결될 문제가 아니었다. 시도와 모색 속에서 체증을 가라앉힐 수밖에 없다고 그는 결론 내렸다.

학급 창의적 특색 활동을 위한 학부모 초빙 공동체의 날

일시 : 7. 7. (수)
대상 : 1학년 9반
목적 : 비빔밥과 케이크 만들기를 통한 학급 공동체 의식 다지기
강사 : 학부모 강사 '맛있는 베이커리' 사장 엄길자 님

"자, 얘들아. 우리 반 실장 민주 어머니를 모셔왔단 말이지. '맛있는 베이커리'의 사장님으로 오늘 일일 강사분이란 말이지. 모두 인사하도록!"

아까부터 쪽팔려 죽겠다는 표정을 짓던 민주가 쭈뼛거리며 일어났다.

"차렷, 선생님께 인사."

평소와는 너무나 다른 민주의 표정과 목소리에 아이들은 웃음을 터트렸다. 그도 그럴 것이 평소에는 돌격대장, 소위 까불기로 유명한 민주가 몸을 비틀며 똥 씹은 표정을 짓는 모습을 보니 마치 영혼이 육체에서 이탈한 것 같았기 때문이었다.

우려로 시작한 수업은 웃음으로 끝이 났다. 배 선생은 속으로 안도의 한숨을 쉬었다. 교실을 지나가던 교사들의 미소 띤 얼굴과 무표정하지만 묵인이라도 해주는 교감의 반응은 그의 자신감을 높여주었다. 사실 박 부장이 가당찮다는 표정으로 지나갔지만 그것까지는 능력 밖의 일이었다. 무엇보다 아이들의 쾌활한 웃음소리에서 자신의 행복지수도 확 올라가는 것을 그는 느낄 수 있었다.

비빔밥과 케이크 만들기는 행사 치고는 소박한 활동이었다. 그러나 고등학교에 와서 이런 행사를 접하지 못한 아이들은 모둠별로 서로 다른 비빔밥을 만들며 경쟁하고, 모든 과정을 게임처럼 즐겼다. 몸으로 하는 즐거움을 느껴본 아이들의 기쁨은 민주 엄마가 만들어온 케이크 빵에 크림을 바르고 장식을 하면서 극에 달했다. 옆반 아이들의 부러움 섞인 구경도 아이들을 더욱 흥분하게 만드는 요소였다.

"한 학기 동안의 생일잔치를 모두 해야 한단 말이지."

배 선생이 입을 열자마자 아이들의 환호성과 실망 섞인 한숨 소리가 함께 터져 나왔다. 1학기가 생일인 아이들은 환호성을, 2학기가 생일인 아이들은 이런 날이 언제 다시 오냐는 한숨을 쉴 수밖에 없었던 것이다.

"박민서! 생일 축하한다. 정지원! 너도 말이지, 생일 축하해!"

배 선생이 아이들 이름을 부르며 생일 쿠폰을 나누어주자 사람 좋은 민주 엄마가 나섰다.

"오늘 선생님이 주신 생일 쿠폰 갖고 우리 '맛있는 베이커리'에 들르는 학생들에게는 크림빵과 단팥빵을 선물로 줍니다. 공짜예요. 호호!"

지나친 소프라노 톤의 엄마 웃음소리를 들은 민주는 얼굴이 붉어졌지만 아이들의 박수소리에 이내 밝은 표정이 되었다.

"자, 애들아. 오늘 수고해주신 말이지, 강사님께 모두 박수!"

민주 엄마가 교실을 나가자마자 흥분한 아이들은 수다를 떨기 시작했다.

"오늘 정말 좋지 않았냐? 지난 생일 챙겨 먹는 기분도 짭짤한데?"

"한 살 더 먹어봐야 느는 건 뱃살이다. 것도 모르냐?"

"민주야. 그러지 말고 너희 엄마 빵 한 번 더 쏘시면 안 될까?"

"그러지 마라. 난 오늘 울 엄마 오는 것도 몰랐어. 깜빡 속았

네. 아, 쪽팔려."

민주의 얼굴은 썩은 벌레 씹은 표정이었지만 말과 달리 눈은 빛나고 있었다. 아이들은 흥분과 열기 속에서 하교를 준비했다.

"참, 그리고 내가 아까 너희들한테 준 거 말이지, 스토리 북. 그거 다들 작성하고. 그리고 말이지, 오늘 하루 동안 많은 걸 배웠길 바란다, 응?"

담임의 당부 끝에 정미가 옆에만 들리는 소리로 내던졌다.

"근데 뭘 배웠냐? 뭔지 모르겠는데."

아까부터 정미는 표정이 달갑잖았다.

'한 시간 동안이면 영어 단어 몇 개를 외웠겠냐고? 안 그래도 요즘 내 유리 멘털 때문에 못 살겠는데 우리 배탱이께서 왜 갑자기 열정의 화신이 되셨는지. 잘 얻어먹고 기분은 좋았다만. 하여튼 좋은 쌤 아래선 확실히 성적이 떨어지는 법이야. 단언컨대 만고의 진리지. 못되고 독한 쌤 아래서라도 성적이 오르는 게 우릴 위하는 건데. 미워하지도 못하고 좋아하지도 못하니, 진짜 짜증 제대로 난다.'

사샤가 정미의 어깨를 툭툭 치며 박자에 맞춰 노래를 흥얼거렸다.

"용용 죽겠지 따라와 baby. 모든 게 다 완벽하니까!"

"넌 또 뭐냐?"

"구구가가, 구구가가!"

"참 가지가지 한다."

"난리 난리 난리나. 난리 난리 난리나. 누가 날 이 날 이 날 이기나?"

"꼴값도 한 가지만 떨어라. 세트로 떨지 말고."

"기분 좋잖냐? 아, 기분 좋은 게 얼마만이냐? 블락비 오빠들 노래는 이럴 때 불러야 제 맛이라고!"

'난리 나' 노래를 부르며 사샤가 가방을 메고 뛰어나갔다. 절레 고개를 흔드는 정미에게 다시 사샤가 다가오더니 또 한 소절을 부른다.

"용용 죽겠지 따라와 baby. 모든 게 다 완벽하니까!"

유죄요,
무죄요?

'엄마의 발걸음이 저렇게 빨랐었어? 난다, 날아.'

정미는 엄마가 새롭게 보였다. '수도대 보내는 대최동 엄마들은 이렇게 한다.'라는 플래카드 아래로 잽싸게 사라져가는 엄마의 뒷모습을 바라보던 정미는 오늘 강의 내용을 되짚어보았다.

제일 불쌍한 애들이 몸 고생하는 애들입니다. 자, 한번 보세요. 학교에서 특색 있는 활동으로 무엇을 했나? 요즘 이렇게들 묻는단 말입니다. 그때 우리가 내세울 수 있는 게 뭐겠어요? 네, 맞습니다. 아이고! 우리 어머니 센스 짱입니다. 네. 봉사 활동, 동아리 활동이죠? 그렇죠, 리더십으로 실장, 부실장 정도는 하나씩 끼워줘야 하는 거고요. 네, 네. 맞습니다. 그런데요, 우리 이런 거 다

하고 언제 공부합니까? 어머니들, 정말 이거 다 하고 공부할 시간 있다고 생각하세요? 근데 문제는, 대학교에선 이걸 일단 본단 말입니다. 적어도 자소서에 이런 거 하나쯤은 끼워줘야 쓸 게 있죠! 그래서 사람이 내세울 게 필요한 거예요. 그럼 어느 세월에 이거 다 하고 공부하고…… 어휴, 말도 안 되는 거지요. 하지만 스펙은 필요하고.

그래서 저희 업체에서는 바로 이런 애들한테 몸 고생 안 시키면서 스펙 제대로 쌓을 수 있도록 로드맵 작성해주고 포트폴리오까지 컨설팅해드립니다. 이게요, 2프로 차이예요. 근데요, 2프로로 되고 안 되고 그렇거든요?

'몸 고생. 그래, 머리 나쁘면 손발이 고생이긴 하더라. 그런데 몸 고생하는 인간들이 어디 한둘이냐? 근데 난 뭘까? 뭐가 몸 고생이지? 그저 사는 게 고생이다, 쳇!'

제가 정말 안타까운 애들이 고 2, 3 되서야 턱하니 엄마 손 잡고 찾아오는 애들이에요. 근데 초등학교 때부터 저희한테 컨설팅받으면서 로드맵 세우고 포트폴리오 착실히 준비하는 애들이 있거든요. 걔들은 탄탄함이 달라요! 차이가 나겠어요, 안 나겠어요? 공부는 아이한테 맡기시고 고민은 엄마들이 하시고 스펙은 저희한테 맡기시면 돼요. 하하하!

'네, 네. 나 고 1이에요. 하지만 우리 어머니 주문대로 마인드
는 고 3으로 하자고 하니, 난 벌써 고 3이겠네요. 그러니 아저
씨 말씀대로라면 난 '정말 안타까운 애들'에 속하는 거죠.

휴, 근데 정말 큰일은 큰일이네? 포트폴리오에 끼워 넣을 게
하나도 없으니…….'

어느새 정미 엄마가 가쁜 숨을 몰아쉬며 정미 곁으로 다가왔
다.

"얘, 얘! 잘됐다. 원장님께서 다행히 다음 주 일요일 한 시에
시간이 딱 되신단다. 원장님하고의 직접 면담은 정말 어려운
건데 인연이 되려고 그러나보다. 됐다, 내가 한시름 놨다, 놨
어."

정미 엄마가 하늘이 날아갈 듯 안도의 한숨을 쉬었다.

"엄마. 내가 벌써 대학이라도 갔어? 한시름 놓게."

"얘! 넌 몰라서 그런 소릴 하지. 저분이 우리 쪽에서는 마이
더스의 손으로 불리는 사람이야. 한 번 만나는 거 자체가 얼마
나 어려운지 아니? 네 엄마가 날씬하니까 망정이지 사샤 엄마
정도 됐으면 만나지도 못했을 거다."

"마이너스의 손이 아니고? 하하, 그리고 엄만 성격도 참 희
한하셔. 가만히 있는 사샤 엄마는 왜 또 들먹이셔?"

컨벤션 센터를 나서는 정미 모녀는 오랜만에 도란도란 이야
기꽃을 피웠다. 컨설팅업체 쪽의 유명한 원장을 만난다는 기대

감 때문에 마음이 한껏 가벼워진 엄마는 딸에게 좀처럼 보이지 않던 살가운 정을 냈고 엄마의 밝은 기운을 느낀 정미 또한 간만에 긴장이 풀어졌다.

"얘! 우리 맛있는 거 먹고 집에 가자."

정미 모녀는 컨벤션 센터 근처의 햇살 가든으로 발걸음을 옮겼다.

"전복 갈비찜 세트요."

엄마는 종업원에게도 나긋나긋하게 주문을 했다.

"우와, 우리 엄마가 오늘 크게 쏘시는데?"

"근데 너, 아빠한테는 비밀이다."

"뭘? 오늘 컨설팅업체 온 거? 일요일에 컨설팅받기로 한 거? 아빠 빼놓고 우리끼리 맛있는 거 먹는 거? 셋 중에서 뭘?"

"전부 다. 하기야 비밀로 할 것도 없다만 네 아빠가 좋은 말은 안 하잖니? 참, 자기는 뭐 하나 도와주는 것도 없으면서 엄마가 이렇게 나서면 꼭 초 치는 소리만 하니……."

"엄마. 맛있게 좀 먹자, 응? 그건 그렇고 내가 오늘 보니까 나 정말 너무 스펙이 없던데. 참 걱정이야. 비교과 활동도 완전히 무시는 못하는데……."

"그러게 내가 뭐랬어? 너도 이제야 정신이 좀 들지? 아니다, 그런 말 할 것도 없지. 이 엄마가 죄인이다. 내가 미리 준비를 안 했던 게야. 아, 그때 네 아빠 회사만 괜찮았더라면……. 어쨌든 비교과 활동이 아무리 중요하다고 해도 일단은 다 성적이야, 성적. 성적 안 좋은데 동아리니 봉사니 무슨 학생활동이니 아무리 열심히 한들 무슨 소용이 있어? 아까 원장님 말씀 들었지? 넌 성적에나 신경 써. 너 고생 안 시키고 작품 잘 나오게 하려고 우리가 저런 업체한테 도움을 받는 거야, 응?"

"어떤 작품이 나올지⋯⋯. 나 같은 애도 작품으로 만들어질까? 작품 만든다니까 왜 이렇게 웃기지? 엄마, 근데 더 웃기는 건 있지, 사실 나, 내 동아리 이름도 잘 모른다? 우린 담임 선생님이 그냥 동아리 선생님이고 허구헌 날 수학이나 영어, 자습을 돌려가면서 하니까. 그래서 뭐가 뭔지 아직도 잘 몰라! 게다가 가끔 외부 체험 나가는데 귀찮아 죽겠어!"

"그건 너희 학교에서 잘하는 거야. 그깟 동아리 이름 알아 뭐 하며 피 같은 시간에 딴짓거리 하면 뭘 해? 대학 가는 데 직접 관련 있어? 그 시간에 수심, 영심 조금 더 하면서 실력 다지는 거야. 대신, 네 담임 선생님이 너희들 활동내역 쓰실 때 신경 좀 더 써주시면 되는 거고. 그런 건 담임이 관리하는 게 훨씬 더 편해. 가만 보자, 담임 선생님도 한번 찾아뵈어야겠다."

엄마가 고민이 깊어지는지 금세 젓가락을 놓았다.

"음, 글쎄⋯⋯."

엄마의 고민과는 다른 방향으로 정미의 고민도 깊어졌다. 아무래도 찝찝했던 것이다. 컨설팅업체 원장의 말이 현실적이라고 생각되면서도 옳은 일은 아니라는 판단이 들었다. 담임의 새로운 열정을 비웃으면서도 마음결에 묻어 있던 담임에 대한 애정, 타의든 자의든 좋은 일에 동조하고 있다는 기대감. 그런 느낌과는 다른 뭔지 모를 껄끄러움이 간만에 분위기 좋은 모녀지간의 대화 속에도 어른거렸다. 어른보다 맑은 정미에게 현실의 문제는 낯설었다. 그러한 낯섦이 정미의 생각을 계속 붙잡았다.

그 시각 사샤는 학교 지하 복도에 서 있었다.

"뭐 학교에 지하가 다 있는 건지."

"어때서? 운치 있고 좋지."

성원이 복도 벽에 물감을 찍어내자 도라에몽이 웃었다.

"그래서 넌 운치에 운치를 더하려고 이 복도 벽에다가 그림 그리는 거냐?"

"다행이잖아? 우리 동아리 전시회 취소된 대신 이 어두컴컴한 지하 복도를 할당받았어. 미술 선생님께서 이번에는 강경하셨던 모양이야. 우리에게도 미안하셨겠지. 이 복도를 창의적으로 바꿔보자, 뭐, 그런 취지야."

"근데 난 왜 부른 거냐?"

"그래, 왜 부른 거야?"

옆에 있던 재승이가 불쑥 끼어들었다. 사샤가 매서운 눈초리로 재승이를 노려보았다.

"너 그때, 내가 왜 자꾸 뭘 그리는지 궁금하다고 한 것 같은데?"

"그건 그렇지."

"그러니까 그냥, 작업하는 거 보라고. 전시회 대신."

"이성원, 나 한 가지 정말 궁금한 게 있는데."

"음?"

"네 눈에는 내가 정말 할 짓 없는 인간으로 보이지?"

"응."

"이게 죽으려고!"

사샤가 성원의 팔뚝을 내리찍으려는 순간 성원이가 잽싸게 몸을 피했다.

"너, 이게 뭔 줄 아냐?"

성원이가 입가에 기쁨이 가득한 미소를 지으며 물었다.

"뭔데?"

"학습이라는 거다. 인간은 이렇게 학습을 해. 너는 무조건 손부터 올라오잖아. 난 그런 네 패턴을 이해했고, 그 순간이 되면 피하는 거지."

성원이는 자신에 대한 자랑스러움이 한껏 묻어난 미소를 지었다.

"성원아, 쟤가 학습을 알 애로 보이냐?"

재승이 한마디 거들었다.

"아얏! 아우!"

재승의 비명 소리가 울림 좋은 지하 복도를 가득 메웠다.

"정재승. 이성원한테 좀 배워라. 학습 좀 해라, 학습."

염라대왕

네놈은 머리에 피도 안 마른 놈이 뭣하러 제 명을 끊어 왔누?

저승사자 1

아주 불효막심한 놈입니다. 어린 녀석이 자살이라니요? 자살이라니! 저놈 잡아 데쓰 리버를 건너는데 무겁기는 또 왜 그렇게 무겁던지. 요즘 놈들은 살집도 좋아서 저희 저승사자가 못 해먹을 노릇입니다. 살만 피둥피둥 쪄가지 고…….

염라대왕

데쓰 리버라니? 네 이놈! 이젠 저승사자까지 서구물이 들어가지고 감히 염라대왕 앞에서 영어를 쓰느냐?

삼신할매

야, 이놈아. 너희 집에 대가 끊긴다고 너희 어미가 하도 빌고 빌어 내가 시험관 아기 해가지고 네놈 만들어줬더니 뭐가 어째? 살기가 싫어? 이런 쳐 죽일 놈!

조왕할매

여보쇼, 삼신. 입은 비뚤어져도 말은 바로 하랬다고 쟤 어미가 언제 당신한테 빌었어? 부엌에다 정수기 물 떠 놓고 나한테 빌었지. 당신한테 빌었으면 바로 궁둥이 때려가지고 애 낳게 할 일이지, 당신이 협조를 안 해줘서 내가 현대 의학의 힘까지 빌렸던 거 아니요?

삼신할매

뭐? 여보쇼, 삼신? 삼신?! 이쯤 되면 막 가자는 거지? 당신 저번에도 사사건건 내가 하는 말꼬투리 잡고 난리더만 내가 당신보단 선배야, 선배! 요즘에는 하여튼 선배고 뭐고 없다니까. 대체 저승 질서가 어떻게 되려는지.

조왕할매

당신? 에라이, 못 해먹겠다. 니 죽고 내 죽자.

저승사자 2

옥황상제 납십니다. 할매들이 목소리는 왜 이리 크신지.

- 옥황상제, 세 아내를 거느리고 나타난다. 염라대왕의 표정이 어두워진다.

옥황상제

돌아가셔들봤자 이곳이오. 모두 조용히 하시오.

염라대왕

상제님. 뭐 이런 일로 여기까지 납셨는지요? 겨우 어린놈 하나 죽었을 뿐인데. 명부의 일은 제가 관리하면 될 것을…….

옥황상제

거, 나도 알고 있는 일이오. 다만 요즘 그대가 하도 지옥으로 인간들을 떠다밀어 지옥방 증설에 적잖은 예산이 들고 있다는 것은 알 것이오. 이에 비해 천당은 텅텅 비었으니 내가 나서지 않을 수 없는 것이 아니오. 지옥 관리도 어렵고.

저승사자 1

그것은 인간들이 워낙 많은 죄를 저지른 탓이 아닐까 하옵니다. 지금 전국이 씬 시티가 되고 있어요.

옥황상제

입 다물라. 씬 시티라니.

아내들

나대는 꼴이 곧 짤리겠군. 호홋!

　

젊은 연극제였다. 이 순간은 사실 김영보 부장과 배 선생이 거둔 승리의 결과물이었다. 어떤 사연이 있는지도 모르고 아이들은 입을 헤 벌린 채 연극 〈도신들의 심판〉을 보고 있었다.

"김 부장, 기어이 무리수를 두겠다는 말이에요?"
"무리수가 아니고요, 교감 선생님! 학급 담임이 동아리 담임을 맡은 것까지는 인정한다고 해요. 이것도 백번 양보를 한 것이고 내년 학교 계획에서는 반드시 바꿔야 할 부분입니다. 우리 학교 동아리의 태반이 교과 동아리예요. 수학 동아리, 영어 동아리, 이름 참 좋죠! 근데 그 시간에 보충수업 교재로 문제 풀이까지 하는 마당이에요. 그걸 꼭 제 입으로 얘기해야 하나요? 애들도 우왕좌왕, 선생도 우왕좌왕. 이건 문제가 있잖아요?"

"그럼 뭘 어쩌자는 거야?"

생전 막말을 하지 않는 교감 선생도 김 부장의 고집에는 화가 난 듯했다.

"애들 진로 중심으로 동아리 편성을 끝까지 해내지 못한 것은 제 책임입니다. 처음부터 물러지 말았어야 할 수를 물려버렸으니 할 말이 없어요. 그래도, 동아리 내용만이라도 최대한 애들 중심으로 한번 꾸려보고 싶습니다. 진로탐색조차도 되지 않은 상황……. 그것만큼은 허락해주시죠."

"김 부장. 우리 학교에서 자생적으로 만든 만화 동아리 있죠? 그것도 학부모들이 애들 공부 안 한다고 민원 넣어서 결국 없앴어요. 우 선생이 하도 부탁을 하니까 지하 복도 한번 꾸며보라는 쪽으로 갈무리는 했지만 여기가 그런 동네예요. 애들 공부 한다니까 그래도 조용한 거라고. 김 부장 말에 틀린 것은 없어요. 그런데 현실을 어쩔 겁니까? 애들 시험 치고 나면 학교 등수가 쭉 나옵니다. 애들에게 좋은 거, 그거 좋지요. 그런데 그러다가 성적 떨어지면 비선호 학교 되는 건 순간이에요. 학교 이름에 먹칠하냐며 심지어 동창회에서까지 압박이 들어오는데 나도 뭐가 뭔지 모르겠어요. 전일제 하고 들어와서도 형광등 안 켜져 있으면 민원전화가 아주 제깍제깍 옵니다. 그놈의 전화! 거, 다 알잖습니까?"

김 부장도 교감 선생님의 누그러진 어투를 들으며 부드럽게, 그러나 더욱 강하게 밀고 나갔다.

"일단 계획서라도 한번 받아보게 해주세요. 이렇게 꽁꽁 묶어서 성적이라도 올라가면 다행이죠. 이게 설국열차지 무슨 학굡니까? 성적, 올려야죠. 근데 머리만 삥삥, 자기 경험은 하나도 없는 애들이 진학인들 제대로 하겠으며 꿈이라도 키워낼까요? 지들이 본 게 없는데요. 오히려 지금처럼 나갈 때 학부모가 반발해야 하는 거 아닙니까? 민원 들어오면 제가 설명하겠습니다."

그렇게 해서 시작한 일이었다. 자율 시간을 아이들과의 공동체 시간으로 꾸려 아이들과 학부모로부터 예상 밖의 좋은 반응을 얻었던 배 선생이 이 일에도 가장 먼저 나섰다. 배 선생은 지금까지 이름만 연극 동아리였던 자신의 학급 동아리를 어떻게 꾸릴지 고민했다.

아이들은 배를 잡고 웃었지만 정미는 별 흥미가 없었다. 곧 있을 컨설팅업체 원장과의 인터뷰를 어떻게 준비할 것인가가 관건이었다. 스펙. 언제부터인가 '개천에서 용 난다'는 말은 현실성 없는 속담이 되어가고 있었다. 스펙은 필수불가결한 요소였고 부모님의 정보와 할아버지의 재력은 스펙 쌓기의 디딤돌이 되었다. 그런 현실을 모를 리 없는 정미에게 오늘 체험활동은 별 의미 없는 시간 낭비로 여겨졌다.

'쳇, 젊은 연극제라더니 젊은 애들이 무슨 옥황상제 타령이야? 쌈박한 소재 없나. 그건 그렇고 요즘 우리 배탱씨 왜 이러시나. 무슨 바람이 나서 이러시냐고. 어째 바깥나들이 할 때도 차림이 저 모양인지. 나프탈렌 냄새가 이까지 난다. 인터뷰 준비도 해야 해서 시간 없는데 진짜 왜 이러는 거야? 민주 쟤는 웃는 것도 화려하다. 웃다가 사레는 왜 또 들릴까?'

아이들의 웃는 모습을 바라보는 배 선생은 여유로웠다. 비록 나프탈렌 냄새를 풍기고 있었지만 그의 웃음만큼은 자연산 그대로의 것이었다.

옥황상제

그래, 내가 염라대왕을 대신하여 심문토록 하겠다. 너는 어찌하여 젊은 나이에 자살을 택하였더냐. 네 부모님은 생각지도 않았던고?

민영

제가 왜 부모님을 생각하지 않았겠어요. 지금도 엄마 생각만 하면 가슴이 터질 것 같습니다.

염라대왕

상제님. 저놈 얘기는 들을 것도 없습니다. 판례라는 게 있어요, 판례. 자살하면 서양이든 동양이든 판례상 지옥 행입니다. 다 아시면서 왜 이러십니까?

옥황상제

(객석을 바라보며) 지금 저놈 친구들의 청원이 하도 심하여 나도 심사숙고한 뒤 저놈 거취를 정하자는 것이오. 배심 원 재판을 하도록 하겠소. 각 도신들의 의견을 통해 다수 결로 정하기로 합시다.

― 옥황상제, 천상의 도신들을 불러 모은다.

옥황상제

샤바리 샤바, 샤발라 샤바.

삼신할매

상제님. 저놈은 불효막심한 놈이니 당연히 무조건 지옥행 입니다.

옥황상제

다들 모이셨지요? 일단 저놈 이야기부터 들어봅시다. 이 민영, 입을 열라.

민영

왜 사는지, 무엇 때문에 사는지 언제부터 알 수가 없었어
요. 스마트폰 게임 중독이라 매일 폰만 하다 보니 느는
건 뱃살이고. 하고 싶은 게 하나도 없는데 나 같은 식충
이가 살아남아 뭐하겠어요. 아까 저승사자 얘기는 들으셨
죠? 대학은 어차피 물 건너갔고.

칠성님

잠시만. 요새 대학 못 가는 애도 있냐? 거 웬만하면 갈
텐데?

민영

가기야 가죠. 원하는 데를 못 가니까, 아니 부모님이 원
하는 곳을 못 가니까요.

정미는 민영으로 분한 연극인을 한참 바라보았다.

왜 사는지, 무엇 때문에 사는지 언제부터 알 수가 없었어
요⋯⋯. 왜 사는지, 무엇 때문에 사는지 언제부터 알 수가 없었
어요. 알 수가 없어요⋯⋯.

성황신

내가 토신으로서 말하는 건데 잘 들어라. 네가 살았던 강
남구 땅값이 얼만 줄 아냐? 그 정도 값진 땅에서 아파트

챙기고 살면서 너희 부모님이 너한테 얼마나 투자를 많이 하셨겠냐? 넌 유죄야.

 민영

낮에 학교에서는 졸고요, 집에 오면 그때부터 과외가 시작돼요. 한순간도 쉴 틈이 없었어요. 과외 쌤은 이럴 때 선행학습 하자며 신나게 달리데요? 전 과외와 과외 막간을 이용해서 게임을 했어요. 물론 밤에도 계속했죠. 그리고 다시 학교에서는 잤어요. 투자요? 내가 언제 투자해 달라고 했나? 줄넘기 수행평가 할 땐 줄넘기 과외도 받았다고요.
'넌 누굴 닮아 이 모양이냐?' 엄마가 날 부끄러워하던 눈초리를 잊을 수가 없어요!

 공자

대한민국 엄마 중에 '넌 누굴 닮아 이 모양이냐?' 소리 안 하는 엄마도 있냐? 참 잘도 떠넘기는구나. 결과적으로 효제(孝悌)는 인간의 근본이거늘 되돌릴 수 없는 선택으로 부모 가슴에 못질을 했으니 넌 유죄다.

 노자

그리만 볼 것이 아니오. 인간은 심성대로 물 흐르듯 두어야 하는 것이거늘 옥죄고 동여매니 터질 밖에.

장자

저도 그리 봅니다. 칡넝쿨 속에 갇힌 돼지새끼라. 그래, 계속해보거라. 그래도 단 한 가지는 네가 하고 싶었던 게 있었을 거 아니냐.

민영

돼지새끼는 좀 너무하셨고요⋯⋯. 음식 만들고 먹고 그런 쪽은 좋아했어요. 근데 남자가 무슨 요리냐며 아빠 생각도 말라는 거예요. 요즘 잘나가는 요리사는 다 남자라고 아무리 말을 해도 씨알이 먹혀야죠. 삼촌들도 다 의사니 너도 그 길을 가라고. 근데 피만 보면 토할 것 같은 내가 무슨 의사. 아니, 실력도 안 되는 내가 무슨 의사. 입만 열만 사촌들과의 비교! 비교! 제가 어떻게 살겠냐고요? 천천히 죽어가는 느낌, 아시냐고요.

'어, 정미 쟤가 웬일이야? 저 눈 좀 봐라, 무섭다. 완전 고정이네.'

사샤가 정미를 바라보았다. 교과서와 문제집 외의 다른 것에 어지간해서는 눈길도 주지 않는 정미의 성질을 잘 알기에 사샤는 의아했다. 정말 정미의 눈은 무서우리만치 배우에게 박혀 있었다.

정미는 감정을 잘 차단시키는 타입이었다. 불필요한 감정은 잉여 감정이라 여겼고 상처받지 않으려면 자신의 감정을 모른 척하는 것이 편하다고 생각했다. 어쩌면 그렇기 때문에 타이거

맘의 화신인 엄마와도 큰 대결 구도가 펼쳐지지 않았고, 열심히 하는 것에 비해 도저히 오르지 않는 성적으로 인한 스트레스 또한 감출 수 있었던 것일지도 모른다. 그러나 지금 이 순간 본인이 모른 척하며 저변에 숨겨놨던 감정들이 '나 여기 있어!'라고 소리를 질러댔다. 그리고 정미는 민영에게 완전히 이입되어 있었다.

엄마가 날 부끄러워하던 눈초리를 잊을 수가 없어요. 엄마가 날 부끄러워하던 눈초리를 잊을 수가 없어요. 잊을 수가 없어요. 잊을 수가……. 실력도 안 되는 내가……. 실력도 안 되는 내가……. 비교…… 비교…….

옥황상제

아, 안 되겠소! 의견이 분분하구만. 그럼 내 다른 배심원들에게 물어보지. 민주주의가 이래서 어렵다는 거야. 자, 조용히들 하시오. 부인들도 조용히 하시구려. 내 지상으로 가보지.

옥황상제

(무대 아래로 내려와 관객들에게 큰 소리로) 자, 내 그럼 지상 세계의 그대들에게 물어보리다.
이민영은 유죄요, 무죄요?

"정미야! 기분 나쁘게 생각할 건 없고 지금 이 상태로는 어렵겠어. 내가 정미 학생 체크리스트를 봤는데 교내 입상 부분도 약하더군. 시낭송대회 우수상이 두어 번 있긴 한데 어차피 문학 쪽으로 갈 건 아닐 거고. 나의 주장 발표대회, 음 이건 괜찮고…… 근데 봉사활동이 너무 부족해. 외부 봉사활동 나간 적은 한 번도 없냐?"

"예전에 중학교 때 담임선생님 따라 집 근처 독거노인 댁에 한 번 간 적 있어요."

"그래, 바로 그런 거야. 그런 거 생각해보자. 뭐 이런 스토리 괜찮지 않니? 정미 너는 사춘기 접어들면서 아주 응석받이가 된 거야. 그런데 담임선생님께서 그런 정미의 인성 교육을 위해 독거노인 돌보기를 하게 된 거지. 이건 좀 더 생각해보도록 하고. 동아리 활동은? 그것도 없다고? 생각해봐. 뭐? 이름도 몰라? 기억이 안 나? 십자수? 그건 어렵겠는걸."

아까부터 진행된 컨설팅업체 박 원장과의 인터뷰는 정미에게 고역이었다. 지금까지 한 번도 쓰지 않았던 방학 일기를 한꺼번에 써 내려가는 느낌이었다. 감은 잡히지 않지만 뭐든 다 된다고 하는데, 다 된다는 내용 중 어느 한 가지도 생각나는 게 없었다. 그러나 노련한 박 원장은 정미에게 희망을 주는 작업도 잊지 않았다.

"정미야. 오늘은 여기까지 하고, 우리 이 실장이 앞으로 많이 도와줄 거야. 하다 보면 감이 잡히고 그런 거야. 이후에 자기소

개서를 쓰는 데 양념이 되는 것들인데, 양념이 부족하면 더 만들면 되고 그런 거니까. 걱정하지 말고. 일단 정미 넌 봉사활동부터 먼저 해보자고. 다음 주부터 시작이니 한 시간만 시간 내도록 해. 이 실장이 연락할 거야. 우리는 이렇게 일대일 시스템이란다."

박 원장이 두툼한 손바닥을 척척 치더니 정미의 어깨를 힘 있게 쥐었다. 짧고 강한 메시지를 주려는 의도는 뜻하지 않게 맞아떨어졌다. '걱정 마, 다 잘될 거야, 나만 믿고 따라와.'라는 발신 메시지는 '이건 아닌 것 같은데, 아닌데, 아니야.'라는 수신 메시지로 변형되었다. 사무실을 나오는 정미의 발걸음은 직직 끄는 소리를 낼 수밖에 없었고 그 모습은 안 그래도 앞이 캄캄한 엄마의 화를 돋우는 빌미가 되었다. 계좌번호가 적힌 명함을 받아들고 사무실을 나오던 엄마는 기어이 폭발했다.

"넌 동생하고 널 비교한다고 화를 내더라만 내가 이럴 땐 비교를 안 할 수가 없다! 네 동생 영주를 봐라. 애가 어떠냐? 뭔가 어려움에 부딪히면 돌파구를 찾아 나서야지 어깨 축 늘어져 있는 꼴 하고는……. 아무리 사내애랑 계집애가 다르다고 하지만 왜 영주가 전교에서 1등을 놓치지 않는 줄 아니? 요즘 세상을 착해서 살 수 있는 줄 알아? 호의? 친절? 웃기지 말라고 해. 호의 베풀다 호구 되는 게 세상이야. 이 세상은 근성 싸움이야, 근성! 근데 넌 근성이 없어."

박 원장의 강의를 듣고 나올 때의 엄마가 아니었다. 엄마는 정미의 아킬레스건을 건드렸다. 아무리 해도 따라잡지 못하는 동생. 어릴 때부터 신동 소리를 들었던 동생과의 비교는 정미가 가장 힘들어하는 부분이었다.

노력해서 보통 이하로 내려가지 않음에 감사해야 하는 정미에게 이것은 민감한 화제였다. 평소라면 화가 난 정미가 입 한마디 열지 않을 만큼 냉랭했겠지만 엄마의 곧 터질 것 같은 기분을 감지하고는 그래도 엄마를 달랬다. 엄마 말에 틀린 건 없었으니까. 근성 없으면 쥐어뜯기는 세상이니까.

"알았어, 엄마. 이번 주에 이 실장이란 사람한테서 연락 오겠지. 기다릴게. 한번 해볼게."

"정미야, 나 따라와도 되는 거 맞냐?"

"걱정 마. 너 오늘 포트폴리오 채울 내용 얻어갖고 가는 거야. 이게 공짜냐? 하여간 여자들 입은 못 믿어. 우리 엄마가 너희 엄마랑 통화하면서 이번 주에 내가 봉사활동 가는 걸 자기도 모르게 확 불어버릴 줄 누가 알았겠냐? 큭!"

"그러게. 우리 엄마한테까지 비밀로 하면서 컨설팅받아놓고는 어떻게 그렇게 쉽게 발설하셔서 우리의 주말을 힘들게 하실까?"

"사샤. 한 시간이다. 자기들 말로는 한 시간이면 족하다고 하는데 봉사는 언제 하지?"

"그게 문제냐? 나보고도 컨설팅받으라고 닦달을 하시니 그게 걱정이지. 이 한 시간이 앞으로 몇 시간이 될는지."

셔틀 버스를 타고 온 이곳은 팔류천이라는 작은 강변이었다. 버스 안에서 이 실장이란 사람은 아이들에게 가슴에 두를 띠를 나누어주며 검은 비닐봉지와 물병 하나씩을 챙겨주었다. 차에서 내린 아이들은 익숙한 듯 여기저기 자리를 잡고 앉아 쉬었다.

"정미야, 이거 봉사 맞냐?"

사샤의 말이 떨어지기 무섭게 이 실장이 무선 마이크의 볼륨을 조절했다.

"자, 자! 주목! 우리 팀의 오늘 활동은 봉사활동이에요. 물론 학교에서 하는 봉사활동은 아니고 우리끼리 하는 활동이라고요. 여러분 두른 띠에 '자연 사랑'이라고 쓰여 있죠? 그러면 오늘 봉사활동 일정을 간단히 얘기해줄게요. 일단 팔류천 정화활동한 걸로 조금 이따 우리 직원들이 사진을 찍을 거예요. 우리 학원의 가장 큰 장점 알죠? 일대일 멘토 활동. 여러분 사진한 장씩 찍고 포트폴리오에 알아서 내용 다 넣어줄 거니까 걱정 말고. 우리가 오늘 팔류천 온 이유가 또 있죠? 이 근처에 노인복지회관이 있어요. 그곳에 가서 좀 쉬다가 봉사활동 확인증 발급받으면 돼요. 자, 곧 있으면 사진 찍으니 좀 쉬어요."

그늘로 찾아드는 아이들의 모습은 좀비 그 자체였다. 아이들은 한두 번 해본 솜씨가 아닌 듯 이 실장의 말을 듣는 둥 마는 둥 하며 심드렁하니 물을 들이키곤 했다. 앉아야 할지 서야 할지 감이 오지 않아 어딘가 어색해하는 사샤와 정미를 초베테랑급 좀비 한 놈이 웃으며 바라보았다.

"처음이구나."

물 한 모금으로 입을 쩝쩝 다시던 녀석이 나무 기둥에 여유 있는 모습으로 기대어 사샤와 정미를 지그시 보았다.

"난 봉사계의 초인으로 불리니 가까이해도 니들에게 해 될 건 없어. 오늘까지 비공식적으로 내 봉사 시간이 200시간은 될 거야. 지난 달 얘기 듣자 하니 한 180시간은 된 것 같았거든."

사샤가 좀비계의 초인이겠지, 하며 입을 헤 벌리고 있는 사이 자신도 모르게 조급증이 일어난 정미가 녀석의 말허리를 잘랐다.

"미쳤냐? 너도 우리랑 같은 학년이잖아. 1학년도 채 안 지나갔는데 200시간은 무슨 200시간?"

"시계는 아침부터 똑딱똑딱. 시계는 아침부터 똑딱똑딱. 언제나 아침부터 똑딱똑딱. 부지런히 일해요. 이런 동요도 모르시나."

초특급 울트라 좀비 녀석이 동요까지 흥얼거리자 을씨년스러운 기운이 쫙 뻗친다. 사샤가 이제 그만 녀석을 피하려고 하는 반면 정미는 좀비에게 쏘아붙였다.

"학교에서 인정도 안 해주는 봉사 시수야. 넌 학교에서 기본 교육도 안 받냐?"

"학교에서 인정도 안 해주는 봉사지. 그렇지만 우리 엄마는 위안을 받거든. 오늘도 우리 아들은 나간다. 그래서 스펙 쌓는다. 후, 뭐 이런 거? 그리고 정식 기관에서 확인증 떼어주면 거저먹는 거고…… 어차피 너희들도 따로 스펙 쌓으려고 여기 온 거 아냐? 뭐, 난 새 발의 피다. 우리 형은 고3 때 4,332시간이었으니까."

"만날 이 강에만 오는 건 아닐 거 아냐?"

사샤가 끼어들었다.

"전문가의 손길이 그래서 다른 거야. 4,332시간을 어떻게 강으로만 채우겠냐? 후훗. 우린 그래도 양심적인 거야. 오기는 오잖아."

"자, 여러분. 사진 찍을 준비해요. 그리고 시간 관계상 곧 노인복지회관으로 이동할 테니 버스에 올라탈 준비하세요."

이 실장의 마이크에서 삑 하고 소리가 났다.

"야, 못할 짓이다. 빨리 집에 가고 싶어."

집으로 가는 버스 안에서 사샤가 정미에게 속삭였다. 『고교생이라면 영어 단어 이쯤은 외워라』를 펴들고 있던 정미는 그러나 페이지를 넘기지 못한다.

soliloquy 혼잣말, soliloquy 혼잣말, soliloquy 혼잣말.

정미의 눈은 고정되어 있었다.

"정미야. 나 요즘 너 무서운 거 아냐? 너 혹시 빙의된 건 아니지? 왜 매일 한 곳만 뚫어지게 바라보며 말도 안 하냐, 응?"

정미가 퍼뜩 정신을 차리며 사샤를 쳐다보았다.

"아니, 아까 그 끈적끈적한 좀비 있잖아. 걔 말 생각하고 있었어."

"무슨 말? 사천 몇 시간 어쩌고 하는 거? 그거 다 뻥튀기야. 걱정하지 마. 야! 요새 대학교가 미쳤냐? 뻥튀기 표시 팍 나는 그런 놈을 뽑아주게. 괜찮아, 괜찮아. 스트레스 받지 마."

"아니, 그게 아니라……. 그 녀석이 한 말 중에는 그래도 진실이 있어."

"그래, 봉사계의 초인이라는 거? 200시간이면 초인 맞지, 맞아. 조급증 내지 말고, 응? 근데 학교에서 인정 안 되는 건 다 써먹을 수가 없잖아……."

"너도 결국 스펙 쌓으려고 온 거 아니냐는 말."

정미가 낮게 말했다. 사샤가 순간 움찔한다.

"사샤. 걔는 유죄였을까, 무죄였을까?"

"아, 너 정말 오늘 왜 이러냐. 웬 시점의 혼돈이야? 나 머리 터지는 꼴 보려고 이러냐? 뭔 말이야?"

"민영이. 이민영. 기억 안 나? 연극 말이야. 옥황상제가 물었잖아. 걔 유죄인지 무죄인지."

"몰라. 갑자기 웬 연극 이야기냐? 뭐, 처음에는 유죄였던 것 같았는데 나중에 가만히 생각해보니까 무죄인 것 같더라. 애들은 유죄 쪽이 많았지, 아마? 연극 보고 나서 쌤이랑 토론할 때 유죄라고 했던 애들이 많았잖아. 넌 그때 가만 있더니만?"

"걔, 유죄야."

"왜?"

"너 〈빠삐용〉 본 적 있지?"

"음, 오늘 선문답 연습하자는 거군. 미안, 본 적 없어. 얘기는 들었지. 혹시 빠삐용이 아이스크림은 아니지? 개 이름인가?"

"영화 말이야. 빠삐용. 억울하게 감옥에 갇혔던 사람. 매번 탈옥을 시도하지만 성공하지 못하다가, 끝내는 정말 탈옥하지. 그런 빠삐용이 꿈을 꿔. 재판받는 꿈. 그때 가상 재판관이 빠삐용은 유죄라고 말하지."

정미는 잠시 숨을 골랐다.

"청춘을 낭비한 죄."

사샤는 침을 꿀꺽 삼키며 정미의 다음 말을 기다렸다. 정미는 낮은 목소리로 빨리, 혼잣말인 듯 되뇌었다. 사샤는 조심성 없이 입을 열려고 하다가 정미의 낯선 모습에 그만 멈추었다.

"그렇게 본다면……."

사샤가 조용히 말했다.

"민영이란 애, 유죄겠구나."

정미가 덧붙였다.

"그리고 오늘 너와 나도 유죄였어."

덧없는 시간들이 흘러가고 있다.

생활은 변함없다.

다만, 나더러 어서 빨리 스물이 되라고, 어느 시점의 어른이 되라고 떠밀고 있다. 무엇인가, 나를 떠밀고 있는 힘은.

인생은 스무 살 이전에 결정되는 것이라 한다. 고등학교 3년이 내 남은 인생을 결정짓는다 한다.

엄마는 나를 보며 한숨짓고 아빠는 서글픔으로 슬퍼한다.

골방에 와서야 나는 조금이나마 자유로워진다.

바람처럼 지나가는 쌤들로부터.

쉴 새 없이 돌아가는 시간표로부터.

꿈에 탄력을 더해가는 정상적인 고딩들로부터.

모두가 유죄인 현실로부터.

—사샤

캔짱과
강아지들

 야간 자율학습을 마친 사샤가 집 앞 버스정류장에 내렸다. 야자를 밥 먹듯이 빼먹다가 아빠한테 걸린 이후 땡땡이는 생각지도 못할 일이 되었다. 사실 사샤에게도 땡땡이 같은 건 더 이상 의미 없는 일로 생각되었다.

 후히, 후히. 바람이 마른기침 소리를 낸다. 후히, 후히, 후. 불길한 징조인데. 곧 비가 올 텐데.

 '이따위 예감은 맞지 않으면 좋으련만.'

 그러나 사샤의 예감은 곧 맞아떨어졌다. 억수같은 비가 쏟아지기 시작했다. 사샤는 맞지 않은 일기예보와 기상청의 슈퍼컴퓨터를 탓하며 교복 윗옷을 벗어 망토처럼 들춰 쓰곤 뛰기 시작했다. 그때였다.

 덜그렁, 툭, 툭, 툭, 툭, 툭.

지속적으로 캔이 떨어지는 소리에 사샤는 뒤를 돌아보았다. 폐휴지가 가득 담긴 수레를 끌고 오시던 할아버지 한 분이 떨어진 캔을 수습하느라 여념이 없었다. 방학 때는 거의 매일 보다시피 하는 동네 할아버지였다. 말씀하시는 모습을 한 번도 본 적은 없지만 아파트 앞 행복 슈퍼에서 아줌마들이 수군거리는 얘기를 들은 적은 있었다.

"김 노인, 아들이 오지도 않는다네."

"딸도 있다는데, 뭐. 할 말 다했지."

"어쩌다 저리 됐대?"

"퇴직금을 아들한테 줬는데 아들이 모조리 날렸다나봐. 젊을 때도 그렇게 고생고생해서 겨우 살 만해졌는데. 딸은 자기는 받은 게 없다며 발길 끊었고, 아들은 마지막 한 푼까지 다 날리고는 안 온다네. 자식들이 버젓이 호적에 올라 있으니 생활 보호 대상자도 못 된답디다. 쯧쯧."

"할머니가 풍이 와서 저 노인이 병수발을 다 했다지? 이제 혼자 사는 노인네, 내가 우리 슈퍼에서 캔이나 박스 꼬박꼬박 갖다줍니다. 하도 안돼서."

캔을 줍자니 오르막길에서 수레가 미끄러져 내려가고, 설상가상으로 헤드라이트를 켠 산타페 차량이 수레 뒤를 바짝 따라갔다. 상황이 보일 텐데도 산타페 운전자는 등을 꺼주려 하기보다는 클랙슨을 열심히 두드려댄다.

빵, 빵, 빵, 빵, 빵, 빵.

당황한 사샤가 윗옷과 책가방을 길가로 던지고는 할아버지 수레를 잡아주는 사이 할아버지는 떨어진 캔들을 정신없이 주워 담았다.

한 개, 두 개, 세 개, 네 개.

그 사이 곡예하듯 빠져나가는 산타페 차주가 창문을 내리고는 뭐라고 욕 같은 고함을 치더니 라이트를 깜빡이며 사라져 갔다.

"고맙다. 고마워."

할아버지가 사샤에게 수레를 건네받고 묵묵히 걸었다.

우르릉, 쾅! 쾅! 눈앞에서 번쩍 내리꽂히는 번개 줄기와 천둥소리에 놀란 사샤는 얼떨결에 "아니에요, 괜찮아요."를 연발하며 이미 물에 젖어 힘없는 빨래가 되어버린 교복과 책가방을 들고 뛰었다.

집으로 들어온 사샤를 본 엄마 권 여사는 놀란 표정이었다.

"아이고, 야 와 이카노. 이 꼬라지 봐라. 퍼뜩 뜨신 물에 씻어라. 감기 든다!"

복실이까지 아픈 다리를 절며 나와 사샤를 걱정스레 쳐다보았다.

"응, 엄마. 일단 수건부터 주세요."

사샤는 수건으로 대강 몸을 닦았다. 방으로 들어가 트레이닝복을 꺼내 입은 사샤는 급하게 우산을 집어 들고 밖으로 뛰어나갔다. 할아버지의 젖은 모습이 마음에 걸려 도저히 집에 편히 있을 수 없었던 것이다.

"으요, 니! 이 비 오는데 어딜 싸돌아댕기노?"

등 뒤로 권 여사의 고함 소리가 들려왔다.

"잠시만 다녀올게요. 무슨 일 있으면 전화할게요!"

집 밖으로 나온 사샤가 급하게 주위를 휘둘러보았다.

'역시 저쪽이야. 저 뒤쪽 주택가다!'

할아버지의 그림자를 움켜잡듯 사샤가 빠르게 뒤따라갔다.

"할아버지! 할아버지!"

할아버지가 의아한 듯 뒤돌아보았다.

"할아버지, 여기 우산 쓰세요. 주택가까지 한참이잖아요."

할아버지가 어쩔 줄 몰라 하시자 사샤는 우산을 펼쳐 할아버지께 씌워드리며 함께 걸었다.

"할아버지, 어서 들어가세요. 가을비가 시려요."

"응, 그래. 가을비는 시리지. 너도 추울 텐데, 이거 참 고맙구나……."

빗소리에 두 사람의 발소리만 어색하게 겹쳐졌다. 이윽고 빨간 대문 집에 다다르자 사샤가 얼른 뒤돌아섰다.

"고맙다."

뒤에서 할아버지의 소리가 들려왔다.

"네, 들어가세요!"

어두워진 밤길에서 사샤는 두려움보다 슬픔을 느꼈다. 약한 노인의 뒷모습과 떨어진 캔들이 마음을 어지럽혔다.

'젊어서부터 고생했다는 할아버지. 그런데 왜 저 할아버지의 고생은 여태 계속되는 거야? 세상에 정의라는 것이 있는 거냐고, 쳇! 열심히 살았었고 지금도 열심히 살고 있는 거잖아? 근데 존중받지도 못하고 저 나이에 그깟 캔 몇 개를 줍기 위해 이 빗속에서 떨며 고생해야만 하는 거야? 사회 시간에 복지가 어쩌고 한 것 같은데? 에고, 그건 그렇고 가난한 노인이 된다는 건 어떤 걸까?'

쏟아지는 빗속에서 사샤는 이런저런 생각을 하며 걸었다.

'이런 생각을 해볼 여유도 없었어. 사실 하고 싶지도 않았지······.'

찰박거리는 물에 이미 신발은 다 젖어버렸다. 우산을 뚫을 듯한 거센 빗속에서 그러나 사샤는 안도했다. 우산 안의 세상 만큼은 오도카니 사샤의 것이었다. 그 속에서 사샤는 마음껏 생각했고 그 순간만큼은 자유를 느낄 수 있었다.

찰박찰박. 그때였다. 희끄무레한 뭔가가 사샤의 생각을 막으며 급히 걸음을 멈추게 했다.

"어!"

놀라움으로 가쁜 숨을 몰아쉬며 다시 살펴보니 꿈틀꿈틀 희끄무레한 것은 비에 젖은 강아지였다. 강아지라고 하기에도 너무 어린 새끼. 초라하고 젖어 있고 남루한. 그런데 가만히 보니 한 마리가 아니었다. 주차된 자동차 바닥 깊숙이 세 마리 새끼들이 있는데 눈에는 모두 하얀 붕대가 감겨 있었다.

휘몰아치는 광풍과 비에 휩쓸려 떠내려갈 것만 같은 위기감에 사샤는 새끼들을 품에 안았다. 품에 안긴 줄도 모른 채 곧 숨이 떨어질 것 같은 미물들을 바라보자니 걱정이 앞섰다. 집으로 그냥 들어갔다가는 권 여사의 불호령이 떨어질 텐데. 그러나 새끼들을 차마 다시 차가운 바닥 위에 내려놓을 수는 없었다.

새끼를 안고 조심스레 문을 여는데 엄마의 걱정스런 모습이 퍼뜩 눈에 들어왔다. 딸의 귀가를 걱정하던 모습은 새끼들을 본 순간 금세 사천왕으로 돌변했다. 그러나 강수(强手)에 더 강한 사샤는 마치 품속 새끼들을 보호하듯 꼭 껴안았다.

권 여사, 마침내 나한으로 변신 완료하는 순간!

퇴근을 하고 집으로 돌아온 손 과장은 요 근래 접하기 어려웠던 아내의 잔소리 랩을 한 시간 이상 들어야 했다. 사정을 듣고 보니 새끼들이 불쌍해 사샤가 데리고 온 모양인데 아내는 마치 래퍼로 전향한 것 같았다. 엄마 하소연 랩 대회가 있다면 아내가 1등을 할 것이라 생각할 무렵, 랩은 드디어 결말에 다다랐다.

"내가 못 살겠구마. 당신이 우에 해보소. 지금 복실이 자가 다리 아파가 돈이 얼마나 드는 줄 아는교? 아무리 짐승이라고는 캐도 늙어가 다리 질질 저는 놈, 병은 고쳐야 안 되끼. 한 마리만 해도 내가 못 살겠는데 이제 네 마리라! 말이 되는 얘기

니껴?"

"흠……."

아내의 말에도 일리는 있었다. 예전에 사샤가 길에서 버려진 강아지 복실이를 데려왔을 때도 단 며칠간이라고 했다. 그러나 그 며칠은 곧 6년이 되었다. 정이라는 것은 무서운 것이라 동물이라면 질색을 하던 아내와 손 과장 본인도 이 녀석에게 정이 들고 말자 다른 곳에 보낼 엄두를 내지 못했다. 그런 녀석이 이제는 제법 나이가 들었는지 다리를 절고 있었다. 치료를 하면 진행을 늦출 수는 있었기에 동물 병원에 다니고는 있지만 한 번에 몇만 원씩 하는 치료비가 사실 보통 가정에서는 부담스러울 수밖에 없었다. 그러니 아내의 말처럼 비용도 만만찮은 문제였다.

그러나 손 과장의 생각은 조금 다른 방향으로 가고 있었다. 그는 주위의 온갖 살아 있는 것에 애정이 있었고 사샤의 행동을 탓할 수만은 없었다. 그렇다고 무턱대고 사샤를 칭찬할 수도 없는 노릇이었다.

'사샤와 얘기 좀 해봐야겠군.'

손 과장이 마침내 결단하고 아내를 달래보았다.

"내가 얘기해볼게. 역정 좀 그만 내. 내가 방으로 가볼 테니 애한테 생각할 시간을 주자고."

남편이 주책없이 사샤의 편이 되어 생명존중 어쩌고저쩌고를 남발할까봐 내심 걱정하던 권 여사는 그제야 안도하며 오버

래핑의 날을 바꾼다.

"알겠디다. 당신이 잘 달래보소. 그래, 어떤 벼락 맞아 죽을 인사들이 이 비오는 날에 저런 새끼들을 밖에 버리노. 눈에 붕 대는 또 와 감노, 으이? 옛날엔 개미 죽는다고 마당에 뜨신 물도 함부로 못 버리게 했구마는. 인간들이 징그럽구마, 징그러바."

"아마 집으로 돌아오지 못하게 하려고 눈을 가렸겠지. 키우는 데 돈 드니 그냥 버리면 끝이고. 하기야 부모 자식도 버리는 시대잖아. 유기 동물은 점점 늘어나는데 비싼 병원비까지 더해지니 부담이 될 수밖에 더 있어? 유기된 동물 관리하는 시간 줄여가면서 안락사 시키면 비용이 덜어지니 참으로 효율 만점인 시대지, 뭘."

아내를 향한 말인지 독백인지 모를 소리를 중얼거리던 손 과장은 물을 데워 들고 사샤 방으로 향했다.

"사샤, 자냐?"

깨끗이 씻긴 강아지들을 드라이어로 말리고 있던 사샤는 올 것이 왔구나, 라는 표정으로 아버지를 바라보았다. 따뜻한 감성을 가지고 있는 사샤는 그러나 현실도 인정할 나이였다. 아버지의 현실적 논리 앞에서 어떤 대응을 해야 할지, 대응을 하는 것이 과연 옳은 것인지 아까부터 고민하던 사샤의 얼굴은 무겁기만 했다. 손 과장도 마찬가지. 그의 얼굴에는 이 일을 계기로 아이가 성장할 수 있는 물꼬를 터줘야 한다는, 부모로서의 고민과 책임이 묻어 있었다.

"이거나 좀 먹여보지?"

손 과장이 데운 물을 내밀어본다. 사샤가 그 물을 조금씩 떠서 새끼들의 입에 밀어 넣자 녀석들이 주둥이를 열고 혀를 축이더니 본능적으로 숟가락에서 떨어지지 않았다. 생명에 대한 열망은 저 작은 몸집에도 숨어 있는 것이다.

"사샤, 네 생각은 어떠냐?"

사샤가 한숨을 내쉬었다. 땅이 꺼질 듯이.

"아빠, 사실은 저도 잘 모르겠어요. 아까는 모른 척할 수가 없었어요. 확실한 건 그게 전부야. 구청에 신고하거나 보호협회나 이런 곳은 어때요?"

"보호협회도 유기된 동물들로 미어터진다고 들었다. 그리고 신고해도 결국 유기견으로 처리되어 나중엔 안락사 된다는데."

손 과장이 자기 품으로 파고드는 강아지를 어루만졌다.

"알고는 보낼 수 없는 노릇 아니냐. 넌 괜찮아?"

"후! 근데 아빠 지금 되게 웃긴 거 알아요?"

"?"

"엄만 지금 이 녀석들을 어떻게 보낼지만 궁리하고 계시잖아요. 아마 아빠도 동의를 하셨을 테고. 그렇다면 임기응변이든 안락사든 일단 밖으로 보내는 방향을 찾아야 하지 않나요?"

"그런가? 그런데 내가 그렇게는 하면 안 될 것 같구나. 나는 네 부모 된 입장이라."

"부모인 거랑 애들이랑 무슨 관련이 있어요?"

사샤가 아직도 물을 먹고 있는 새끼들을 쳐다보며 뜨악한 듯 반문했다.

"너를 교육해야 되는 입장이니까 쟤들을 그냥 밖으로 보내라고는 말 못한다는 뜻이야. 옳은 게 아니니까. 그렇다고 해서 구체적인 답을 내릴 수도 없구나."

"아빠가 그냥 팍 박력 있게 결론을 지어주세요. 그게 편할 것 같아. 객관식으로 할까, 아빠?"

"아빠는 부모가 처음이고, 또 부모가 모든 답을 다 갖고 있지는 않거든? 야, 그리고 너도 트렌드 좀 읽고 살아라. 요즘은 서술형이 추세야, 인마."

"서술형은 패스하고! 실은 나도 답을 모르겠어. 머리와 마음이 따로 노니깐. 아빠, 나 사실 이 녀석들 데려오기 전에 불쌍한 할아버지도 봤다? 하여튼 오만가지 생각이 다 드는데 뭐라 꼬집어 말을 못 하겠어요. 뭔가 잡힐 것 같은데 잡히진 않고. 휴……. 하긴 자식 입장이 처음이니 나도 답을 갖고 있을 수가 없겠네, 아빠랑 똑같아요!"

"그래, 너랑 나랑 모두 처음이니 서투를 밖에. 근데 아빠는 오늘 이 말을 꼭 해주고 싶어."

"무슨 말?

"우리 딸, 정말 잘했다. 네가 달리 사샤겠냐?"

손 과장이 계속 강아지를 어루만졌다. 사샤는 새삼스러워 먼
데를 바라보았다.

"너는 공감능력이 아주 뛰어난 아이야. 어릴 때부터 그랬지.
그런데, 얘야!"

"응?"

"아빠는 네가 타인의 눈물에 아파하는 사람, 그 이상이 되었
으면 싶어."

"아빠. 너무 어려워…….."

"아빠는 네 행동이 단순한 동정심만으로 끝나기를 바라지는
않는다. 넌 자신도 지키고 다른 것들도 분명 지킬 수 있는 아이
가 될 거야. 넌 사샤니까."

손 과장은 인내심을 갖고 말을 계속했다. 사샤는 따뜻한 아
이였다. 그리고 요즘 들어 아이의 눈에 조금씩 생기가 도는 것
을 그는 느낄 수 있었다.

살아 있는 기운.

그러나 그 생기는 언제든 다시 꺼질 수도 있다. 무엇이든 좋
았다. 그 자신도 구체적인 방법을 몰랐고 제시할 수도 없었다.
다만, 따뜻한 딸의 생기가 사라지지 않기를 그는 간절히 바랐
다. 딸의 순간들을 딸이 커나가는 순간으로 만들어줘야 한다는
의무감이 그를 고민하게 했다.

"그럼 집에서 그냥 키우라는 말이에요?"

사샤가 의아한 듯 아빠를 바라보며 물었다. 손 과장은 조용

히 고개를 저었다.

"물론 그것도 하나의 방법이 되겠지."

"어떻게 하면 되는 거야, 아빠?"

"너, 아빠한테 빚진 거 있지? 아빠한테 야자한다고 거짓말하고 수업 빼먹은 거. 이제 그거 갚아라."

"너무해, 그게 언제 적 얘기예요! 요즘 얼마나 갱생했는데, 내가!"

"난 계산은 정확해! 이번엔 네가 한번 답을 내려 봐. 아직까진 시간이 있으니까."

"아, 아빠. 그냥 어떻게 해라, 이렇게 말을 해주세요. 아빠 말은 수능 듣기랑 똑같아. 금방 들을 땐 알 거 같은데 조금 있다 풀려고 하면 생각이 안 나거든. 그리고 아빠랑 정미 요즘 진짜 문제야. 너무 선문답에 빠져 있어. 난 단순, 무식, 정확한 게 좋아요."

"이 녀석아. 그만 징징거려. 아빠가 아까 말했지? 요즘 추세는 서술형이라고. 그러니까 이번 미션 어떻게든 잘 처리해! 리포트 쓴다고 생각하라고. 아빠는 얼마든지 기다릴 수 있다."

손 과장이 미소를 지으며 방문을 열고 나가려는데 여자 나한 한 명이 문 앞에 턱 버티고 서 있었다.

'죽었다.'

손 과장의 미소도 자연스레 거둬졌다. 뒤이어 권 여사의 잔소리 랩이 온 집 안을 가득 메웠다. 복실이도 식탁 밑에서 불안

한 듯 꼬리를 감추고 누웠다.

버리는 사람들은 그들의 눈동자를 기억할까?
체온은?
잠시라도 함께했던 순간은?
버림당한다는 건 무엇일까?
지금까지 난 무엇을 버려왔던 걸까?

—사샤

다음 날, 등교한 사샤는 이젠 정미에게 시달려야 했다.

"그래서 키우기로 한 거야?"

정미가 어이없다는 듯이 소리친다.

"얘가 왜 이래. 우리 아빠가 과제를 주셨다니까. 어떻게 하면 불쌍하다는 마음을 넘어서서 상대의 눈물을 닦아줄지 고민하라나. 빚을 갚으라나. 뭐라더라. 한 움큼의 눈물보다 눈물을 닦아주는 사람이 되라나? 시간은 흘러가고⋯⋯. 오늘 아침에도 엄마가 김치 하나만 내놓던데. 제대로 못 먹어 기운이 없으니 말하기도 힘드네. 문학도를 꿈꿨던 아버지를 둔 딸은 너무 힘들어. 명료한 게 없어. 아, 괜한 일에 휘말렸나봐."

"뭐? 뭐? 사샤 너 어떤 일에 휘말려서 빚졌다고?"

지나가던 민주가 예상치 못한 곳에서 나타났다. 기가 찬 듯 노려보는 사샤와 정미의 시선에 머쓱해하던 민주가 큰 선심 쓰는 것처럼 단팥빵을 건네주었다.

"사샤, 많이 어려운가봐? 이거나 먹어. 어제 거야."

허겁지겁 빵을 집어 먹는 사샤를 보며 정미가 팔짱을 낀다.

"그래, 넌 그게 문제야."

"뭐가, 또? 점심 두 그릇 먹고 빵 두 개 더 먹는 게 그렇게 큰 문제냐? 아까 말했잖아. 오늘 아침에 김치 하나로 밥 때웠다니깐."

사샤가 심드렁하니 대꾸했다.

"너 방금 뭐라고 그랬냐. 괜한 일에 휘말려? 너 그거 정말 순간적인 동정심인 거잖아. 강아지들 구했다는 생각으로 넌 책임감에서 벗어나게 될 거고 결국은 네 엄마가 집에서 고생고생하시면서 개들 돌봐주게 될 거고. 너희 아빠 말씀은 그거 아니야?"

"그거? 그건가? 그건 아닌 것 같은데? 어쨌든 내가 방법을 찾아야 한다는 건 안다고. 근데 너 요새 왜 이리 날카롭냐?"

머리를 쥐어뜯던 사샤는 아까운 듯 마지막 빵 부스러기까지 입에 털어 넣었다.

"아후, 그러니까 지금 내가 고민이란 걸 하고 있잖아."

한참 머리통을 산발로 만들던 사샤가 고개를 들어보니 정미의 시선이 사샤의 어깨 너머에 꽂혀 있다. 또 빙의가 시작되었나. 사샤가 한숨을 쉬고 뒤를 돌아보며 정미와 시선을 같이했지만 복도 게시판 외에는 아무것도 없었다. 정미는 눈 한 번 깜빡이지 않고 게시물을 바라보았다.

'요새 애 정말 왜 이러냐? 나도 머리가 깨지겠는데, 웅!'

점심시간을 맞이한 아이들의 살아 있는 움직임 속에서 미동조차 없이 햇빛을 받고 서 있는 정미와 사샤의 모습은 묘한 그림이었다. 잠시 후 성원이와 재승이 또한 이들을 따라 그림 안으로 걸어 들어왔다.

청소년 연극 경연 대회

- 주최 : 한국 ○○연극 협의회
- 접수기간 : 20**년 9월 19일(월)
  오전9시 ~ 23일(금)오후5시까지.
- 지원자격 : 전국 고등학교 재학생
- 접수방법 : 우편접수
  서울시 ○○구 필동…

★ 연극 동아리 활동 중인
  모든 feel 있는 분들의
  많은 관심 부탁드려요!

교내 1인 1주제
탐구 보고서 경연대회

· 1단계: 일상생활 속에서 인상 깊은 장면을
  사진으로 찍기
· 2단계: 사진 포트폴리오 만들기
· 3단계: 탐구할 주제 정하기
· 4단계: 주제에 대한 자료 수집하기
· 5단계: 수집한 자료를 바탕으로 보고서
  작성하기. 작성 방법은 자유롭게.

★ 팀별로 주제 탐구 가능함.

※문의는 ~~김영보 선생님께~~
  친절한 영보 씨께.

정죄와
단죄

"김 부장님, 오늘 진한 에스프레소 한잔 사주실래요? 아, 카페인 링거 맞고 싶어."

"윤 선생, 미안해요. 사실은 내가 오늘 꼭 만날 사람이 있어요. 카페인 링거는 내일 꽂아주면 안 될까요?"

"하하하, 좋아요. 그럼 내일은 꼭 한 대 놔주시는 거예요!"

"거, 유부남 유부녀 둘이서 카페인 링거 너무 자주 놔주는 거 아니에요? 그러다가 정 나면 어쩌려고, 그죠?"

지나가던 박 부장이 한마디 냅다 던진다. 교무실에서의 대결 이후로 공적인 일 외에는 웬만한 말을 붙이지 않던 그였건만 그래도 서먹서먹했던 터라 윤 선생에게 말하는 듯, 던져놓고 눈치를 보았다.

"하하, 김 부장님 별명이 친절한 영보 씨예요. 다른 사람에게 친절을 많이 베푸시는 성격이세요."

속으로는 이 인간아, 뭐 눈에는 뭐만 보인다더니 싶은 윤 선생도 겉으로는 분위기에 억지 윤을 낸다. 그때 센스 없는 배탱이가 자기답지 않은 감각을 내뿜었다.

"그 친절은 저도 늘 같이 받는단 말입니다. 커피 보시(普施)도 요즘 커피 가격을 생각하면 정말 크단 말입니다. 김 부장님, 요 며칠 요즘 우리 계원들 정말 힘드셨던 거 아시지 말입니다. 내일은 저희들 꼭 같이 카페인 링거 꽂아주리라 믿지 말입니다."

할 말 잃은 박 부장은 못 들은 척 죄 없는 선인장에 분무기 물을 쏟아냈고, 대꾸할 힘도 없는 김 부장은 가방을 챙겨들었다.

"그럽시다. 내일은 아침부터 팍팍 꽂아줄게요. 자, 오늘은 땡 퇴근합니다. 내일 뵐게요!"

인사를 하고 나선 김 부장이 들어선 곳은 허름한 추어탕 집이었다.

"제가 제때 왔는지 모르겠습니다. 단장님, 편할 겨를도 없으셨죠?"

앉아 있던 김 단장이 반갑게 인사를 한다.

"아이쿠, 이게 얼마만입니까? 학교 일이 얼마나 바쁘셨는지 그간 통 보지를 못했습니다. 그래, 별일 없이 잘 지냈나요?"

"정신이 없었어요. 물론 단장님이야 더 바쁘셨겠지요. 저는 둔한 사람이 움직이려 하니 남들보다 느리고 바쁘기만 하네요.

일 잘하는 사람이야 조용히 척척 해낸다지만 원래 빈 수레가 요란한 법이잖아요? 허허."

두 사람은 추어탕을 시켜 밥을 말아 먹으며 대화를 계속했다.

"그런데 단장님도 근간에 영 편치만은 않으셨나 봐요?"

"늙어 보이는 모양이죠?"

"얼굴 살이 많이 빠지셨어요. 불편하신 일이라도 있으신가요?"

"아닙니다. 나는 지금이 좋아요. 내가 좋아하는 일 하고 마음도 편해요. 일이 갑자기 되기야 하겠어요? 급히 먹는 밥이 체한다 하니 기다릴 밖에요. 뭐, 그 과정이 좋을 수만은 없죠. 사람도 많이 만나고 사람 안에 일이 있고, 하지만 매사 안 그런 일이 있나요? 나보다 김 부장이야말로 아주 얼굴이 팍 갔어요! 하하하하."

식당 문을 나선 두 사람은 교육청 앞마당 산책로를 걸었다. 3년 전, 아이들의 체험활동 장소를 섭외하고 학생 프로그램을 개발하기 위해 두 사람은 겨우내 함께했다. 그 인연으로 그들은 무엇이 학생활동의 본질이냐를 두고 열띤 토론을 벌였는가 하면 방향을 잡기 위해 수많은 회의도 했다. 서로가 비판하며 듣기 싫어할 법한 얘기들도 모른 척 뱉어버렸기에 심적으로는 힘겨웠다. 그러나 힘겨운 만큼 마음의 벽은 무너져 내렸고 어느새 여러 이야기들을 털어놓고 있는 자신들을 발견하게 되었다. 설상가상으로 그들 또한 모든 것이 백지였기에 아무것도 없는 맨땅에 나무를 심어야 했고 가끔은 본인들이 경험하지 못했던 새로운 조직 세계를 접하면서 스스로를 깨버리는 힘겨운 과정이 지속되었다. 그러나 심정적으로만 힘든 것은 아니었다.

아이들 위주의 활동을 하기 위해서는 지역기관의 협력이 절실했다. 마을을 학교로 만들자는 가장 기본적인 전제하에서 결국 이 과정의 목적은 양질의 프로그램을 아이들 자신이 경험하게 하는 것이 되어야 했고, 곧 사회인으로 성장하는 아이들이 교육과정을 기점으로 지역기관이 제시하는 프로그램을 체험하고, 느끼고, 그 안에서 뭔가를 얻어 갈 수 있어야 했다. 따라서 이들은 먼저 대학, 전문대학, 지자체, 산하기관, 기타 기관 등 지역기관 섭외에 힘을 기울일 수밖에 없었던 것이다.

그러나 총론 찬성, 각론 반대라는 것은 조직이 갖춘 부동의 진리였다. 기관들도 학생 활동의 목적과 본질에 대해서는 동의했지만 구체적인 프로그램 개발 단계에 들어서면 모든 것은 제자리, 백지 상태로 돌아와 있었다.

그러나 진정성을 갖고 인내할 것! 이것이 김 단장의 활동 목표였기에 김 부장을 위시한 교사들은 한 팀이 되어 발로 뛰어다닐 수 있었다. 팀이었던 그들에게 그해 겨울은 매서웠으나 춥지는 않았다. 그리고 시간은 흘러 각 학교에서 프로그램을 적용하는 단계까지 이르렀다.

"좀 걸읍시다. 바람이 차고 좋네요."

"네. 공기가 참 좋아요. 이런 날은 청량산에 가고 싶군요. 마음은 벌써 그곳인데요?"

"청량산보다는 얘기 좀 해보세요. 얼굴이 팍 간 사연이 있을 것 아니에요? 지금 김 부장 얼굴이 소금에 푹 절인 간고등어 같거든요."

"하여튼 단장님, 직설 화법은 여전하시네요. 뭐 단장님도 그리 생생한 모습은 아니에요. 하하하."

"우리가 화장실 갈 틈도 없다고 하면 사람들은 웃겠지요?"

"웃겠지요. 뭐, 언제는 누가 알아줬나요? 힘 빠지는 얘기 자꾸 해서 뭘 하겠어요. 절인 고등어 이야긴 다음에 들으시죠?"

"아니에요. 궁금합니다. 얼마나 짠 얘기인가 들어보자고요."

"요즘 가을이라 단상이 많이 생깁니다. 저는 결론 없는 얘기 참 싫어해요. 연결도 없고."

"저는 단상 좋아요. 이야기란 결론을 먼저 내리는 것이 아니니까요. 이야기를 하면서 그저 자연스럽게 흐름을 보지요. 억지 결론 내릴 필요 없고요."

"저기 의자가 좋네요."

저녁 끝무렵의 가을빛이 강렬하게 눈에 와 닿자 김 부장은 눈을 감았다. 잡히길 원치 않았던 영상들이 그러나 선연한 색을 내며 또렷해졌다. 얼마 전 계원 간의 회식 시간에 있었던 사건이 김 부장의 입에서 토해졌다.

"부장님! 저 사실 고해성사할 게 있어요."

"무슨 말이죠?"

가끔 뜬금없는 소리를 내뱉는 윤 선생이었기에 김 부장도 별 뜻 없이 말을 받았다.

"저 정말 이 일 못해먹겠어요."

아차 싶은 생각이 들어 김 부장이 윤 선생을 바라보았다. 뭔가 또 일이 있었던 것이다.

학교에서 압박감을 느낄 새 없이 바쁜 이들도 목을 조여오는 스트레스를 피하기는 어려웠다. 성별이나 나이 면에서 이렇다 할 공통점도 없는 이들이 개인주의가 강한 고등학교에서, 그것도 퇴근 후 자주 모임을 가진다는 것은 본인들이 생각해도 의아한 일이었다. 이들은 커피 모임에서 그다지 많은 말을 하지 않았음에도 그 시간만으로 카타르시스를 느낄 만큼 외부에서 많은 압력을 받았고 생존을 위해 자정해야 했다. 대부분의 경우 외부 압력에 비례하여 내부 관계는 견고해진다. 결국 이들의 커피 모임이 잦아질수록 이들을 둘러싼 외부 환경에서의 묵시적 압력은 강해졌던 것이다.

더구나 학생 중심 활동을 본래 목적대로 시행하자는 김 부장의 선언은 교사들, 특히 인문계 고등학교 교사들에게 비현실적으로 느껴졌다. 그러나 김 부장의 생각, 즉 교육을 본래의 목적대로 제대로 한번 해보자는 생각에 동의하는 교사들도 많았다. 무엇보다 이들은 김 부장이 아이들 중심의 활동을 하려고 한다는 것을 지지해주었다. 이들 대부분은 과거 아이들과 함께 교문 밖으로 나서고 싶어 했던 교사들이었고 교육에서의 실험 정신을 단지 무모한 것이라고만 여기지 않았다. 다행히 학부모의 동조는 생각 이상의 힘이 되었고 김 부장과 배 선생, 윤 선생은 서로를 인간적으로 신뢰하기까지 했다. 이것은 견고한 팀워크를 만들어냈고 다수의 지지는 분명한 힘이 되어주었다.

그러나 어느 날부터인가 이들은 기진맥진했다. 흐름이 바뀌었던 것이다. 그것은 예상 외로 소수의 '말하는 자'에 의해 결정되었다. 다수가 만드는 것이 흐름인 것 같지만 알고 보면 소수의 소위 '말하는 자'에 의해 결정되는 경우가 많은 것처럼.

'말하는 자.'

대부분의 경우 '말하는 자'는 자신이 속한 사회 속에서 사회적 의식을 갖추었을 뿐만 아니라 당당하게 그 사회의 문제점을 말할 수 있는 용기까지 가진 자다. 그들 중 다수는 자신이 생각하는 대의와 명분을 충족할 수 있겠지만 그들이 가진 지위는 결국 위태로워지기 마련이다. 그러나 그들은 자신이 발 딛고 있는 자리가 흔들릴 수는 있어도 겉으로 동의하지 않는 다수의 회색인들에게마저 일말의 존경을 받게 된다. 이것이 대부분의 사회에서 '말하는 자'가 가진 좌표일 것이다. 그러나 하필이면 대동고등학교에서의 '말하는 자'는 의미가 좀 달랐다.

이들은 김 부장이 말하는 교육활동의 본질에 대해서는 듣고 싶어 하지 않았다. 오히려 김 부장이 본질을 논하는 것 자체를 불쾌해했다. 이들에게 김 부장은 관(官)이 주도하는 일을 주관하는 사람이었고 따라서 그가 하는 활동 모두는 자신의 면을 내세우기 위한 위선으로 비춰졌다. 특히 김 부장이 나이가 젊다는 것, 대동고등학교에 온 지 얼마 되지 않았다는 것, 일을 많이 한다는 것은 더욱 그들의 의심을 부추기는 요소가 되었다.

즉, 그는 굴러들어온 젊은 돌임에도 승진 욕구를 채우기 위해 너무 많은 학교 일을 하고 관에 충성하면서도 스스로를 피해자인 척 가장하는 매우 위선적인 인간 정도로 정의된 것이다. 이것으로 그에 대한 정죄(定罪)는 이루어졌다.

정작 김 부장 본인은 이 사실을 이해할 수 있었다. 많은 사람들은 스스로의 생각과 상반되게 오로지 자기 자신을 위해 일하면서도 표면적으로는 반드시 명분을 제시한다. 그리고 이들은 결코 자신을 통해 서려 하지 않는다. 사실 이런 인간들은 공기처럼 도처에 있었다. 그러니 김 부장에 대한 정죄는 자신이 감내해야 할 부분이었다. 게다가 그는 지나치게 원론적으로 밀고 나가는 면이 있었다. 그러나 김 부장의 불운은 자신에 대한 정죄보다는 그가 만난 부류의 인간들이 앞서 말한 좌표의 '말하는 자'가 아니었다는 사실에 있었다.

이 '말하는 자'들은 서로의 생각이 같다고 생각될 때만 말했다. 물론 그들은 제각기 다른 사람이었지만 타인을 정죄할 때만큼은 같은 생각을 가질 수 있었던 것이다. 공통의 타인을 정죄하는 순간, 그들은 서로의 생각에 귀를 기울이며 고결한 심판관이 되었다. 역설적으로 많은 사람들은 자신이 가진 적나라한 욕망을 밖으로 드러내기 부끄러워하면서도, 서로의 욕망이 일치되었다는 것을 알게 된 순간엔 수치심으로부터 해방되었다. 아니, 오히려 떳떳한 다수가 되었다. 이도저도 아닌 '진짜 다수'는 흐름 속에서 침묵했다. 방관을 선택하며 신중으로 위장하는 것이다.

그러나 김 부장이 무엇보다 견디기 어려웠던 것은 자신을 믿고 따르는 윤 선생과 배 선생, 함께 해준 선생들에 대한 미안함이었다. 이것만큼은 그가 어찌할 수 없었기에 요즘 푹 절인 간고등어 같다는 김 단장의 말은 아마도 사실이었을 것이다.

"윤 선생님도 참. 부장님께 그런 말씀은 왜 하시는지 말입니다."

배 선생이 윤 선생에게 눈짓으로 눈치를 준다. 김 부장이 배 선생을 눈으로 제지하며 윤 선생을 달래주려는 듯 농기 있게 말을 한다.

"무슨 일 있었어요? 우리가 더 이상 못 해먹을 일도 있나요?"

"네. 더 이상은 안 나오겠지, 더 이상은 안 나오겠지 하면요, 그 순간 또 나와요."

"윤 선생의 악기 체험반 말입니다. 동아리 활동 솔직히 제일 먼저 시작해서 얼마 전 길거리 공연까지 잘 끝냈단 말입니다. 참 이건 다 아는 사실이고 말입니다."

"휴……. 우리 배 선생님은 '말입니다' 빼고 나면 뭔가 할 말이 없으셔."

윤 선생이 카페라테를 한 모금 마시며 배 선생에게 한마디 했다. 말 많은 그녀가 장황하게 서사와 묘사를 섞어가며 대화를 주도하지 않는 걸 보니 무척 피곤한 모양이었다.

"그런데 그게 말입니다. 길거리 공연이 육상 경기대회 캠페인 활동 겸해서 워낙 성황리에 끝나고 시민들 호응도 좋고 취재도 나오고 했단 말입니다. 더구나 이 동아리는 악기를 전공하신 학부모님이 계셔서 정말 많이 도와주시다 보니까 그것도 눈에 띄었지 말입니다."

김 부장이 다음 말을 기다리는데 갑자기 날카로운 어조로 윤 선생이 끼어든다.

"아니, 배 선생님은 진짜 왜 그렇게 사설이 길어요? 어휴, 답답해. 듣다듣다 못 듣겠네. 그래서 정말 기쁜 마음 안고 제가 학교로 돌아왔는데 박 부장이 저를 보며 혀를 끌끌 차는 거예요. 그러면서 저더러 그렇게 신문에 이름 내고 싶냐고, 젊은 사람이 그러는 게 아니라고 일장 연설을 하고 지나가더라고요."

그래도 이 정도면 수준이 약하다 싶어 다행스런 표정을 감추고 김 부장이 위로하려는데 갑자기 윤 선생이 물잔을 탁 하고 테이블에 던져놓으며 말을 잇는다.

"부장님. 그래도 제가 내공이 얼만데 이 정도에 녹아나겠어요? 문제는 그 다음이에요."

윤 선생의 태도에 놀란 김 부장이 뭐라고 대답도 하기 전에 갑자기 배 선생이 끼어들었다. 그는 꽤 흥분한 표정이었다.

"그다음 얘기는 제 얘기인데 왜 윤 선생이 녹아납니까? 제가 할게요, 여기서부터는! 얼마 전 청소년 연극 경연대회 홍보물 온 거 제가 게시판에 붙여놨는데 말입니다. 우리 반 정미가 갑자기 자기가 이 경연대회에 참가해보고 싶다면서 찾아왔지 말입니다. 아, 이 녀석이 우리 동아리에서 연극 공연을 보고 오더니 아주 뭔가가 있었던 모양입니다. 부장님도 아시겠지만 연극 대회에 나가려면 연습을 해야 하지 않겠습니까. 그래서 어디 한번 해보자고 시작을 했더니만 아주 전화가 와서 난리가 났더란 말입니다."

"아니, 그게 박 부장과 무슨 상관이죠?"

김 부장이 의아한 듯 반문했다.

"정미 엄마 전화를 하필 박 부장이 받았는데 '그쪽은 입학 관리 그런 식으로 하느냐'며 입에 거품을 문 모양입니다. 근데 그 불똥이 윤 선생에게 튄 모양이에요. 저한테는 휴…… 아주 장문의 메일이 왔고 말입니다. 그런데 문제는 정미 이 녀석이 아주 고집불통이라 제가 아무리 얘길 해도 안 듣는다는…… 말입니다……."

김 부장이 한숨을 쉬었다. 지금까지 배 선생 반에서 이루어진 모든 활동에는 학부모의 동의와 지지가 숨은 힘이 되었다. 그런데 배 선생 반의 일이 하필 '말하는 자'인 박 부장에게 들어갔으니 저것 봐라. 애들 호응 어떻네, 학부모 동조 어떻네, 다 헛소리더라는 파장이 눈에 보일 듯했다. 이것은 위로 차원이 아니라 해결해야 할 문제였다. 그때 배 선생이 말을 보탰다.

"아주 박 부장님이 사람을 달달 볶았던 것 같습니다. 한 시간 이상 말하면서 진을 빼놓고 말입니다. 그런데 박 부장님이……. 결국은 부장님 하는 일을 있는 그대로 받아들이다가는 모두 다 다칠 거라는 말을…… 좀 하셨단 말입니다."

"아, 정말 주책 없으셔. 정말 그 말씀은 왜 하세요? 김 부장님께 해선 안 될 말이라고 눈칠 줄 땐 언제고?"

윤 선생의 면박에 배 선생의 얼굴이 붉어졌다.

김 부장의 그늘진 얼굴이 오늘 하루의 끝자락을 알리는 노을과 겹쳐진다.

이야기를 다 토해내고 눈을 뜬 김 부장이 휑한 눈을 들어 김 단장을 바라보았다.

"말씀이 없으시네요."

"아주 썩은 고등어 사연 듣고 나니 할 말이 없어서 그렇죠."

"제가 사연은 나중에 말씀 드린다고 했잖아요. 오늘 이 좋은 바람과 이 좋은 노을빛에 할 얘기가 아니었던 것 같아요."

"김 부장 얼굴이 간 사연이 있었군요. 그런데 김 부장. 한번 물어봅시다."

"그러시죠."

"김 부장은 윤리가 누구를 위한 거라고 생각하죠?"

"?"

"김 부장은 윤리 선생이잖아요. 나보다 윤리에 대해 더 잘 알 텐데. 윤리는 도대체 누구를 위한 거죠?"

"글쎄요, 이 짓으로 밥 벌어 먹고사는 저도 잘 모르겠군요. 한 가지 확실한 건 윤리는 자신을 위해서 존재하는 게 아닐까요?"

김 부장이 대화의 문맥을 잡기 위해 집중했다.

"김 부장. 내 생각에 말입니다. 만일 누군가가 윤리가 강자를 위한 것인가, 약자를 위한 것인가를 묻는다면 이건 단순한 내 생각입니다만 난 강자를 위한 것이라고 말하고 싶어요."

"강자를 위한 논리 정도로 생각하시는 건지?"

"아니에요. 내 말이 어떻게 비춰질지 모르겠지만 내 생각에 약자는 본인이 하는 행동의 의미를 묻지 않아요. 물을 필요도 없고. 어떤 면에서 보면 게임의 규칙이랄까, 그런 것이 이들에게 꼭 필요하지만 웃기게도 필요한 이가 꼭 필요를 느끼는 것은 아닙니다."

"단장님은 전공을 잘못 선택하셨어요. 윤리 선생은 단장님이 하셨어야 했나봅니다. 저는 이해가 되지 않아요."

김 단장이 말을 계속했다.

"그러나 강자는 모든 것에 의미를 부여해요. 그러니까 늘 질문을 하지요. 질문하는 자는 괴로워하기 마련이고. 어차피 상대방은 지키지도 않을 게임의 규칙을 지키려고 하니 강자는 힘이 들 수밖에. 꼭 필요치는 않지만 강자는 필요를 느낀다고 할까요?"

"흠……."

"강자는 늘 갈등합니다. 이들이 강자죠!"

"!"

"강자는 갈등하지만 자신을 단죄(斷罪)하진 않아요. 단죄할 이유가 없지요."

김 부장이 단장의 말을 잡고 한참을 있는다. 이어 두 사람 모두 자리를 털고 일어나는데 김 단장이 최후의 일격을 가한다.

"김 부장, 욕을 많이 얻어 드시면 오래 산대요. 그래도 참 다행이지 않습니까. 적어도 김 부장 오래 살라고 기원하는 이들이 아이들은 아니니."

움직이다

"정미야, 이제 연습 시작해서 언제 대회 나가고 상 타냐? 연극 대회, 그거 그냥 잊어버려. 진짜 너무 비현실적이다, 응?"

"됐어. 대회 나가서 상 타고 싶은 생각 없어. 그냥 하고 싶은 거라고. 나, 너한테 도움 구걸할 생각 없으니까 쪽박이나 깨지 마."

"너 말이 심한 거 아니야? 도움 구걸이라니? 도움 주고 도움 받고, 어? 얼마나 아름다운 말이냐. 상부상조. 근데 이건 정말 아닌 것 같다니까!"

"그러니까 쪽박이나 깨지 말라고. 좀 가만히 둬라. 나 진짜 요새 미치겠어."

아까부터 정미와 사샤가 말다툼을 벌이고 있다. 문제의 시작은 복도 게시판에 있는 게시물이었다. 연극 경연대회 게시물을 본 정미는 마른 짚에 불이 붙듯 맹렬해졌다. 이 모습을 사샤가 말리기 시작했다. 아무래도 요즘 들어 달라져가는 정미의 모습이 낯설었다. 뭔가 문제가 시작되려 했다.

그러나 정미의 생각은 전혀 다른 곳을 향해 있었다. 이번 한 번만은, 이번만은 놓치기 싫었다. 엄마의 성화와 가장 친한 친구의 걱정에도 정미는 선택을 내렸다. 결국 배탱이를 다시 찾아갔던 것이다.

"쌤?"

정미가 공문 접수에 정신없는 배탱이를 불렀다.

"쌤, 바빠요?"

"어, 정미네? 웬일?"

배 선생이 마우스를 놓으며 대꾸했다.

"쌤, 저희들 연극 경연대회 나가게 해주세요."

"인마. 정말 왜 이러는 건지 말이야. 안 된다고 했잖아!"

"쌤이 연극 동아리 지도교사이시잖아요. 우리 좀 지도해주세요, 네?"

"야! 2학기에 제대로 된 연습도 한 번 못했단 말이지. 근데 어떻게 대회를 나가? 애들도 다 참여하긴 어렵단 말이지!"

"앙! 선생님!"

배 선생이 깜짝 놀라 정미를 보았다. 무표정한 얼굴로 웃음기 한 번 보인 적 없던 아이가 이게 웬일이지? 사실 정미의 논리에는 반박할 여지가 없었다. 물론 2학기라는 점, 대회에 나갈 만큼 밀도 있는 활동을 하지 못했다는 점, 반 아이들 모두가 참여할 수 없다는 점, 무엇보다 공부하기에도 벅찬 고등학생이라는 점은 부인할 수 없는 사실이었다. 대개의 경우 담임은 이런 것들을 이유로 단호하게 거절할 것이다. 배 선생도 마찬가지였다. 게다가 정미 엄마의 전화라면 아주 신물이 났다.

그러나 그가 거듭 정미를 설득할수록 아이 또한 더욱 완고해졌다. 평소의 그라면 '그래도 안 돼!'를 외쳤겠으나 그를 주춤하게 하는 것은 정미의 태도였다. 정미 엄마가 보낸 장문의 메일과 민원 전화가 그를 괴롭게 했지만 그는 평소 정미의 냉랭한 모습을 알고 있었다.

감정을 드러내지 않는 아이. 사샤와는 물과 불같이 다른 아이였다. 반 아이들 모두가 즐거워했던 학급 공동체의 날이나 진로체험의 날에도 정미는 표정 변화 없이 문제집만 바라보았다. '당신 어디 한번 해보시오, 그래 봤자지.'라는, 아이답지 않던 정미의 시니컬한 태도를 그 또한 모를 리 없었고 대상이 아이라는 것을 알면서도 섭섭한 마음이 들 때가 있었다. 그럼에도 성적이 오르지 않은 정미를 볼 때 그는 안쓰러웠다. 여전히 정미의 태도는 냉정하게 유지되었다.

그랬던 정미가 지금은 불꽃 같았다. 눈빛에 깃들어 있는 급박함, 이것이 아니면 안 된다는 절박함은 정미를 뜨겁게 만들었고 이 변화된 모습이 그의 마음을 움직였다.

'에라이, 모르겠다. 일단 애부터 살리고 보잔 말이지!'

"알았어. 일단 신청은 말이지, 한번 해보자. 교실로 가봐!"

"넹! 헤헤헤헤!"

아이가 뒤돌아설 때 그는 정미가 웃는 모습을 처음 볼 수 있었다.

배 선생은 고민했다. 설사 연습을 한다고 해도 한 학급 아이들 모두를 대회에 참여시킬 수는 없었다. 이것은 철저하게 희망자에 한해야 했다. 그렇다면 인문계 고등학교에서 본인 또한 비전문가로서 언제 시간을 내서 연습을 한단 말인지. 이 아이들이 모두 희극인이 되어야 하는가. 그것은 아니었다. 만일 참여한다 해도 정미 하나만이 아닌, 함께하는 아이들 모두에게 의미 있는 활동이 되어야 했다. 그는 자신의 생각에 끝없이 의문을 던졌고, 자답하길 반복했다.

체험은 인간을 풍부하게 한다. 게다가 그의 경험에 비춰보건대 삶은 연속적인 스토리가 아니라, 서로 인과 고리가 없는 단편적인 사건들이 이후에 하나의 이야기로 연결되는 경우가 대부분이었다. 그렇다면 무관심하고 차갑던 아이가 사물에 관심을 보이는 최초의 가슴 벅찬 순간을 삶을 풍부하게 하는 체험 고리로 연결시키는 것이 바로 자신의 책무라는 데 그의 생각이 미쳤다. 배 선생은 이러한 체험 속에서 아이들이 스스로에 대해 고민하게 하자고 결론 내렸다. 정미 엄마의 일은 그가 감당해야 할 부분이 되었다. 가슴이 이내 무거워졌다.

그의 고민과 더불어 정미와 사샤의 말다툼도 깊어졌다.

"야, 솔직히 좋아. 네 생각은 그렇다고 쳐. 너희 엄마는 어쩔 거야? 우리 집에도 벌써 수십 번 연락하신 모양이더라. 너, 봉사활동도 안 나간다고 했다면서? 너 이런 식으로 하는 거, 우리 담임쌤에 대한 민폐인 건 알고 있지?"

정미 엄마의 한바탕 소란에 대한 이야기였다. 정미는 부모님 앞에서도 단호했고 완고했다. 업체에서 하는 봉사활동에는 앞으로 절대 참여하지 않겠다고 선언했다. 뿐만 아니었다. 이번 연극대회만큼은 엄마의 반대에도 꼭 나가겠다고 밝혔다.

정미 엄마는 압박 붕대를 사서 머리에 감고 자리에 누웠다. 그러나 정미를 볼 때만큼은 언제 그런 힘이 생겨나는지 벌떡벌떡 일어나서 가슴에 쌓아둔 분노의 재를 아이에게 쌀알 던지듯 던져냈다. 불똥은 배 선생에게도 튀었다. 그녀는 화병으로 속이 타들어가는 듯했고 그럴 때마다 권 여사나 학교에 전화를 해댔다.

처음에는 분노에 찬 그녀의 넋두리를 들어주던 권 여사 역시 나중에는 전화벨 소리만 들어도 노이로제에 걸릴 지경이 되었다. 배 선생의 입장은 점점 곤란해졌고 학교의 입장도 더욱 난처해졌다. 이 문제는 담임의 책임 문제에서 학생활동 운영 문제로 비화되었고 결국 김 부장의 예상은 그대로 현실이 되어 나타났다.

사샤가 '민폐'라는 말을 할 때 정미의 눈은 미세하게 움직였다. 그러나 정미는 더욱 입을 꽉 다물었다. 사샤의 경험에 의하면 이건 더 이상 말하는 것은 위험하다는 신호였다. 이때였다.

"너희들도 참 머리는 못 쓴다. 이제는 아예 안됐다는 생각까지 드는걸?"

휘파람을 불며 성원이가 끼어들었다.

"그냥 가라. 나 오늘 일진 안 좋거든. 게다가 정미 애 똘개 되는 순간 머잖았다. 아마 별로 보고 싶지 않은 장면이 될 거야, 난 아직도 꿈에 한 번씩 나오는데 모두 악몽이었어."

그렇다고 멈출 성원이 아니다. 여유로운 웃음마저 흘리며 성원이가 말했다.

"윈-윈 전략이라고 들어는 봤냐?"

사샤가 성원이에게 으르렁거리는데 성원이는 정미를 보며 말을 접지 않았다.

"싸우지 않고 이기는 것이 제일이라고 『손자병법』에 나와 있다. 수단은 목적을 떠날 수 없다, 뭐 이런 거지. 그렇다면 수단보다는 목적이 훨씬 더 중요할 것 같은데?"

사샤가 귀를 막으며 소리쳤다.

"나 요즘 정말 힘들거든. 요즘 흰머리 생기는 거 봐라. 열일곱에 흰머리가 말이 되냐? 손자가 뭐라고? 너는 그냥 그리던 그림이나 계속 그리시지?"

사샤가 주먹을 쥐고 책상을 탕탕 치며 성원이를 협박했지만 정미는 성원이에게 의외의 관심을 보였다.

"무슨 말이야? 쉽게 얘기해. 얘 말대로 요즘 우리 좀 힘들거든."

정미가 사샤를 턱짓으로 가리키며 말했다.

"너희들이 봤던 연극대회 게시물, 우리도 봤다고. 니들 설왕설래 말이 많던데 뭐 남의 말 듣는 취미는 아니지만 보시다시피 자리가 자리인지라 듣지 않을 수 없었고. 실례는 많았는데, 거 뭐라고 하나. 목적을 좀 같이하면 쉽게 갈 것 같다 이거지."

"성원아. 정미 쟤 예전에 별명이 미친개였거든. 평소엔 가만히 있다가도 화나면 미친개가 된단다. 조심해."

재승이가 성원이의 귀에 대고 나름 속삭인다고 말하는 게 마치 주위에 확성기를 켜둔 듯하다. 정미가 서서히 심호흡을 시작하자 사샤가 옆 책상으로 걸음을 옮기며 자리를 피했다.

"이유는 모르지만 정미 너는 연극 경연대회에 나가고 싶은 거고, 사샤 너는 너희 집에 있는 강아지들 어떻게 처분할지 뭔가 올바른 답을 내려야 하는 것 같고."

"야! 이쯤 되면 듣지 않을 수 없는 게 아니라, 아예 우리 쪽에 도청기를 달아놓고 사는 것 같은데? 이건 실례 정도가 아니잖아?"

"흠. 뭐 그건 미안하다마는 사샤 네 목소리를 원망해라. 배우는 네가 하면 딱 좋을 것 같은데 말이지. 복식 호흡 그거 배우에게 필요한 최고 자질 아니냐? 아참. 목소리 하나로 배우 되는 건 어렵지?"

"이걸 그냥!"

"사샤, 제발 좀 듣자. 그리고 너도 본론 좀 말씀하시지? 너한 테도 점심시간은 아까울 것 같은데."

"음, 좋아. 이건 그냥 가상 시나리오니까 선택은 너희가 하는 거다. 아시다시피 이번 연극 경연대회에 참가할 학생은 백 퍼센트 지원제이고 그럼 뭐 얼추 정예부대는 되는 것 같고."

으르렁거리는 사샤를 보며 성원이가 말을 이었다.

"공부에도 도움이 되고 연극도 같이하는 방향을 잡아야 할 터인데 도와주는 놈은 없고. 그런데 나도 그리는 건 엄청 좋아하는 놈이고. 빈 복도라도 채울 요량으로 요즘 그리기에 열중하고 있는 건 알고들 있지? 재승이 저 녀석은 쓰는 걸 거의 업으로 하는 놈이니 대본 만들기는 믿어봐도 좋을 것 같고. 도와줄 손은 벌써 만들어진 것 같은데. 문제는 사샤에게 지원군이 필요한 건데 지원군은 본인이 요청해야 생기는 거라는 것 정도. 이 정도가 본론이 아닐까?"

아이들은 모두 말이 없다. 정미가 한참을 침묵하다 말한다.

"자세한 방법이 없잖아."

"흥! 방법? 배탱이한테 전적으로 매달릴 거야? 구체적인 방향은 필요한 사람에 의해 만들어지는 것 아닐까?"

성원이 냉정하게 말했다.

"그런 생각도 없이 그저 마구잡이로 시작하자, 시작하면 잘될 거다, 이런 거야? 일단 대본부터 생각해보자고. 사실 수많은 작품을 학교에서 배우고 있잖아? 여러 작품으로 연극 대본을 만들어본다면? 공부도 하고 연극도 할 수 있다는 논리가 가능해지지. 아마 너한테는 최소한의 방어막이 될 것 같은데? 배짱이도 살리고, 혹시 아냐? 너희 어머니 화병도 좀 가라앉힐 수 있을지. 어떠냐?"

"너, 언제부터 시작할 수 있어?"

"롸잇 나우."

정미와 성원이 히히거리는데 사샤가 짜증스레 외친다.

"뭐라는 거야! 난 어떻게 하라고. 응?"

정미와 성원, 재승의 트라이앵글 속에서 사샤의 절규는 사라져갔다.

큰일 났다. 벌써 사흘째 김치와 김치국만 먹고 있다. 나야 괜찮지만 우리 아빠 무슨 죄야? 게다가 권 여사는 한마디도 하지 않는다. 이성원, 이 자식! 지원군을 요청하라고? 나더러 너한테 뭔가 도움을 구하라는 뜻이야? 근데 요즘 들어 이 녀석은 왜 이렇게 자꾸 내 눈 앞에 나타나니, 성가시게.

그건 그렇고 정미는 지금 연극대회에 나가겠다고 난리인데 집에서 물 한 모금이나 마시는지 모르겠다.

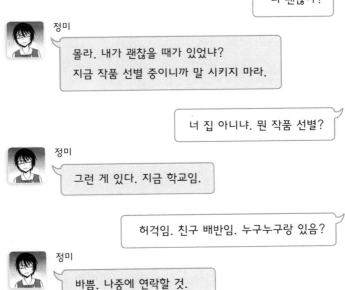

너 괜찮냐?

정미
몰라. 내가 괜찮을 때가 있었냐?
지금 작품 선별 중이니까 말 시키지 마라.

너 집 아니냐. 뭔 작품 선별?

정미
그런 게 있다. 지금 학교임.

허걱임. 친구 배반임. 누구누구랑 있음?

정미
바쁨. 나중에 연락할 것.

이것이 수년간 지켜온 친구간의 우정이라는 거다. 문자라면 저랑 내가 하루에 셀 수 없이 할 사이인데도 '나중에 연락할 것'이라는 단순한 말로 끝장을 내는 우정. 일요일에 학교에 갈 녀석이 아닌데 문제는 주위에 다른 애들이 있다는 거다. 도대체 누구란 말인가? 게다가 카톡의 대문에 적힌 글도 심상찮다.

'해는 타올라 내리쬐고, 시린 밤별은 손에 닿을 듯 있다.'

이건 뭐야? 하여간 궁금해서 못 견디겠다. 나가봐야지. 급하게 대문 밖을 나서는데 권 여사의 눈길이 찌르듯 등에 박힌다. 오늘따라 문 소리는 왜 이렇게 크단 말인가.

"자들 진짜로 우얄 낀데, 으이? 니 내 죽는 꼬라지 볼 끼가, 으이?"

엄마가 소파에서 꼬물거리는 불쌍한 녀석들을 째려보며 말한다. 그때 한 녀석이 철없이 노란 오줌을 흘린다. 이럴 땐 못 본 척이 상책이지.

"엄마. 나도 해결 방법 생각하고 있어요. 조금만 시간을 줘요. 나 학교 다녀올게요. 히히."

급하게 대문을 열고 나오는데 식은땀이 흘러내린다. 엄마의 으이? 으이? 고함 소리가 등 뒤에서 들린다. 빨리 나가자. 방금 노란 오줌을 발견하셨겠지. 아빠가 골방으로 급히 들어가시는구나! 문 소리도 참 크긴 크다. 빨리 잘 나왔지. 저 녀석들은 내 방에만 있을 것이지 왜 저렇게 여기저기 어슬렁어슬렁 돌아다닐까. 저게 개지, 강아지냐? 뭘 먹고 저렇게 쑥쑥 크는지. 어휴, 덩치가 장난이 아니야! 정말 큰일은 큰일이다.

아빠 말씀처럼 단순히 키우는 것만이 상책이 아닌데. 내가 한 일에 대해서 책임을 올바르게 지라는 말씀인데 이번 아빠 숙제는 너무 어렵다. 머리 깨지겠다. 아, 짜증 완전 업이다.

일요일에 학교 오니까 기분이 이상한데? 근데 고 3들은 일요일에도 학교를 오네? 어디로 가야 하나? 하긴 뛰어봤자 벼룩이지, 정미 네가 어디 딴 곳에 갈 데가 있냐? 그럼 그렇지. 교실이지. 우리 반에서 나는 소리가 확실하다. 아주 복도에서부터 너희들 수군거리는 소리가 들리는구나. 하여튼 목청들은 다 커요! 근데 이건 누구 소리지? 민주 고함 소리가 여기까지 들리네. 남자애들 소리도 섞이며 들리는 것이 이성원 녀석이랑 정재승도 있나보다. 아, 또 이성원이야? 역시 그렇지. 두 녀석은 쌍으로 앉아 있고 정미와 민주가 머리를 맞대고 뭘 난리들이람? 나는 생까면서.

"참 대단한 토론 하신다? 사람이 왔는데 쳐다보지도 않냐?"
"어, 와라. 앉아."
정미가 아는 체를 하는데 영 성의가 없다. 무슨 열성 스터디 그룹 하는 것도 아니고 국어 교과서에 문학 교과서, 심지어 우리가 배우지도 않은 다른 출판사 책들에, 평소라면 한 번 쳐다보지도 않을 책들이 여럿이다. 한숨 난다. 괜히 왔다.
"뭐 하냐?"
"정미 네 말대로 「일곱 살 인생」도 좋은 작품이긴 한데 대본으로 만들긴 어렵지 않을까?"
아, 이성원. 또 시작이다. 사람 완전히 무시하고 지 말만 계속하는 거. 확 어퍼컷을 날려버리려는데 다른 애들도 마찬가지다. 저네들 말만 한다. 그래, 지껄여들보시지. 잠시 투명인간 버전으로 앉아 있어주마.

"어제 내가 인터넷에서 찾아봤는데 고등학교 때 읽어야 할 문학작품이 이만큼이야. 밤 새워서 겨우 내용들 조금 알아봤는데 읽지를 않아서 어떻게 해야 할지 모르겠더라고. 그래도 이 목록 안에서 찾아보는 게 낫지 않을까?"

지금까지 내가 들은 재승이 말 중에서 가장 긴 말이다. 저 녀석이 단어와 단어를 조합해서 문장이라는 것을 만들어낼 줄 안다는 것이 놀라울 뿐이다.

"우리 탈피 좀 하자. 고등학교 때 읽어야 할 문학작품은 누가 정한 거야? 그거 중학교 때 읽으면 안 되고 대학교 때 읽으면 상식에서 벗어난 인간 되냐? 줄거리 몇 줄 적힌 거랑 작품 중간중간 인용해놓은 거만 읽고 제대로 작품 읽었다고 할 수 있는 거야?"

놀라움에 놀라움이 더해진다. 우리 권 여사 표현대로라면 놀라 자빠지겠다. 민주가 정확하게 말하고 있다. 또록또록한 눈동자, 잘근잘근 볼펜 끝을 씹어대는 모습이 영락없이 정상적인 고딩의 실루엣이다. 가만히 보니 오늘은 산발한 머리도 어느 정도 가라앉아 보인다. 그래봤자 레게 머리 한 십 년간 하고 나서 푼 정도뿐이지만. 본인은 묶었다고 생각하는 곱슬머리는 늘 삐져나와 산발해 있는 자유로운 영혼의 소유자. 언젠가 우리 권 여사가 보고는 '머리에 꽃 한 개 꽂으면 딱 그림 되겠다'고 말했던 바로 그 소녀. 그 소녀의 입에서 흘러넘치는 저 지성 가득한 문장이란 무엇인가.

"그렇게 비판적으로 볼 일은 아닌 것 같아. 고등학생 정도면 이 정도 독서는 해야 한다는 얘기가 아닐까 싶어. 장편이다 보니 인용할 수밖에 없고 성의 있는 애들은 장편 다 읽어보는 거고. 엄청난 독서량을 요구하지만 독서할 시간은 절대적으로 부족한 우리 고딩들의 현실을 탓하는 게 나을 것 같다."

이건 또 뭐지? 이 말은 정미의 입에서 흘러나온 말이다. 이곳은 어디? 나는 누구?

"어쨌든 고등학교 때 읽어야 할 문학작품이 정해져 있지는 않을 거야. 조금은 새롭고 우리에게도 재미있는, 신선한 책을 찾아보는 게 우선이겠다."

그래, 정리야 이성원 네놈 몫이겠지. 근데, 이 녀석이 사람을 보고도 아는 체를 안 해? 아우, 더 이상 못 참겠다. 투명인간도 내가 해야 하는 거지 니들이 날 투명인간 취급하는 건 참을 수 없다.

"잠시만, 니들 뭐하는 거냐?"

이건 내가 끼어들지 않을 수 없는 상황이다.

"응? 보면 모르냐?"

대놓고 무시다. 무시도 이성원 네 몫이었지.

"모르겠으니까 묻는 거 아냐. 책들 펴놓고 뭘 하시느냐고? 사람을 이렇게 투명인간 취급해도 되는 거냐. 거, 참."

"넌 같이 안 한다며? 이번 프로젝트에서는 빠지기로 한 것 같은데? 우린 대본 만들기 전에 작품부터 정하려고 하는데 작품 정하는 게 영 어렵다. 그거 정하고 있는 거야."

그래, 당연히 같이 안 하지. 내가 뭣 하러 어렵게 책 읽고 연극한다고 난리냐?

"아, 그래? 정미, 계속해. 난 기다릴게. 마치고 영화나 한 프로 당기고 가자. 내가 보여줄게. 어서 말들 해. 난 끝날 때까지 암말 안 하고 입 꽉 다물고 있을게."

"내가 너랑 영화 보러 가는 거 봤냐? 그럴 시간 없으니 그냥 너 혼자 가. 우리는 좀 걸릴 것 같아."

이건 또 뭔가? 우리? 정미가 날 빼놓고 우리라고 했단 말이지. 내가 똑바로 들은 게 맞나? 게다가 그만 입 다물고 있으라는 듯 귀찮은 얼굴로 날 바라보는 이 싸늘한 분위기는 뭐지? 아, 자존심 팍 간다. 도저히 못 있겠다. 정미, 너 두고 보자. 날 무시했단 말이지?

"오키. 알았어. 난 간다. 당최 뭐라고들 씨불거리시는지 귀에 붙질 않네. 붙질 않아. 그럼 너희들은 건전한 고딩삘 나는 토론들 하시고 난 사라져줄게."

이 정도면 기분 나쁜 거 살짝 드러내면서 쿨하게 일어서는 거겠지? I will be back. 이러면서 아놀드 슈왈제네거처럼 엄지손가락 팍 쳐들고 당당히 퇴장해주마. 이럴 때 비장한 음악은 안 나오나? 교실 문을 힘차게 열고 나서는데 정미가 뭐라고 말하는 것 같다. 그럼 그렇지. 네가 날 안 잡고 배기냐? 내가 오늘 영화 보여준다니깐. 아까의 그 무례함은 용서해주마. 내가 그래도 두 달이나 언니 아니냐.

"정미야, 뭐라고?"

후, 좀 크게 말해라. 기다려달란 말, 어디 한두 번 하나?

"어, 사샤! 문 좀 닫으라고! 네가 들어올 때부터 문을 덜 닫아서 바람 들어온다. 꼭 닫아! 어우, 쟨 꼬리를 달고 사나?"

저것들이 배탱이 근처에서 뭘 하는 거야? 아까부터 종이쪽지 들고 가서 숙제 검사받는 것 마냥 심각하게 서 있는데. 발제문이라나 뭐라나 열나게 써 제끼더구먼. 하여튼 공부는 잘하고 봐야 한다. 우리 반의 자랑인 1등 이성원이 움직인다 싶으니까 정미도 동요돼서 포섭당했다. 독서토론 할 시간 부족하다며 발제문인가 뭔가 써서는 카페에서 토론에 열을 올리신다는데. 자판 두들겨봤자 별수 없을 것이다. 말이야 바른 말이지 연극하고 독서토론하고 뭔 상관이 있다고.

근데 배탱이의 저 흐뭇한 표정은 뭐지? 아, 드디어 입술이 움직인다. 뭐라고 말씀을 하시려나보군. 또 '말입니다' 라던가 '말이지' 타령이겠지.

"얘들아. 선생님이 수업 시간에 잠시 발제문에 관해 언급한 적 있단 말이지? 작가의 문제의식을 바탕으로 쓴 글이 바로 발제문이고, 독서토론 할 때 유용하게 사용될 수 있다고 말이지. 부끄러운 이야기다만 아쉽게도 우린 제대로 독서토론을 한 적이 없었단 말이지. 독서토론은커녕 사실 책 읽을 시간도 없었고. 그런데 이번에 말이지, 하하하! 글쎄, 연극 경연대회 나가는 녀석들이 이렇게 발제문을 만들었단 말이지? 우리 학급 카페에 탑재해둘 테니까 모두들 참고해보란 말이지! 아직 처음이라 조금 서툰 감이 있지만 이렇게 시작하면 되는 거란 말이지. 하하하하!"

이 상황에선 내가 대사 한마디 안 쳐줄 수가 없다. 칭찬 일색은 참을 수 없으니.

"선생님! 연극이랑 독서토론이 무슨 상관이라도 있나요?"

"그래, 사샤. 물론 그렇게 생각할 수도 있단 말이지. 그렇지만 작품을 심화해서 이해해야 그것이 잘 표현되는 법이란 말이지. 생각의 폭을 안 키워주면 표현은 겉돌 뿐이고 말이지. 너희들이 주위에 있는 문학에 눈을 돌리기 시작했다는 것 자체가 선생님은 너무 자랑스럽고 대견하단 말이지. 하하하하!"

배탱이가 조금이라도 뜸을 들일 줄 알았는데 그게 아니다. 괜히 치고나왔다. 하긴 난 이럴 때가 아니다. 나비처럼 날아서 벌처럼 쏘아줄 때가 멀지 않았다. 근데 이 녀석들 사진이 휴대폰 어디에 있을 텐데……. 아, 여기 있네! 꼬물꼬물 귀여운 녀석들. 이제는 다 커버렸지만. 이건 처음 만났던 날 사진이고, 이때 정말 불쌍했었지. 여기 그 할아버지 사진도 있네? 내가 언제 캔까지 찍었지? 그건 그렇고, 할아버진 잘 계실까? 이건 히히, 새끼들이랑 복실이랑 같이 노는 사진이네.

"와, 사샤. 귀엽다! 네가 기르는 강아지야? 근데 똥개네? 하긴 똥개가 귀엽긴 더 귀엽더라."

이럴 때 나의 깊은 사고의 흐름을 한순간에 차단시키는 아이는 민주다.

"넌 독서토론 한다고 바쁘신 모양이던데? 참견 마시라고. 그리고 똥개라고 하지 마라. 정식 명칭이 있어. 믹스견이라고."

"우리 말 안 듣는 척하더니 역시나 다 듣고 있었구만. 이 강아지들이 정미랑 네가 쑥덕거린 강아지들이구나. 유기견이겠네? 근데 사진 속 이 깡통들은 뭐냐?"

"우리 동네 할아버지가 미처 못 주운 깡통이야. 길 가다가 자꾸 눈에 밟혀서 찍긴 찍었는데……. 왜 사진으로 남겼는지 모르겠어. 그리고 이 강아지들, 아주 유기된 정도가 아니야. 벼락에다 천둥까지 치는데 집에 못 찾아오게 하려고 눈에 붕대까지 감겨놨더라. 요즘 인간들은 머리가 그딴 식으로만 돌아가나봐. 일단 무조건 집으로 데려왔는데 우리 아빠가 좋은 해결책을 찾아보라고 해서."

"유기견 카페 같은 데 한번 올려보지 그래. 혹시 아냐? 입양될지. 우리 연극 카페에 올려줄까?"

이럴 때 쓰는 문자가 있다. 귀가 번쩍 뜨인다는.

"뭐? 카페에 올려준다고? 네 생각에는 거기 올리면 입양은 될 것 같아? 우리 아빤 단순하게 누구한테 맡기는 걸로 끝내지 말라고 하셨는데. 내가 책임감을 갖고 해결 방법을 생각해보라 셨는데……. 이게 맞는 방법일까?"

아까까지만 해도 발제문 읽는다고 눈길 한 번 돌리지 않던 정미가 톡 하고 끼어든다.

"유기견 카페나 블로그는 어때? 네가 직접 운영자가 되어보는 게 괜찮을 것 같은데. 게다가 너 수레 끄는 할아버지도 돕고 싶다고 했잖아. 같이 생각해보는 것도 좋은 것 같지 않냐? 요즘은 카페 활동으로 기부도 하고 그러더라."

왼쪽 손으로 턱을 괴고 앉아 연습장에 열심히 뭔가를 끄적거리던 이성원이 또 톡 튀어나온다.

"웹 사이트 메인에 요즘 나눔 이야기가 올라오기도 하더라. 하긴 네 상태를 보니 지금도 벅차 보인다만. 그래도 생각보다 진도가 빨리 나간다, 너? 예상 외의 선전을 하고 있는데. 후."

두더지 놀이를 하는 것 같다. 톡 하고 나온 놈을 툭 하고 치고 나면 다른 놈이 또 톡 하고 튀어 나온다. 이러니 열일곱에 흰머리가 나지 않을 수 없다. 머릿속에서는 내가 커다란 봉을 쥐고 두더지 탈을 쓴 정미와 이성원, 민주, 너희를 열심히 두들겨 패고 있다마는 내 머릿속이 복잡해 참는다, 참아.

그렇지만 나도 한다면 한다. 이런 식으로 질질 끌 수는 없지. 좋아, 스텝 바이 스텝이라고 한 걸음부터다. 웹상으로 뭔가 표현하는 데는 시간이 많이 들고 체계도 필요할 테니 일단은 우리 학교에서부터 동지를 모아보자. 최대한 불쌍하게 써봐야지.

네 마리 강아지를 도와주세요. 아니지. 이것보단 도와주실 거죠? 이렇게 바꿀까. 글이 써지질 않는다. 뭐라고 써야 하나?

내 머릿속은 참 자주 하얗게 된다는 걸 실감한다.

"사샤, 가만있으려 해도 너무하는구나. 이걸 이렇게 고치면 어떻겠냐?"

이성원 이 녀석이 어렵게 쓴 문장을 지워버린다. 도와주고 싶어 못 견디겠다는 그 비장한 표정은 뭐냐? 그건 그렇고, 펜으로 뭔가를 쓱싹쓱싹 잘 그리는데? 무슨 일이 일어나는지도 모를 만큼 삽시간에 종이가 채워진다.

"와, 너 정말 대단하다. 사진을 본 듯이 그림을 그린다, 너?"

"네가 보여줬잖냐. 네 기억력도 참 대단하다. 정말 기억 안 나냐?"

"응."

"실은 민주 옆에 내가 있었다. 민주가 이 사진 볼 때, 나도 있었다고."

"음. 그러니까 훔쳐봤다는 얘기지?"

"응."

이성원의 무릎팍을 팍 치려다가 내가 참는다. 어쨌든 이 녀석은 소중한 아이디어의 제공자니까.

"쉽게 말해 너는 내가 갖고 있는 문제를 주제로 해서 다른 애들이랑 같이 토론도 하고, 그 뭐냐, 탐구? 탐구도 하란 거였구나. 그러니까 내가 딴 애들에게 도움을 요청하라는 얘기도 생각을 같이하는 애들부터 모아보라는 얘기였고? 그렇게 하면서 아이들이랑 같이 방법을 찾아보란 얘기였지?"

"이제 돌이 좀 깨지나보구나."

안 되겠다. 아무래도 이성원 무릎팍은 오늘 시련을 겪어야 하나보다.

"그래, 네 무릎팍도 같이 깨질 것 같다."

더불어 숲

"할아버지, 꼭 오셔야 해요, 네?"

"저기, 저……. 그게 말이다. 될까 모르겠다. 내가 가서 괜히 너희들 부끄럽게 만드는 게 아닌가 해서……."

"아니, 할아버지가 왜 부끄러워요? 대체 어느 인간들이 그딴 소릴 한단 말이에요? 그런 인간들, 자기들 꼬락서니나 보라고 해요. 어우! 꼭 말이죠, 뭐 하나 내세울 것 없는 인간들이 딴 사람 평가질한다니깐, 꼭!"

아까부터 사샤는 캔짱을 설득하고 있었다.

캔짱. 어느 사이엔가 아이들 사이에서 캔짱으로 불리게 된 이 사람은 사실 사샤 뒷마을의 캔 할아버지, 김 노인이었다.

아이들에게 캔 할아버지가 캔짱이 되기까지는 성원이의 손 끝이 크게 한몫을 했다. 성원이의 만화는 학교 게시판에서 흔히 볼 수 있는 대회 홍보물과는 또 다른 매력이 있었다. 강아지, 특히 버림받고 불쌍한 강아지라는 소재는 아이들의 시선을 끌기에 충분했다. 아이들은 주제 탐구활동에 대해 질 좋은 보고서를 제출하면 생기부에 기록이 되고 운 좋으면 교내 상까지 받을 수 있다고 생각했다. 사실 어느 누군가가 아이들의 사고력을 키우기 위해 제안했던 이 프로그램은 어느새 전국 고등학교로 확산되었고, 대부분의 학교에서 큰 고민 거치지 않고 아이들의 스펙 관리용으로 자리 잡았다. 그러나 대동고등학교의 건전하고 평범한 주제 탐구대회 홍보물이 성원이의 만화로 탈바꿈되자 일반적인 의미 이상의 매력으로 아이들에게 파급되었다. 결과적으로 사샤는 정신이 나갈 정도로 바빠졌다. 이과 아이들까지 사샤를 찾게 되는 예상 밖의 호응으로 사샤의 흰머리는 더욱 늘어났다.

"야, 넌 열일곱에 흰머리가 말이 되냐?"

"아, 씨, 짜증나거든? 이거 유전이거든! 그리고 흰머리 아니고 새치거든!"

"너 저번에는 네 입으로 흰머리 맞다며?"

"이게 죽을래? 이번엔 진짜 내가 똘개 된다, 응?"

사샤가 정미랑 한창 티격태격하고 있는데 뒤에서 뭔가 써늘한 기운이 느껴졌다. 민주는 어쩔 줄 모르며 사샤를 보고 있고 민주 뒤로는 은경이가 서 있었다. 아이들은 서로 각자의 일을 하면서도 이 장면을 놓치지 않으려는 듯 곁눈질을 해가는 통에 반의 에너지는 모두 사샤 쪽으로 쏠렸다.

은경이. 학교에선 말 한마디 하지 않는 아이. 어쩌다 한마디 할 때는 가래 끓는 소리를 내며 저음으로 상대의 기선을 제압하는 아이.

은경이는 평소 걸쭉한 목소리를 갖고 있는데, 은경이를 처음 본 선생님들은 모두 첫눈에 일진일 것이라고 의심하는 외모의 소유자였다. 입학식 첫날, 배탱이가 뚫어지듯 얼굴을 바라보자 은경이가 그 걸쭉한 목소리로 "왜요? 퀘!"라고 아무렇지도 않은 듯 대꾸하는 바람에 그렇지 않아도 노랗게 뜬 배탱이의 얼굴이 썩은 귤껍질처럼 변해버린 것은 아이들 기억에 선명히 남아 있었다.

소문에는 일진들과 어울려 논다는 그 아이가 귓불의 피어싱을 어루만지며 사샤를 보고 있었다.

'아, 씨, 죽었다. 저번부터 웬 관심이야?'

이때였다. 심상치 않은 분위기를 눈치 챈 성원이와 재승이가 은경이 앞에 섰다.

"뭔 일이야?"

성원이가 은경이를 보고 한마디 쏘아붙이자 재승이도 용기를 내어 은경이 앞을 가로막고 선다.

"퀘! 사샤 좀 만나려고 하는데. 퀘! 퀘!"

일시에 얼어붙은 아이들 사이로 성원이의 날선 대답이 이어진다.

"아니, 네가 왜?"

침묵. 아이들 모두 침묵하면서 드디어 뭔 일이 터질 것만 같은 예감에 젖어 있는데 은경이가 목구멍을 가다듬었다.

"퀘! 너는 왜. 퀘! 네가 사샤, 퀘! 남친인가보지? 퀘!"

또 다시 침묵이 이어지는데 사샤가 정신을 차릴 여유도 없이 모깃소리만 하게 내뱉었다.

"야, 아무리 그래도 그건 아니지……. 나도 나름 보는 눈이 있고……. 뭐, 나도 그 정도로 급한 건 아니고……. 근데…… 나는 왜 찾는 건데?"

성원이가 엄청 화난 듯 사샤를 휙 하고 흘겨보더니 제자리에 앉았다. 그 사이에도 손가락 두 개를 쉴 새 없이 비비며 어쩔 줄 몰라 하는 사샤를 은경이가 아래위로 쓱 한 번 스캔했다.

'아, 씨! 저것들은 꼭 아래에서 위로 훑어본단 말이야.'

"퀘! 주제탐구? 퀘! 뭐 유기견 구하자매? 퀘!"

"?"

"그거 나도 좀 하자고. 퀘! 퀘!"

사샤의 프로젝트명은 '더불어 숲'이 되었다. 그리고 곧 '숲'으로 아이들에게 불렸다. 아빠의 서재에서 본 책의 이름이 번쩍 하고 떠오른 사샤가 '더불어 숲'이라는 이름을 프로젝트명으로 하자고 했을 때 아이들은 대부분 찬성했다.

"조금 무난하지 않냐? 너무 평범한 것 같고. 색다른 거 없을까?"

"함께 살자고 하는 거니까 프로젝트명은 '더불어 숲'으로 하지, 고만?"

"오키! 뭔 뜻인지 알겠어."

정미가 찬성하자 주제탐구 신청서의 프로젝트명은 마침내 '더불어 숲'이 되었다. 그러나 팀명을 정하기 이전에 멤버를 확정하는 문제에서부터 사샤는 많은 위기를 거쳐야 했다.

은경이까지 합세하자 사샤의 프로젝트는 아이들 입에 자주 오르내리게 되었다. 일진까지 같이 한다더라는 단순한 호기심을 가진 아이들부터 스펙을 따고야 말리라는 뚜렷한 목표의식을 가진 아이들, 그리고 관계에 대해 고민하는 아이들 모두 사샤를 찾아왔다.

사샤는 한 학급 규모로 찾아오는 아이들 중에서 어떻게 멤버를 가려야 할지 고민해야 했다. 첫 회의 날짜를 정한 이후 사샤는 잠 못 들며 괴로워했다. 권 여사는 자신이 딸을 지나치게 닦달한 건 아닐까 싶어 반찬 가짓수를 은근슬쩍 늘렸고 손 과장도 딸의 고민과 함께 골방 같은 서재로 들어가는 횟수가 많아졌다.

여전히 연극대회 문제로 정미와 싸우고 있는 정미 엄마를 카톡의 친구 목록에서 과감하게 차단한 권 여사는 내심 딸에 대해 기특한 생각이 들었다.

'여편네가 어지간해야 들어주지. 딸은 뭐 지 혼자 키우나?

아가 지 할 일 좀 해보겠다고 나서는 걸 저렇게 바락바락, 아주 내가 아라 캐도 못 살겠다. 연극 좀 하면 어떻노? 정미 가가 뭐 이때까지는 1등했는강? 내도록 학교에 전화하고 내한테 했던 말 또 하고. 지긋지긋하다, 진짜로. 학교 선생도 못 해묵겠다. 쳇! 옛날 선생이 좋았지. 하기사 옛날에도 개는 선생 똥도 안 묵었다 캤지. 요새는 전화 받는다꼬 똥 쌀 여가나 있겠나? 만 날 전화해가 저게 뭔 지랄이고, 지랄이! 쯧쯧.'

사샤의 고민과 상관없이 시간은 가고 날은 밝았다. 사샤가 비장한 표정으로 시청각실에 모인 아이들을 바라보았다.

'흠! 의젓하게!'

준비한 원고를 읽으려고 하는데 빡빡머리가 손을 든다.

"생기부 기록은 되지?"

"어?"

"못 들었냐? 생활기록부, 생기부, 거기에 기록되냐고?"

아이들이 웅성거린다. 떨린 가슴을 진정하며 사샤가 말을 이었다.

"학교에서 여는 주제 탐구대회에 팀으로 참여하게 되는 거니까……. 아마…… 되지 않을까?"

흥분한 빡빡머리가 이번에는 팔짱을 낀다.

"아마 되지 않을까? 아마? 그럼 너, 그런 것도 확실히 안 하면서 애들 모은 거냐?"

"그건 내가 알아볼게. 사실 난 생기부 기록 이런 게 중요해서 모이자고 한 게 아니라…….”

“생기부 그런 게 안 중요하면 뭐가 중요한데?”

사샤가 발끈했다.

“야! 그럼 너 혼자 대회 참여하면 되잖아. 난 분명히 내 팀을 따로 모았고, 너도 내 생각에 찬성해서 온 거 아니야?”

빡빡머리가 자리에서 일어난다.

“헐……. 뭐냐, 너? 학교에서 응모수 제한을 두니까 개인별로 참여할 수 없었던 거거든! 사실 주제도 크게 마음에 안 들었다만 팀별로 하면 뭔가 협동 점수, 뭐 이런 가산점이라도 받을까 해서 왔더니, 이게 뭐냐?”

빡빡머리가 자리를 박차고 나가자 아이들이 우르르 고개를 가로저으며 뒤따라 나간다. 몇몇 아이들은 사샤에게 미안해하며 눈을 마주치지 못했다.

“저어기, 미안. 만일 생기부 기록된다고 하면 그때 다시 신청할게!”

인원수가 너무 많아서 어떻게 하냐던 사샤의 고민은 이렇게 해서 허탈하게 끝났다.

그 후 수업이 끝나자마자 팽팽 돌아가는 오자며 방과 후 학교, 야자로 서로 만날 시간이 없던 아이들은 세 번 정도의 무산을 거치며 어느 날 점심시간에 연못가 벤치에서 겨우 만날 수 있었다. 이러다간 1년 지나도 다 모이지 못할 거라며 이번 모임에도 안 나오면 팀에서 제외하겠다는 사샤의 엄포와 더불어 정신을 차린 아이들은 슬슬 빠져나가기 시작했다. 처음 마음이 끌린 것은 진심이었다고 해도 학교에서 분 단위로 생활하는 아이들은 정말 바빴고, 막상 어떤 주제에 대해 진지하게 생각하는 것이 두렵기도 했다. 모임에 슬쩍 숟가락을 얹어보려던 아이들도 다른 아이들 역시 자신과 같은 생각임을 알아차리고 모임에서 빠져나갔다.

열 명이 조금 넘는 아이들이 서로의 얼굴을 마주하고 섰다. 사샤는 과연 이 아이들과는 계속할 수 있을지를 고민하며 정미의 얼굴을 쳐다본다. 지난번 사샤의 패배를 전해 들은 정미와 민주가 자리를 함께하면서 사샤는 예전보다 마음이 든든해졌다. 언제 왔는지 성원이와 재승이가 맞은편 벤치에서 만화를 그리며 책을 읽고 있는 것도 사샤의 자신감을 키워주었다.

'흥! 그래도 개똥도 약에 쓴다더니, 이성원 저놈이라도 있으니까 든든하네.'

이때 다리를 벌리고 앉아 코를 찡긋거리며 바닥을 쳐다보고 있던 은경이 나섰다.

"퀘! 뭐, 시작 좀 하지? 퀘!"

"어? 그래. 얘들아! 내가 말이지, 이 일을 시작하게 된 건 ……."

다행이었다. 아이들은 이번에는 생기부로 딴죽을 걸지 않고 서로 역할 분담을 한 뒤 계획을 짜나갔다. 누군가는 유기견 실태를 조사하고 누군가는 조사한 정보를 카페에 탑재하기로 했다. 한 아이는 카페를 만들기로 했고 다른 아이는 연극대회에 나가는 아이들이 개설한 카페를 같이 사용하자고 했다. 또 다른 아이는 유기견 관계자들을, 누군가는 그들의 역할을 조사하며 내친 김에 직업 조사도 해보기로 했다. 그러면서 최종적으로는 사샤의 강아지에게 좋은 주인을 찾아주는 것까지 함께 작업해보기로 아이들은 의견을 모았다.

짧은 시간 안에 급속도로 진행되면서 회의가 무난하게 끝나는가 싶었다. 그때까지 바닥을 바라보던 은경이가 조용히 손을 들었다. 존재만으로도 움찔하게 하는 은경이가 뭔가 말하려고 입을 우물거리자 사샤는 가슴이 덜컹 내려앉았다.

'뭐지? 이 불길한 예감은?'

"근데 말이지, 퀘! 너희들 현장은 안 나가보냐? 퀘!"

불행히도, 은경이의 존재감을 잘 알지 못하는 이과생 알 없는 안경이 맞받아쳤다.

"현장에 언제 나갈까? 토요일? 일요일?"

묵묵부답인 은경이를 바라보며 알 없는 안경은 공격 모드를 풀지 않았다.

"야, 곧 종 친다. 점심시간에 한 번 모이는 데 한 주가 흘렀는데 이제 곧 예비종 친다고. 쌤들한테 사정사정해서 보충이랑 야자 빼고 빨리 집에 가도 일곱 시야. 가서 밥 먹고 인강 들으면 열두 시라고. 토요일? 토요일은 특보 없나? 다들 학원 안 가? 일요일? 일요일은 학원 안 가? 인강 안 들어? 숙제 안 해?"

알 없는 안경은 마지막으로 쏘아댔다.

"근데 현장을 나가? 어느새? 굶고 갈까?"

분란이 시작되었다. 대부분 아이들은 은경이 눈치를 보면서도 알 없는 안경 편을 들어주었다. 그러나 옆에서 지켜보고 있던 정미는 생각이 달랐다.

"저기, 정식 팀원도 아닌데 이런 말 해서 미안하다. 근데 이건 아니지 싶어. 그래도 인터넷에 나와 있는 정보로는 좀 부족하지 않냐? 현실 속의 모습을 직접 알아보는 게 설득력 있지 않을까?"

"설득력? 아, 생생 삶의 현장? 미쳤냐? 시간이 남아도는가보지?"

알 없는 안경이 이번에는 침을 튀긴다.

"그렇지만 어떤 주제에 대해 깊이 이해하려면 인터넷만으로는 어렵잖아. 나도 봉사활동을 인터넷에서만 할 때는 그 의미를 잘 몰랐었어."

이번에는 민주가 위기에 처한 정미를 도와주었다.

"우리 이렇게 왜 모이냐? 진짜 무슨 동아리라도 되냐? 더불어 숲? 쳇! 그딴 거 다 이상(理想)이란 거 몰라? 딱 까놓고 말해서 상 받는 거 아니면 우리 여기 모일 일 없다는 거 모두 다 알고 있잖아. 서로 포장만 할 뿐이지. 대학 가는 데 한 가지씩 스펙은 필요하니까 다들 여기 있는 거 아냐?."

사샤는 한숨을 쉬었다. 듣기 싫은 소리가 또 터져 나왔다. 스펙이네 포장이네. 그럴 생각이었다면 고민은 시작조차 하지 않았을 거라며 하늘을 보며 눈을 깜빡거렸다. 눈물이 나려는 걸 억지로 참고 있는데 자기도 모르게 한마디 튀어 나와버렸다.

"야! 다들 그냥 때려치우자!"

사샤의 말을 끝으로 싸움은 끝이 났지만 떠나갈 아이들은 '이별의 말도 없이' 떠나버렸다. 건너편 벤치에서 모든 상황을 지켜보던 성원이와 재승이가 걸어왔다. 이제 남은 건 연극대회에 참여하기로 했던 정미, 실장 민주, 성원이와 재승이, 그리고 사샤와 은경이가 전부였다.

"야, 진짜 이럴 거야?"

정미가 사샤의 어깨를 잡았다.

"야, 사샤! 너 정신 차려. 애들 다 떠나갔다고 정말 포기할 거야?"

사샤가 새빨개진 눈으로 정미를 쏘아보았다.

"그럼, 어떻게 할까? 이제 남은 사람은 은경이 하나뿐이야. 쟤랑 나랑 둘이서 뭘 어쩌라고? 그냥 스펙이네 뭐네 사람 잡는 소리 듣기 싫고, 생기부 타령도 딱 듣기 싫어. 어우! 나 그냥 옛날로 돌아갈란다. 언제부터 내가 팀장이니 뭐니 했다고. 주제 탐구학습? 젠장, 신물 난다. 신물 나."

사샤는 거울을 보며 눈 주위를 정리했다. 하필이면 오늘 아침 엄마 몰래 칠했던 마스카라의 검은 물이 눈가에 퍼져 있었다.

그 모습을 한심한 듯 쳐다보던 성원이가 한마디 쏘아붙였다.

"뭐야? 벌써 백기 든 거야? 하기야 그동안 열심히 했다. 그래, 인정한다, 인정해. 그렇게 본인에게 위로하고 스스로 칭찬하고, 그렇게 깔끔하게 내용 정리, 됐지?"

성원이가 주머니에서 주섬주섬 휴지를 꺼내 사샤에게 주며 말을 이었다.

"그리고 눈가에 그 시커먼 건 뭐냐? 인마, 넌 아무것도 안 한 게 더 나아."

"아우 씨! 그러면 뭘 어쩌란 말이야? 그리고 남이야 시커멓든 말든!"

사샤가 얼룩진 눈을 부라리며 성원이의 무릎을 발로 차자 재승이가 사샤를 노려보았다.

"하여튼 손버릇 하곤! 야, 사샤!"

사샤의 무시에 이번에는 성원이가 제법 낮은 목소리로 사샤를 부른다.

"사샤! 나 좀 봐라."

'이거 웬 진지함이야? 근데 언제부터 이 녀석은 내 인생에 끼어든 거야? 마스카라는 괜히 칠해서 이놈 앞에서……. 아, 쪽팔려!'

"왜? 말해봐."

"넌 왜 도움을 구하지 않나?"

"뭔 개소리야? 지금까지 너도 상황 다 봤잖아? 나 정말 최선을 다했다고."

"거짓말. 넌 갑자기 커진 일에 정신없이 휘둘리기만 했지 최선 따윈 다하지 않았어. 심지어 널 도와주려는 사람도 있었다고."

"너, 너무 심한 거 아니야? 이번 일은 정말 난 최선을…… 다했어. 그리고 도와주려는 사람, 누구? 누구? 어?"

사샤는 갑자기 울음을 터트렸다. 얼굴이 빨개지면서 갑자기 터진 눈물보를 감당하지 못해 책상에 얼굴을 묻는데 아이들 모두가 당황해했다. 성원이가 깜짝 놀라는 표정을 지으며 조금 물러섰다.

"으흐흐……. 흑흑. 으흐흐흐흑……."

급작스럽게 가해자가 된 성원이가 울고 있는 사샤를 바라보며 가슴을 두드리고 한숨만 내쉬는데, 은경이가 주위를 둘러보며 손에 깍지를 낀다.

"퀘! 거 참, 더 이상 못 봐주겠네, 퀘! 야! 내가 웬만하면 평범한 고딩들은 어떻게 노나 싶어서 퀘! 참고 지금까지 있었는데 말이지. 퀘! 이거 결국 정리 좀 해야겠구먼! 퀘퀘!"

은경이가 깍지 낀 주먹을 이리저리 굴리고 우두둑 뼈 꺾이는 소리를 내며 말을 이었다.

"야! 너네 연극팀! 사샤 좀 도와줘라! 사샤, 너도 얘들 도와주고, 퀘! 연극인지 뭔지 그걸 사샤 너도 도와주면 되는 거 아냐? 퀘! 주제 탐군지 나발인지 그건 너희가 도와주고, 퀘! 그럼 서로 한 팀 되는 거잖아, 퀘!"

울고 있던 사샤가 고개를 들었다.

"그럼 너는?"

아이들 모두 고개를 끄덕이면서 은경이를 바라보았다.

"나도 도와주지 뭐, 퀘!"

동네에서 캔 할아버지로 불리던 김덕환 할아버지, 캔짱의 성함과 연세를 알게 된 것은 우리 '더불어 숲'에서 자료 수집차 할아버지 댁을 찾아가면서부터였다. 유기견 문제를 먼저 탐구할 것인가, 소외된 할아버지의 문제를 먼저 탐구할 것인가를 토론하던 우리는 인간이 먼저라는 재승이의 의견에 따라 할아버지를 우선순위로 해서 주제 탐구활동을 하게 되었다.

비 오는 밤 찾아갔던 길을 행복 슈퍼 아주머니께 다시 물어 우리 아파트 사람들이 흉물이라고 부르는 재개발지역 맨 끄트머리 빨간 대문 집으로 갔을 때 할아버지는 다행히 집 안에 계셨다. 우리가 찾아가자 의외라는 표정을 지으시며 전원이 들어오지 않는 냉장고 안에서 유효기간이 지난 쌍화탕 병을 꺼내주실 때까지만 해도 우리 인연이 이처럼 지속될 줄은 알지 못했다.

할아버지 냄새와 온갖 것들이 뒤섞인, 오래된 집 냄새가 슬레이트 집 안을 가득 메우고 할아버지가 모으는 별의별 잡다한 종이류와 고철들이 켜켜이 쌓여 있는 곳. 이곳이 우리가 교실처럼 자주 드나드는 곳이 되다니!

삐걱거리는 철문이 열리면 우리는 아파트촌과는 고립되었지만 제법 아늑한 굴속에 있다는 의외의 생각이 들어 편안했다. 냄새나고 헐어버린 그곳에서 아늑함을 느끼는 것은 비단 나뿐만이 아니었다. 세상과 단절되어 있는 할아버지의 섬은 조용했지만, 우리는 그 고립된 섬에서 비로소 온전히 존재할 수 있었다. 외롭지는 않았다. 아니, 오히려 같이한다는 느낌에 우리는 더욱 가까워졌고, 타인이 없는 좁은 공간에서 서로 부대끼며 함께 웃었다. 그래서 할아버지네 붉은 철문은 우리의 방문으로 누런 쇠 옷을 완전히 벗지는 못했지만 예전보다 덜 삐걱거렸다.

그곳에서 무슨 일이 있었느냐고? 주말이 되면 틈틈이 우리는 그곳에서 그저 캔짱이 사는 이야기를 들었다. 우리가 그곳에 왜 갔는지를 잊어버리고 멍하게 서 있던 첫날, 어색함과 수줍음을 깬 사람은 은경이었다. 느닷없이 할아버지께 "할아버지 이야기 좀 해주세요. 퀘!"라고 덤벼들었을 때 할아버지는 조금 움찔했다.

모두에게 일진으로 불리던 그 녀석이 사실은 저주받은 목소리의 소유자일 뿐 내가 만난 친구들 중 가장 따뜻한 마음씨를 갖고 있는 쿨한 성격의 아이라는 것은 숲이 아니었다면 몰랐을 일이다. 사람의 편견이란 안경과 똑같은 것이어서 쓰고 있으면 당연한 것처럼 생각되지만 벗고 나면 아무것도 아니라는 것을 은경이를 통해 알게 되었다. 그리고 은경이와 친해지면서 좋아진 것 중의 하나는 이성원이 쓸데없는 말을 주절거릴 때마다 은경이가 옆에 앉아 있다 걸쭉한 목소리로 "퀘, 퀘!" 소리만 내면 그놈의 쫑알거리던 입이 금방 다물어진다는 것이다.

물론 은경이의 목소리와 뜻 모를 "퀘!" 소리에도 할아버지는 물 만난 고기마냥 삶의 이야기를 풀어놓으셨다. 내가 재빨리 우리 프로젝트를 간략히 설명해드렸지만 이미 할아버지에게 그것은 중요하지 않았다.

할아버지에게는 자신의 말을 들어줄 사람이 비로소 나타났다는 것, 그것도 하나가 아니라 무더기로 나타났다는 사실이 중요했던 것이다. 그리고 정말 다행스럽게도 할아버지는 타고난 이야기꾼이었다.

그래서 말이지, 서울로 오게 된 거야. 지갑을 열어보니까 삼만 원이 있더라고. 어머니가 주머니에 넣어두신 삼만 원을 꼭 쥐고 서울로 올라왔는데 말이야, 그 시간도 기억해. 저녁 6시 35분. 그렇게 시작된 서울 생활이었어.

단순히 리얼 자료 수집쯤 될 것이라 생각하고 갔던 우리는 진정한 이야기꾼의 이야기에 빠져들었다. 이야기 조각들은 도저히 버릴 수 없는 것들이었기에 우리는 열심히 할아버지의 이야기를 기록했다.

그래, 한양 서점이었어. 내가 아내를 만난 게. 글쎄, 마른 수건으로 책 표지를 얼마나 닦는지 책마다 윤이 반짝반짝 나더라고. 그러면서 먼지를 들이마시고는 얼마나 콜록콜록대던지. 그다음에 내가 서점에 가서는 말이야, 주머니에서 손수건이랑 마스크를 쓱 꺼내서 줬지. 그걸 받아들고는 아내가 뭐라고 한 줄 아니? 후, 글쎄, 난 고맙다고 할 줄 알았지 뭐냐. 근데 나를 표독스럽게 쏘아보더니만 "다음부턴 책 한 권 사서 가세요!" 그러는 거 있지.

이야기를 녹음기로 기록해야 하는지 수첩에 손으로 써서 기록해야 하는지를 두고 성원이와 재승이가 잠시 말다툼을 했지만 은경이의 제압 덕분에 할아버지의 이야기는 계속되었다.

아들놈이 태어났을 때는 세상을 다 가진 것 같았지. 아내는 정신없이 누워 있는데 난 얼마나 기쁘던지 세상 사람들한테 외치고 싶었어. "너희만 자식새끼 있냐? 여기 봐라! 튼실한 놈, 우는 소리도 얼마나 우렁차냐?" 하고 말이야.

하루는 일당도 못 받고 서글픈 마음으로 소주 한 병 사가지고 집에 왔는데 아내가 울면서 아들 젖을 주고 있어. 내가 놀라 왜 울고 있냐니까, 하도 못 먹어서 젖이 안 나온다네. 근데 아들놈이 질근질근 얼마나 젖을 빨아대는지 너무 아파 운다는 거야.

밖으로 나와 소주병을 탕탕 쳐서 다 깨버렸어. 내가 그때 생각했지. 내 다시는 마누라 안 굶기고 아들놈 안 굶긴다고. 그래, 그렇게 살아온 게 지금까지야.

할아버지와의 이야기가 끝난 뒤 붉은 대문을 뒤로하고 나온
뒤에도 우리는 현실 감각을 회복하는 데 꽤 어려움을 겪었기에
매콤한 떡볶이를 씹어 먹으며 할아버지의 이야기를 한 번 더
되새겨보았다. 납작 만두와 함께 목구멍을 넘어가는 떡볶이와
순대가 위 속에 가득 찰 때가 되어서야 우리는 궁둥이를 털며
자리에서 일어나 다가오는 월요일에 대해 잠시 걱정했다.

사람들이 자식들 욕 많이 해. 다 빼가고 나 이렇게 살게 한다
고. 근데 나는 괜찮아. 아들놈? 어디 사는지 사실 뻔히 알아. 하
지만 못 오는 놈 심정은 어떻겠어? 그게 그랬어. 신발 공장에서
나올 때 퇴직금조로 받은 돈 그놈한테 쥐어줄 때도 내 마음은 그
랬어. 우리 세대한테는 부모님 모시고 봉양하는 게 당연했거든.
이놈이 이 돈 받고 불같이 일어나서 우리 늙은 입은 안 덜어주겠
나, 바라는 마음이 있었던 건 사실이야. 근데…… 인생이 그렇더
라고. 그놈인들 망하고 싶어 망했겠으며 모른 척하고 싶어 이렇게
살겠어?
원망. 그래. 원망도 했어. 자기 엄마 아플 때 한 번을 안 오더라
고. 오래 누워 있었거든, 우리 아내. 참 지지리 오래도 고생했어.
근데 제 엄마 빈 젖통을 죽도록 물어제낀 그놈이 제사 때도 한 번
을 안 오더라고. 하기야 살아 있을 때도 모른 척했으니까. 근데

나 혼자 제사상 차리고 앉아 있으면 그렇더라. 참 슬프더라고.

딸? 자기 엄마 닮아 참 예뻤지. 걔들한테 뭐라고 할 말은 없어. 시집갈 때 제대로 된 혼수 하나 못 해주고 가난만 물려줬더니 저도 독이 올랐겠지. 누굴 탓하고 누굴 원망하겠어. 폐지랑 캔이라도 팔아먹을 수 있는 게 어디야? 근데 몸이 다 닳을까봐 겁이 나. 예전에 동생한테 떼어주고 남은 신장 한 쪽이 지금 탈이 나서…… 나도 약도 먹고 병원도 가야 하거든.

아이고, 미안하다. 얘기가 너무 길지?

할아버지의 이야기들. 현재 가난하고 자식에게 버림받은 할아버지는 그렇지만 월남전에 참전해서 동료를 살린 영웅이었고 아픈 형제를 위해 신장을 이식해준 의리 있는 사람이었다. 그리고 서점에서 일하는 아가씨를 연모해서 밤을 지새워 편지를 쓴 뜨거운 연정의 사나이기도 했다. 그는 누구보다 인생을 성실하게 살아간 사람이었다. 다만 자식들과 소통하는 방법을 알지 못했고 나이 든 이후의 삶에 대해 무지했던 불행한 사람이었을 뿐이었다.

이성원은 가끔 은경이의 눈치를 보면서 할아버지와 대화하곤 했는데 다행이 은경이는 "큼, 큼."이라든가 "퀘, 퀘, 우우우켁!" 등의 소리를 내지 않았다. 오히려 흥미롭다는 듯이 눈을 치뜨고 녀석을 쳐다보는 바람에 이성원의 눈빛은 완전히 나에게 고정되어 있었다. 싫은 녀석의 눈빛이 내게서 떨어지지 않고 있다는 것에 내 기분은 당연히 불쾌했지만 이성원에게도 두려워할 수 있는 권리가 있기에 참을 수밖에 없었다. 이건 순전히 권리 문제다.

이렇게 해서 우리는 '진짜' 더불어 숲이 되었고 캔짱과 만나게 되었다. 내가 여기서 '진짜'라는 말을 강조하는 이유가 있다. '진짜'가 되는 것은 많이 힘든 일이니까. 대개의 사람들이 '진짜'가 되기보다는 '그저 그렇게'가 되면서 안전한 삶을 사는 것을 보았으니까. 그래서 나는 가끔 내 친구들이 왜 '진짜'가 되려고 하는 건지 궁금했는데 사실 아직까지도 그 답은 못 찾겠다.

세상에 답 따위가 있을까.

선택

'내 차례가 다가오는데 어쩌지? 오줌 마려······. 갑자기 왜 이렇게 어지럽냐? 화장실 가고 싶어······.'

아까부터 무대 뒤에서 사샤는 안절부절, 어쩔 줄 몰라 했다. 숲 아이들이 청소년 연극 지역대회 예선을 통과해서 결승전을 치르게 된 것이다.

연극제.

연극제 결승전까지 오는 과정도 순탄치만은 않았다. 정미 엄마는 아주 지쳐 아예 엄마들 사이에서 말문을 닫았다. 그도 그럴 것이 같은 얘기에 질린 엄마들이 정미 엄마를 슬슬 피했기 때문에 어디 하소연할 곳도 없어졌던 것이다. 겉으로는 귀 기울이며 들어주던 엄마들 사이에서 자기 딸이 입방아에 오르내리고 있음을 알게 된 정미 엄마는 자의 반 타의 반, 입을 다

물어야 했다. 그러나 정미를 향한 분노는 멈출 줄 몰랐다.

"내가 내 얼굴에 침 뱉기라서 참는다. 이것아. 나중에 내 생각하면서 후회하지는 마라. 연극대회 같은 소리 하고 자빠졌네. 연극? 정신 나간 인간…… . 봉사? 컨설팅업체에서 딱딱 맞춰주는 그것도 싫더냐? 돈 대주는데도 싫어? 그래, 내 딸을 탓하면 뭘 하겠어? 학교에서 그따위 연극제 따위를 막지 않으니까 이 사단이 나는 거지. 그러니까 일반계 애들이 죽도 밥도 안 되는 거야. 특목고, 자사고를 봐라. 애들 어떻게 공부시키는지. 그렇게 시키니 다들 죽어라고 특목고다 자사고에 애들 보내려고 하는 거 아냐? 애를 이 학교에 보내는 게 아니었는데, 친구들은 죄다 멋대로고. 어휴…… ."

"여보, 그만 좀 하자! 당신 거울 좀 쳐다봐. 당신 얼굴이 어떤지. 잔뜩 찌들어서는 눈 떠서 눈 감을 때까지 같은 소리니 나도 돌아버리겠어."

정미 아빠가 참지 못하고 한마디 하면 이에 질세라 분노의 화살은 남편에게 날아 박혔다.

"뭐? 거울? 그래, 나 이 나이 되도록 제대로 얼굴 관리 한 번 못했다. 왜? 자식들 키우고 당신 뒷바라지하느라고! 근데 뭐? 거울을 봐? 그래, 너희가 내 단물 다 빨아먹고 이따위로 만들었잖아!"

악을 쓰고 덤벼드니 정미 아빠와의 싸움도 보통 부부싸움 이상의 수준이 되었다. 그럴 때마다 정미는 이불을 뒤집어쓰며 스마트폰의 소리를 높여야 했다. 이럴 때, 코너에 몰릴 때, 정미는 모든 것을 그만두고 싶었다. 그러나 도저히 그럴 수 없었다. 확실한 이유는 몰랐지만 처음으로 정미는 마음 내키는 대로 하고 싶었다. 마음이 울컥할 때마다 정미는 예능 프로그램에서 알게 된 오래된 가수 이선희의 노래를 들었다.

낙타를 타고 사막의 모랫길을 간다.
너무도 다른 사막의 낮과 밤

해는 타올라 내리쬐고
시린 밤별은 손에 닿을 듯 있다

그날도 캔짱의 집에서 나온 아이들은 떡볶이며 납작 만두, 순대로 배를 채우고 있었다. 순대를 먹던 정미가 갑자기 고개를 숙였다.

"크크큭!"

"왜 그래? 체했어? 약이라도 사 먹어야 하는 거 아냐?"

"크크크!"

고개를 든 정미를 바라보는 아이들은 모두 말을 잃었다. 정미가 눈물이 가득 고인 상태에서 웃고 있었다.

"얘, 왜 이러냐?"

"크크! 너무 웃기지 않냐? 하! 정말 웃긴다, 웃겨!"

정미가 눈물을 뚝뚝 떨어트리면서 박장대소한다.

"뭐가 웃긴다고 이래, 응?"

정미는 물을 한 컵 쭉 들이켰다. 마치 목말라 죽겠다는 듯이. 그러고는 아무런 말도 하지 않고 떡볶이를 몇 개씩 집어 먹는 통에 아이들은 기가 질려 더 이상 먹으려 하지 않았다.

집으로 걸어오는 내내 어느 누구도 말이 없었다. 계속된 침묵을 깬 건 노을 속에서 줄곧 말없이 걷던 정미였다.

"죽고 싶다는 생각을 했거든."

"?"

"죽고 싶었다고."

"그게 그렇게 웃겼냐?"

"응. 그게 그렇게 웃기더라고. 집으로 들어가려는 생각을 하는데 갑자기 아, 죽고 싶다, 이러고 있는 거야, 내가."

"……."

"근데 말이지, 그렇게 죽고 싶다는 그 순간에 순대가 너무 맛있는 거 있지. 떡볶이 국물에 순대를 찍어 먹는데 왜 그렇게 맛있냐, 그게? 그 순간, 너무 웃겼어."

아이들은 검붉어진 하늘을 뒤로하고 계속 걷는다. 어느 한 사람 말이 없다.

"너희들은 웃기지 않냐? 사람이란 게 정말 웃기잖아. 난 정말 죽고 싶었거든. 근데 그 순간조차 맛있는 게 느껴진다는 거. 배가 고프다는 거."

아이들은 자신들의 이야기로 단막극을 만들었다. 그날 이후, 아이들은 더 이상 기존의 문학작품을 분석하려고 하지 않았다. 문학작품을 새롭게 해석해서 대본을 쓰자던 처음의 계획은 그날 이후 수정되었다.

자연스럽게 자신들의 이야기를 조금씩 풀어내면서 서로의 약점을 공유하자, 약점은 서로의 아픈 곳이 되었다. 아이들은 그 아픔들을 무대 위에 올리기로 했다. 캔짱이 그의 아픈 곳을 보여주었듯, 그렇게 해서 그 자신이 치유되고 아이들을 더 자유롭게 했듯, 아이들도 선택해야만 했다.

그들의 이야기는 띄엄띄엄, 느리게 진행되었다.

그러나 아무도 조급해하지 않았다. 어차피 연극대회 자체는 중요한 게 아니었다. 그냥 하고 싶었던 일이었다. 자발적 동참자든 자발적 주체자든 이미 숲 안에서 이들은 서로의 이야기 속에 들어와 있었던 것이다.

대본은 재승이가 썼고 콘티는 성원이가 짜게 되었다. 재승이가 대본을 완성하고 성원이가 팸플릿을 제작했을 때 아이들은 모두 떨다가, 흥분했다가, 무서워했다.

대동고등학교의 대표 연극! 선후배 경험도 없고 연극은 관람한 경험이 전부인 학생들이 지역 예선을 통과하였습니다. 연극을 통해 청소년의 삶을 고민하며 봉사활동을 함께하는 멋진 동아리!

작가: 정재승
배우: 손정순(사샤), 이정미(정미), 정재승(재승)
스태프: 현은경(소품과 음향), 정재승(조명), 이성원(연출, 무대설치),
　　　　배근범, 김영보, 윤이나(이상 조연출 겸 목소리)

〈심판〉 스토리

어느 날 아이들이 스스로 목숨을 끊었다. 이들은 저승사자와 옥황상제에게 심판을 받는다. 하지만 심판 전에 아이들은 최종 변론을 해야 한다. 이들은 회상과 진술을 반복하면서 자신의 삶을 꺼내놓기에 이른다. 자, 이제 옥황상제는 이들을 심판해야만 한다. 당신은 어떤 선택을 할 것인가?

― 도신들은 목소리로 처리되어 공간을 울린다. 천상 세계. 무대 한 가운데 앉아 있는 재승이 어둠 속에서 홀로 스포트라이트를 받고 있다.

옥황상제

> 내가 오늘 여러 도신들을 긴급 회의에 소집한 것은 그만큼 중요한 일이 있어서요. 오늘 아이들이 스스로 목숨을

끊어서 이곳에 왔소. 나이가 창창한 열일곱인데 이 나라에서는 애들이 왜 이렇게 자주 죽는지…… 내 이놈들을 염라대왕에게 패스하고 싶지만 염라한테만 갔다 하면 지옥행이니 내가 나서지 않을 수 없었소. 또, 열일곱들이 왜 죽었는지 도저히 궁금해서 견딜 수가 없소. 그래서 도신들을 모아 놓고 심판을 하려고 하오.

저승사자 1

상제님, 심판하고 자시고 할 것도 없습니다. 열일곱에 이건 용서받지 못할 일이요. 우리 열일곱 때는 참 꽃 같았지 않습니까? 말이야 바른 말이지 제가 열일곱 때는 저승사자계에서도 꽃미남으로 통했었죠…… 그때는 상제님도 제 인기에 못 미쳤는데.

삼신할매

웃기는 소리 하고 있네. 어이, 사자 1! 내가 팔백 먹도록 너를 봐왔지만 아직도 네 푸르죽죽한 면상 쳐다보면 깜짝깜짝 놀랄 때가 있어. 꽃미남 같은 소리 하고 있네.

저승사자 1

아니, 할매! 푸르죽죽한 면상이라뇨? 그건 말이죠, '전설의 고향'에서 인간들이 저를 그렇게 그렸을 뿐입니다. 우리도 한 번씩 해외여행 가지 않습니까? 거기 드라큘라들도 잘만 생겼더구먼요. 인간들이 영화에서 그렇게 희번덕거리게 분칠하고 이빨 붙여 그런 거지. 새로 사귄 내 친구 폴도 그럽디다. 억울하다고. 그래도 저, 이 나이 먹도록 볼따구가 아주 탱글탱글합니다요. 보톡스 안 맞아도, 응? 얼마나 탱탱합니까? 네?

삼신할매

이봐, 사자 1! 정신 차려! 차네 요즘 상태 영…… 안 좋거든. 꽃보단 저승이야. 정신 똑바로 차리고 인간들이나 압송 잘 해와. 데리고 오던 인간들도 만날 놓치면서 말이야.

저승사자 1

할매, 진짜 너무하십니다. 요즘 저승사자도 진짜 못 해 먹겠다고요. 뭔 인간들이 동시에 뛰어내리는데 바로 옆에서 대기하고 있을 수도 없고, 이놈 잡아야겠다 싶으면 저놈이 뛰고 있으니……. 제가 손이 열두 개라도 부족할 지경이에요. 사자 인원 늘려야 합니다. 사자 고용 안정화하자!

저승사자 2

사자 1. 거 보쇼, 입은 비뚤어져도 말은 바로 하랬다고 당신이 더 바빠, 내가 더 바빠? 오늘도 고딩들 내가 압송해왔잖아. 만날 거울 보기 바쁘면서 손이 열두 개라도 부족하다니! 그리고 말이지, 남의 제사마다 돌아다니면서 먹을 것만 챙기는 게 누구시더라? 양심 좀 키워보쇼!

저승사자 1

아니, 이게 선배고 후배고 없네그려? 야! 사자 2. 네가 내 선배냐, 후배냐? 어디서 훈계질이야? 그리고 요즘에는 제사도 잘 안 지내서 제삿밥도 잘 못 얻어먹어. 무슨 소리야? 거 참, 억울해서 못 살겠네. 상제님, 우리부터 심판 좀 해주십시오. 아니, 후배가 선배 몰라보고 말 막 까고 말이죠, 이게이게 되겠습니까?

옥황상제

사자들은 입을 다물라. 나이 육백이 넘으면 이젠 귀가 부드러워지고 입이 순해질 때도 되었건만 어찌 그리 철들이 없을까? 이젠 저승계도 새로 물갈이를 싹 해야 할 판이로구만. 사자들, 잘 들으라. 만날 티격태격 싸움질이나 하면 성과제를 도입하겠다. 서로 평가하고 자기평가 보고서 내게 하고, 성과에 따라 서열을 재정리하도록 할 테니 시간 줄 때 잘들 해라. 아래 세상 보면서 느끼는 바가 많을 텐데?

사자들

아이고, 성과제라니! 죽여주시옵소서!
(작은 소리로) 사자조합을 만들어야겠군. 쳇!

옥황상제

그건 그렇고, 네 이노옴! 이노옴! 네 이름이 무엇인고?

재승

재승입니다. 열일곱…… 입니다.

옥황상제

이노옴! 그 어린 나이에 이곳엔 웬일이냐?

— 이때부터 재승의 독백으로 회상이 이어진다. 스포트라이트 길게 비추며,

재승

어릴 때부터 저는 혼자 놀았어요. 그냥 딴놈들은 칼싸움하고 몸으로 놀거나 게임할 때, 저는 혼자 있는 게 더 편했거든요. 엄마 아빠가 집을 비우고 나가면 저는 동전으로 편을 만들어 놀았어요. 백 원짜리는 왼편에, 오백 원짜리와 십 원짜리는 오른편에 두고 전쟁놀이를 했어요.
"퓨우욱! 비행기가 날아온다. 적들이 침공했다. 모두 전투 태세!" "우우웅! 우리는 전투기가 있다. 전투기는 모두 하늘로 날아올라라, 뿅!" "에에엥! 저놈들이 총을 쏴댄다. 우리도 총을 갈겨라. 두두두두두두두두!"
이렇게 놀다 보면 어느새 두 시간도, 세 시간도 금방 가곤 했어요. 혼자 놀다가 라면 끓여 먹고 지쳐서 잠이 들면 다음 날 또 같은 일이 반복되었고요.

옥황상제

혼자 노는 게 더 편했다? 그런데?

무대 뒤에서 사샤는 마른 침을 삼켰다. 은경이는 미리 녹음해둔 쌤들 목소리가 제때 재생되도록 신경을 바짝 쓰고 있었다. 퀘 소리도 꾹 참는 듯했지만 그 대신 큼큼거리며 눈알을 희번덕거리는 통에 사샤는 정신이 집중되지 않았다. 대본을 다시 읽으며 까먹을까 봐 바짝 긴장하고 있는데 무대 소리에 집중하던 성원이가 사샤에게 눈짓을 했다.

"이거 받아."

"뭐야, 이게?"

"내가 좋아하는 아다치 미츠루의 캐릭터야."

"그러니까, 이걸 왜 날 줘?"

"그냥 받아둬. 긴장될 때 덜 떨게 해줄 거니까. 행운의 표식이야, 짜샤!"

재승

초등학교 5학년 때 전학을 갔는데 나와 비슷한 놈을 만날 수 있었어요. 서로 말도 없고, 다른 친구도 우릴 그림자 취급했죠. 담임쌤이 일부러 그랬는지는 모르겠는데 같은 짝이 된 우리는 꽤 재밌게 놀 수 있었어요. 학교 마치면 서로 집에 가서 같이 전쟁놀이를 할 수 있었죠. 그놈은 백 원짜리 동전으로, 나는 오백 원짜리 동전으로 편을 먹고요. 그땐 하루하루가 즐거웠어요.

옥황상제

그렇게 즐거웠는데, 그런데?

재승

시간이 지나면서 이상한 걸 알게 됐어요. 내가 이놈과 친해지면 친해질수록 딴 애들이 더 심하게 날 왕따 시키는 거예요. 왕따 따위야 쭉 달고 살았기 때문에 별 신경 안 쓸 수 있었는데 '그날'이 되었어요. 화장실에 갔다가 교실에 들어온 저는 그 녀석이 아이들과 신나게 떠들고 있는 걸 봤어요.

(목소리) "재승이 새끼, 순 찐따야. 내가 그냥 놀아주는 거라고."
"근데 넌 왜 찐따랑 만날 노냐?"
"불쌍하잖냐. 그 새끼, 집도 완전 거지꼴이야."

재승

그 순간 뒤를 돌아보는 그 녀석과 눈이 마주쳤어요. 근데 그놈이……. 급하게 눈을 내리깔고 날 못 본 척하더라고요. 지 자리에 털썩 앉은 그놈이 제게 뭐라고 한 줄 아세요?

(목소리) "아, 씨발. 신경 쓰지 마. 너 오기 전엔 내가 찐따였어."

옥황상제

그놈을 여기 끌고 와야겠구먼. 그래서 넌 어떻게 했냐?

재승

내가 전학 오기 전엔 그놈이 완전 따였대요. 근데 내 덕에 따에서 벗어날 수 있었다는 거예요. 겨우 마음 준 친구가 내 덕에 쉴 수 있다는 데 어쩌겠어요. 그놈 심정을 이해할 수 있다고 생각했어요. 쉬는 시간엔 아이들이 우르르 몰려와서 내 등 때리면서 놀기 게임을 했어요. 그때 그놈이 제일 많이 때리더라고요. 가끔은 컴퍼스로 손가락 사이 찌르기 놀이도 했는데 놈이 잘못해서 갑자기 손등을 찌른 적이 있었어요. 시뻘겋게 피가 나서 붕대로 감았는데, 아프더라고요. 나도 모르게 울었는데, 애들이 남자새끼가 운다면서 졸라 웃긴대요. 근데 진짜 졸라 웃긴 건 집에 갈 땐 그놈이랑 제가 어깨동무를 하고 갔다는 거예요.

사샤가 무대 위의 재승이를 쳐다보았다. 연습하면서 이미 수십 번 들은 얘기였다. 그래도 들을 때마다 마음이 아팠다. 가장 친한 친구에게 가장 잔인한 수법으로 왕따를 당하던 아이가 재승이었다니. 그 녀석이 왜 그렇게 조용히 책만 파고 있었는지 조금은 이해될 것도 같았다. 재승이는 고등학교에 와서 성원이를 만난 뒤에야 비로소 따에서 벗어날 수 있었다고 했다. 전교 1등하는 녀석이랑 붙어다니다 보니 아이들은 동급까지는 아니더라도 하위그룹 취급은 안 해주더라고 했다.

재승

마침 교외 백일장 대외에서 최우수상을 타게 되었는데 그 이후로는 세상이 달라졌어요. 내 이름 석 자가 불릴 때 나는 살 것 같았죠. 아이들은 더 이상 무례하게 가까이 오지 않았어요.

옥황상제

그래, 그렇게 해서 어쨌든 너는 왕따에서 벗어날 수 있었 잖냐? 근데 왜 이곳에 온 거지?

재승

고등학교 올 때 부모님이 인문계는 가지 말라는 거예요. 대학 보낼 자신이 없대요. 겨우 하나 하고 싶은 일이 소설가인데 부모님은 빨리 취업이나 하고, 대학 갈 거면 혼자 가래요. 돈도 혼자서 벌고, 생활비도 혼자서 벌래요. 겨우 살고 싶은 이유가 생겼는데 부모님은 그것마저 막더라고요.

옥황상제

네 이노옴! 그것 때문에 생때같은 목숨을 끊어? 자식이 원하는 대로 못해줄 때 그 부모 마음은 어떻겠누? 피가 맺힌다, 이노옴!

재승

그게 아니에요. 원망이 아니었다고요! 부모님이 이해된다는 게 더 힘이 들었다고요! 그냥 미워할 수 있으면 좋았을 텐데, 미워할 수도 없다는 게 더 미칠 것 같았다고요! 만사 우울했어요. 그리고 어느 날, 그렇게 끝이 났어요.

"정미야! 네 차례 다 됐어!"

저승사자 2

다음 놈 나오너라!

– 스포트라이트, 걸어 나오는 정미에게로 옮겨진다. 재승, 무대 밖
  으로.

옥황상제

너는 또 어떤 일로 이곳에 왔는고?

정미

잘 모르겠습니다. 진짜…… 잘 모르겠어요.

옥황상제

이놈아. 누가 네 등을 떠다밀었냐? 잘 모르게. 솔직히 털
어놓아라.

정미

어떻게 된 일인지 정말 잘 모르겠어요. 순간, 살고 싶다
고 생각했어요. 그래서 아, 살아야 되겠다고 생각했는데
여기더라고요. 그 순간…… 정말 나는 살고 싶었는데.

옥황상제

쯧쯧, 너 같은 놈이 대부분이야. 정말 죽고 싶다고 생각
은 하나, 정말 살고 싶다는 생각도 같이 하거든. 그런데
죽으려고 하는 순간, 너무 늦었다는 걸 알게 되지.

무엇보다 그토록 쉽게 끝이 온다고 생각하다니, 끝을 선택할 수 있다고 생각하다니……. 참으로 어리석구나.

삼신할매

어리석은 인간들이지요. 지들은 뭔가를 다 알고 있다고 착각한다니까요. 끝을 안다고? 그것들은 시작조차 알지 못하면서.

정미

동생은 다섯 살 때 천자문을 뗐어요. 난 다섯 살 때 우리 말도 발음이 안 돼서 엄마가 속 많이 끓었다고 하던데, 동생은 다섯 살 때 천재 소리를 듣더라고요. 난 다섯 살 때 저렇게 늦되서 어떻게 하냐는 말을 들었는데.
그래도 괜찮았어요. 잘난 동생 하나쯤이야 감당할 수 있었으니까요. 근데 문제는 그다음부터였어요.
그랬어요. 진짜 열심히 공부했어요. 착한 딸, 인정받는 딸이 되고 싶었어요. 원하는 것만큼 이루어진다고들 하더라고요. 엄마는 사과상자 두고 촛불에 머리 태워가며 공부했는데 너는 왜 안 되냐는 거예요. 글쎄, 나도 그걸 모르겠어요. 나는 왜 안 됐을까요?

옥황상제

그거야 공부도 재능이니 그렇지.

정미

그랬나요? 공부가 재능이었다고요? 그럼 왜 모든 아이들이 똑같은 재능을 갖춰야 하죠? 공부라는 그 재능, 없으면 가족들한테도 붕신 취급 당하잖아요. 과외요? 열나게 했어요. 그래도 과외 쌤들과의 공부는 할 만했어요. 조금씩 성적은 오르더라고요. 그날도 그랬어요. 5등급 받던 제가 3등급을 받았어요. 날아갈 듯 기뻤어요. 집에 갔죠. 그랬더니 엄마가 동생은 1등급 오브 1등급을 받았다고 친구 엄마랑 통화를 하고 있더라고요.
3등급을 받은 나는, 그날부터 겨우 마음 터놓고 얘기하던 과외 쌤도 만날 수가 없었어요. 엄마는 저더러 겨우 3등급 받으려고 과외 붙인 줄 알았느냐고 하시고……. 그날, 나는 처음으로 죽고 싶다는 생각을 했어요.

 옥황상제

너는 죽고 싶다는 생각을 한 게 아니었어. 어리석구나. 너는 단지 인정받고 싶었을 뿐이야.

 정미

그 감정을 구분하는 아이들이 몇이나 될까요. 근데 정말 그날이 다가왔어요. 엄마는 동생 덕에 소위 잘나가는 엄마가 됐어요. 주위 엄마들이 하나둘 연락해오면서 우리 집에서 과외를 하게 됐어요. 동생과 함께 과외를 하려는 아이들이 줄을 서게 된 거예요. 그때, 엄마가 말했어요.
"정미야, 넌 네 방에서 나오지 마라. 네 동생 덕에 엄마는 과외비도 안 내고 딴 엄마들이 대신 내주는데, 자꾸 네 이름이 입에 오르내려서 좋을 게 없어. 넌 안 보이는 정미 엄마는 오지 않으려고 했다.

'미친년. 내가 갈 줄 아냐? 갈 줄 알아?'

그런데 아이들의 연극이 지역 예선까지 통과했다고 했다. 다른 엄마들이 입 발린 소리라도 "정미 엄만 좋겠수, 아들은 공부 잘해, 딸은 대회 척척 통과. 정말 부러워!"라고 할 때마다 정미 엄마는 조금씩 노여움이 사라지는 걸 느꼈다. 그래도 딸년이 부모 얼굴에 완전히 먹칠하는 건 아니구나 싶은 마음이 들어 그녀는 수척해진 얼굴에 파운데이션을 바르고 컨벤션 센터를 찾은 것이었다. 센터에 들어선 그녀는 피식, 웃음이 났다. 바로 얼마 전에 입시 설명회를 들었던 그곳에서, 자기 딸이 연극을 한다.

어둠 속에서 정미 엄마는 딸의 창백한 얼굴을 바라보다가 눈길을 떨어뜨렸다. 듣고 싶지 않았다. 딸의 목소리가 들릴 때마다 눈물이 흘러내렸다. 참을 수 없었다. 눈을 감았다. 딸의 소리는 더욱 선명하게 들려왔다.

정미

겨우 하고 싶은 일이 생겼어요. 그렇다고 내가 예술가가 되겠다는 것도 아니었어요. 나, 그 재능도 그리 뛰어나지 않다는 걸 알았거든요. 근데 친구들과 뭘 좀 하고 싶었어요. 그때 숨통이 좀 트이는 걸 느꼈어요. 재미도 있었고, 살아 있다는 생각도 들었어요. 그렇게 날 좀 내버려뒀으면 했어요.

"엄마, 나를 조금만 더 두고 봐 주세요! 나는 좀 더 나은 사람이 될 거예요!"

그게 엄마한테 하고 싶은 말이었어요. 그렇지만 끝내 말할 수 없었어요. 밖에서 열심히 공부하는 동생과 친구들에게 방해되지 않으려고 숨소리도 줄였어요.

그리고 마침내, 즐거운 생각이 떠올랐어요.

(목소리) 이 모든 걸 끝낼 거야!

더 이상은 참을 수 없었다. 핸드백을 쥐고 정미 엄마는 자리에서 일어났다. 공연장에서 억지로 빠져나온 그녀는 바깥 공기를 마시며 겨우 숨을 토해냈다. 그때, 그녀는 건너편에서 줄담배를 피워대는 남편을 보았다.

남편에게 걸어가는 그 시간이 느릿느릿 흘러갔다. 주위의 모든 것이 정지된 듯 느껴졌다.

"여보."

그녀가 남편을 불렀다. 갑자기 남편이 거리에서 자기에게 고함을 지를지도 모르겠다는 생각이 들었다.

'애엄마란 여자가 애를 저 지경으로 만들어?'

남편의 고함소리가 귓가에 들리는 듯했다. 아니, 사람들의 수군거림이 귓가에 들리는 듯했다.

'당신이 죽였잖아.'

'애엄마가…….'

'그렇게도 몰랐어요, 당신 애를?'

'애가 얼마나 힘들었으면……. 아니, 당신 부모 맞아?'

그녀는 두려웠다.

"여보."

남편이 서둘러 담배를 끄고 아내를 바라보았다.

"미안해, 담배 피워서. 몇 년 동안 끊었던 담밴데 요 근래 다시 피우게 됐네. 당신하고 약속했었는데 미안해."

"여보……. 면목이 없어. 으흐흑……."

"당신 잘못 아니야. 면목은 내가 없어. 다 똑같아. 그러니 죄책감 갖지 말라고, 응?"

남편에게서는 힘이 다 빠져나간 듯했다.

"내 잘못이 더 커. 애들 문제는 당연히 당신 몫인 줄 알았어. 나는 벌어다주면 끝이라 생각했고 더 벌려고 악을 썼어. 그게 가장이 할 일인 줄 알았어."

"애 위한다고 그랬어. 진짜야! 조금만 더 시키면 될 줄 알았어. 자식끼리 경쟁이라도 시켜야 클 줄 알았어. 내 새끼 죽이는 줄도 모르고……. 좀 더 닦달하면 더 잘될 줄 알았어……. 당신이랑 나도 똑같이 어렵게 넘어온 그 길, 내 새끼한텐 쉬울 줄 알았어……. 흑……."

"애가 큰 거야. 크니까 그런 거라고. 당신 기억나지? 우리 정미 돌날 말이야. 그때 정미가 잡은 게 실 꾸러미였어. 그때도 연필을 잡을까 실을 잡을까 손이 왔다 갔다 하더니만 결국 실을 잡았잖아? 당신이 그때 얼마나 좋아했었다고. 우리 애, 오래오래……. 으흐흑…… 오래오래 살 거라고……."

부부는 더 이상 말을 잇지 못했다. 먼저 눈물을 닦은 쪽은 남편이었다.

"여보, 다시 들어갑시다. 우리 애가 얼마나 민망하겠어? 이만큼 큰 거, 그저 기뻐해주자고."

이제 정말 무대 안으로 들어가야 했다. 성원이와 사샤의 눈동자가 잠시 마주쳤다. 사샤는 잠시 주춤거렸지만 아까 받은 행운의 캐릭터를 생각하며 곧 무대 속으로 걸어갔다.

옥황상제

자, 오늘의 마지막 열일곱을 만나겠구나. 내가 저승생활 수천 년 만에 너 같은 녀석은 처음이다. 죽지도 않고 이곳에 나를 만나러 왔다? 매일 같이 대문을 두드리는 통에 시끄러워 죽는 줄 알았다, 이 녀석아. 무슨 할 말이 그렇게 많누?

— 사샤, 청중을 보며 바로 선다.

사샤

정말 하고 싶은 말이 있어서 왔습니다.

옥황상제

무엇이 그리도 하고 싶은 말이었는지, 어디 썰을 풀어보아라.

사샤

사람들은 저를 평범하다고 했어요. 평범한 내가, 덜 평범한 사람이 되려면 꿈을 갖고 목표 의식을 가져야 한다고 했어요. 꿈은 꾸면 꿈일 뿐이지만 꿈을 이루면 현실이 된다면서 저를 설득했어요. 그래서 저는 꿈을 한번 꿔보려고 했어요.

옥황상제

그래, 요즘 학교 대문마다 꿈과 행복이 걸려 있더구나.

사샤

그런데 꿈은 꿔지지 않았어요. 나는 그저 하루하루를 살아갈 뿐, 미래에 대해 희망찬 꿈을 꿀 수는 없었어요. 사람들은 제가 잘못되었다고 했어요. 목표 의식도 없고 끈기도 없다고. 나는 그들이 옳다 했고요.

옥황상제

그래, 그래서 답답해서 날 그렇게 찾은 거구만.

사샤

네. 근데 저는 누가 잘못되었는지 묻고 싶어요. 그들은 내게, 꿈을 꾸라면서 나를 협박했어요. 게다가 그들이 살고 있는 나의 미래도 결코 아름답지 않았어요.

(목소리)   좀 더 잘 살아야지, 좀 더 행복해야지.

사샤

그들은 끝까지 나를 몰아붙였어요. 불안하게 하고 무섭게 했어요. 그러면서 웃기는 건 그들이 살고 있는 내 미래 속 그들 또한 불안하고 두려워한다는 거예요.

옥황상제

그들이, 두려워했다?

사샤

사람들이 성공했다고 이야기하는 그들은 명품 가방을 들고, 외제차를 타고, 고급 커피를 마시며 하루를 시작해요. 그런데 그들도 무섭다고 했어요. 그러면서 그들은 자기 아이들도 자기처럼 되어야 한대요. 그들처럼 성공하지 못한 사람들은 나름대로 또 불안하대요. 언제까지 이렇게 살 거냐면서. 그 사람들은 그 사람들대로 자기 아이들에게 자기처럼 살면 안 된대요.

(목소리)　　나처럼 살아, 나처럼 살면 안 돼.

– 무대 위에 있는 정미 앞에 라이트가 켜진다.

정미

네가 잠을 자는 동안 적들은 책장을 넘기고 있다. 친한 친구가 왕따를 당하면 너도 걔랑 놀지 마라. 생각은 문제 풀 때만 하고 고민은 잠시 접어둬.

– 무대 위에 있는 재승이 앞에 라이트가 켜진다.

재승

어서 빨리 어른이 되어야지. 하고 싶은 일은 포기해. 모두 자기가 하고 싶은 일만 하면서 살 수는 없어. 현실을 생각해.

아이들

우리는 살고 싶어요. 그렇지만 다시 시작한다는 게 너무 두려워요. 도대체 누가 죄인일까요?

사샤

이제 우린 어떻게 하면 좋죠?

옥황상제

심판은 매 순간 받게 될 거야. 그러니 누가 죄인인가를 묻지 말거라. 얘들아, 불쌍한 열일곱들아. 이젠 나가야 할 때다. 너희들은 이미 스스로를 심판했지 않느냐. 이곳에서 나가거라. 그리고 길모퉁이를 돌거라.

사샤

이곳에서 나가면 무엇이 있나요? 길모퉁이 너머엔 무엇이 있나요? 또 다른 불안이? 두려움이?

옥황상제

얘들아. 그 길은 말이다, 걷지 않은 사람들은 알 수 없는 길이야. 너희들은 아직 길모퉁이를 돌지 않았어. 결정된 건 아무것도 없단다. 그 길은 오직 그 길을 걸은 자만이 알 수 있어.

사샤

그 길로 어떻게 갈 수 있나요?

옥황상제

나는 다시 선택할 권리를 주겠다. 이곳을 나갈 수 있는 것은 선택이야. 그러나 다시 이곳으로 오는 선택을 할 수 있다고 착각은 하지 말거라. 선택할 수 있다고 생각하는 순간, 결국엔 어떤 선택도 할 수 없지.

아이들

우리는 지금 선택할 거예요. 그리고 길을 걸어갈 거예요.

옥황상제

자, 선택하거라.

    은경이와 성원이도 함께 무대로 나왔다. 성원이가 사샤를 바라보며 고개를 끄덕거렸다. 아이들은 심호흡을 하며 무대 앞을 정면으로 바라보았다. 무대 앞에는 그저 깜깜한 적막만이 가득했다. 저곳이 아이들이 돌아가야 할 세상이었다.

    주저하던 아이들은 모두 손을 잡은 채, 무대 아래로 힘껏 뛰어내렸다.

    어디선가 탄성 소리가 들려왔다.

에필로그

캔짱 할아버지의 수기는 '더불어 숲에서 만난 이야기'라는 제목의 책으로 출판되었다.

책을 쓴다는 것은 우리 모두에게 겁나게 무서운 것이었지만 배탱이는 우리가 생각한 것보다 유능한 담임이었다. 우리가 처음 배탱이를 찾아갔을 때 배탱이는 언제나처럼 바빴다. 선생이란 직업은 철밥통 같은 것이어서 놀고먹는 것이 일인 줄 알았건만 배탱이는 보약을 좀 먹어야 할 만큼 바빠 보였다. 배탱이는 특히 우리 프로젝트에 많은 관심을 갖고 있었지만 나는 뭐라 말을 해야 할지 몰라 우물쭈물했다. 그런 나를 보더니 은경이 걸걸한 목소리로 말을 시작했다.

"저희들이, 퀘! 주제 탐구학습을 하면서, 퀘! 모이게 되었는데요! 퀘!"

은경의 퀘 소리에 분주하던 교무실에 갑자기 정적이 찾아왔다. 오직 자판 두드리는 소리와 눈치 없이 자기 말을 계속하는 어떤 쌤을 "잠깐!" 하며 제지하는 목소리가 들릴 뿐이었다.

생긴 것과는 정반대로 배탱이는 상황을 파악하자마자 빠르게 움직였다. 배탱이는 재빨리 우리의 코치가 되었고 교육청에서 지원해주는 책 쓰기 프로그램에 응모하도록 도와주셨다.

『더불어 숲에서 만난 이야기』는 그렇게 세상에 나왔다. 마찬가지로 할아버지도 세상에 나오게 되었다. 아니, 할아버지는 이미 세상에 나와 있었다. 다만 사람들이 알아차리지 못했을 뿐이다.

연극이 끝나고 나서도 흥분으로 바들바들 떨고 있던 정미는 청소년 연극 경연대회 시상식에서 "떠불~~어, 수우욿!"이라는, 에코 잔뜩 들어간 마이크 소리를 듣자 창백해져 금세 쓰러질 것 같았다. 우리는 짐승처럼 환호성을 질러대며 무대로 나갔다.

트로피를 거머쥐었을 때 조용히 떨고 있던 정미는 울음을 터트렸다. 그리고 어둠 속의 관중으로 가려져 있던 정미 엄마는 분장한 딸의 얼굴에 떨어지는 눈물을 닦아주기 위해 무대로 나섰다. 정미와 엄마는 한참을 서로 껴안고 있었다.

"바보, 넌 언제나 그냥 내 딸이었어."

정미의 씻겨 내려간 맑은 눈동자는 가장 친한 내 친구이면서도 나를, 세상의 것을 들어오지 못하도록 막고 있던 어마어마한 벽을 깨트렸다는 것을 알려주었다.

이야기의 끝자락에서 나는 조금 주춤거리게 된다. 왜냐하면 아빠의 숙제, 그러니까 우리의 축제 뒤에서 여전히 고통 받고 있는 작은 생명들에 대한 이야기를 주저주저 꺼내지 않을 수 없기 때문이다.

할아버지 댁의 대문이 덜 삐거덕거리기 시작했을 때쯤 우리는 다른 과제 하나를 생각해냈다. 마음속 깊은 곳에서는 계속 모른 척하고 싶었지만 그렇게 한다고 사실이 없어지는 건 아니었다.

우리는 웹의 스토리볼에 강아지 이야기를 올렸고, 나눔 이야기 대문에 끼어들 수 있었다. 눈에 붕대가 감겨 있던 녀석들의 사진들이 대문을 장식하면서 카스에서도 파도타기가 시작되었다. '개새끼 따위 개빠들이나 신경 쓴다.', '맛있겠다.'라며 마지막 못질로 댓글을 장식하는 사람들도 있었지만 우리는 버리고 버림받는 것에 대한 이야기를 사람들에게 계속 들려주었다.

그간 정들었던 강아지들의 입양이 결정된 날, 녀석들의 사진과 우리가 조사한 내용, 우리가 하고 싶었던 말을 할아버지의 책에 같이 담을 수 있었다. 그렇게 해서 『더불어 숲에서 만난 이야기』에는 판도라의 상자 이면에 감추어진 인간들의 비정함도 함께 실리게 되었다.

올 한 해, 우리 열일곱들은 삶의 창가로 다가갔다. 창문 밖의 세상을 보면서 불안하기도 하고 고민하기도 했다. 그러나 늘 삶 속에 있었다.

　앞으로도 아마 우리는 더 많은 고민을 하게 될 것이다. 열일곱, 열여덟, 열아홉, 스물들을 살아야 하니까. 그렇게 삶은 계속될 것이다.

　그래, 그래도 괜찮다.

　우리 앞에 아직 길모퉁이가 있으니까.

　열일곱을 뒤로 한 내가 있으니까.

논픽션

은밀하고
발칙하게,
학교 이야기

●

많은 사람들이 말합니다.
'학교는 있다.', '학교는 없다.'
그러나 학교란 아이들과 늘 함께하는
삶의 공간임을 부정하기는 어려울 것입니다.
그래서 보여드립니다.
아이들의 삶터인 학교를.

'은밀하고 발칙하게, 학교 이야기'는 초·중·고등학교 선생님들의 다양한 시각을 바탕
으로 하여 구성한 학교 에세이입니다. 대부분 중·고등학교 학생들과 학부모들과의 다
양한 인터뷰를 근거로 하여 재구성하였습니다. 이 글은 대한민국 교사가 보고 듣고 겪
은 일들을 보여주고 있지만, 이것 또한 어느 누군가의 경험에 의존한 것이므로 모든 학
교의 사례로 일반화할 수는 없습니다. 여기에서 다루고자 하는 것은 옳고 그름이 아닙니
다. 다만, 독자 여러분께 묻고 싶습니다.
"도대체 학교는 무엇이고, 무엇이어야 합니까?"
그렇습니다. 우리는 학생과 학부모, 여러 선생님의 판단을 기다립니다.
"학교란 무엇일까요?"

학교의 시작

학교에서 교사, 선생, 선생님, 쌤이 가지는 의미

① 교사 : 학교에서 학생들을 가르치는 사람을 말함. 일반적으로 직업을 지칭할 때 사용되는 용어.

　– 예) '교사가 되기 위해 갖추어야 할 것' 등

② 선생 : 교사들이 서로를 호칭하는 용어. 혹은 학부모가 교사에 대해 좋지 않은 시각을 가지거나 교사 뒷담화를 할 때도 주로 사용됨.

　– 예) "그 선생, 그거,"

③ 선생님 : 교사들이 서로를 존중하는 의미로 사용. 학부모가 교사에게 좋은 감정을 가질 때, 혹은 격식을 표현할 때에도 사용되지만 가끔은 학생의 입에서도 나오는 회귀한 단어.

④ 쌤 : 요즘 학교에서 가장 빈번하게 교사를 칭하는 말. 교사

와 학생, 학부모 모두 교사를 편하게 부를 때 사용. 단, 학생
과 학부모의 감정이 격해질 때는 언제든지 '이 인간', '저
인간' 등으로 바뀔 수 있음.

고등학교 시절, 나는 학교가 싫었다. 그리고 괴팍한 학생이
었다.

팔짱을 끼고 수업 시간에 말 그대로 관조하듯, 교사들을 관
찰했다. 수업과는 직접적인 관계가 없는 질문을 뜬금없이 던져
교사를 당황하게 하고, 이 양반이 어떠한 대답을 하느냐에 따
라 등급을 분류하고 평가했다. 야간 자율학습 시간에 화장실을
자주 들락거리다가 공부 안 한다는 죄목으로 느닷없이 뺨을 맞
는 친구를 보고 분개했고, "어떻게 교사가……"란 말을 입에
담고 따박따박 대꾸질하다가 혼쭐이 나기도 했다. 이러한 일련
의 일들을 겪은 나는 '학교가 학생들의 비판적인 사고 능력을
기른다고는 하지만 막상 학생이 비판적인 태도를 취하면 죽이
려 든다'며 입에 거품을 물고 덤비다가 교사들로부터 진창 욕
을 얻어먹어야 했다.

0교시 이전의 마이너스 1교시에는 대부분 지각을 했다. 하루
는 체벌의 세계에서 비교적 양반이라 할 수 있는 '앉았다 일어
섰다'를 반복하며 열여덟의 자존심이 상해 빨리 해치우려다 결
국 허리를 다치는 바람에 꽤나 고생해야 했다.

어린 나이의 뚝심은 만성 고질병인 허리 통증을 선물했고 현

재는 디스크로 진행 중이다. 벌을 선 이후에는 대개 '이놈의 미친 체제'를 입에 물다가 친한 친구들에게 진심 어린 충고를 듣기도 했다.

지독했던 시간표. 새벽부터 밤까지 돌아갔던 시간표. 그리고 각종 규율들. 통증들. 그 속에서 나는 숨이 막힐 것 같았다. 그러나 우습게도 나는 막힌 숨통을 또한 학교에서 풀어내고 있었다. 그곳에는 나만의 해방구가 있었던 것이다. 그리고 시간이 흐르면서 대부분의 다른 아이들도 자신만의 해방구를 가지고 있음을 깨닫게 되었다.

비판적인 어조로 늘 날카로웠던 나를 그 시기의 아름다움으로 인정해주었던 선생님과 친구들, 그리고 연극 동아리 활동은 나를 자유롭게 했다. 가끔 동아리 선배들로부터 야단맞는 것을 제외하고는 작품을 만들고 연습하고 학교 축제며 예술제, 대회에 나가 무대에 섰던 일은 얼마나 즐거웠는지. 거울을 보며 분장을 하고 실실 웃는 그 시간은 오롯이 나만의 것이었다.

나는 그때 터져버릴 듯한 삶에의 열기로 괴성을 지르고 싶었지만 시간표와 백묵, 칠판과 교실이라는 갑옷은 너무나도 답답했다. 그래도 갑옷을 풀어버리는 시간 속에서만큼은 학교가 좋았고 행복했다.

세차게 내리는 비를 맞으며 발성과 호흡을 연습했던, 되돌아오지 않는 시간들. 지금도 종종 우울해질 때면 나는 그날의 비를 생각한다. 그러면 나는 깨끗해지고 다시금 오늘을 살아갈 힘을 얻게 된다. 조금은 새롭게.

고 3이 되었을 때, 나는 지독한 학교에 아주 오랜 시간 동안 남기로 결심했다. 자신 있게 사범대학에 원서를 제출하며 패기에 차서 생각했다. '그래, 어쩌면 내가 학교에 들어가는 그때는 학교가 많이 달라져 있을지도 모른다, 그때의 나는 지금의 교사들보다 훨씬 더 나은 교사가 되어 있으리라. 흥!'

그러나 정확히 4년 뒤, 들려오는 종 소리에 맞춰 교실에 들어가며 생각했다. '썩어질, 학교란 정말 그대로구나.'

그리고 10년이 더 흐른 뒤 또 다시 생각한다. '헐, 애들은 정말 많이 변했구나.'

세상에는 분명 인과응보가 있다. 그래서 십 대의 나 같은 녀석들—싸가지 없는 놈들—을 교실에서 매일 보게 된 것이다. 팔짱을 끼고 나를 평가하듯 위아래로 훑어보는 녀석들을 보며 이것이 진정한 업보라고 생각한다. 나는 수만 번쯤은 더, 나를 가르쳐주셨던 선생님들께 마음으로 진심의 사죄를 해야 했다.

'이놈들, 본때를 보여주리라.' 첫 시간부터 강한 인상의 카리스마로 놈들을 제압해야 함을 알았던 나는 열심히 준비해 간 수업으로 녀석들에게 '흠, 그 선생. 꽤 가르치네.'라는 세뇌를 하려고 노력한다. 복식호흡을 하며 배 속에서부터 울려 퍼지는 소리로 복도가 울리도록, 땀을 흘리며 수업을 한다. 그리고 적절한 위트와 유머, 약간의 욕설을 날리는 것을 잊지 않는다. 딱딱한 강의만으로는 누나 같은 친근한 이미지—비록 늙은 누나라도—를 줄 수 없고, 친근함 없이 아이들에게 다가가기는 어렵다는 것을 알기 때문이다. 그럼에도 버릇없이 구는 놈이 있다면 억지 사죄라도 받아내서 나의 권위에 도전한 놈들을 응징한다. 이럴 때 나는 인상을 확 구기며 놈들을 찌를 듯이 쳐다본 후, 문제의 그 녀석에게 아이들이 가장 싫어하는 무표정한 얼굴과 건조한 말투로 이야기한다.

"마치고 교무실로 와."

수업이 끝나면, 후들거리는 다리를 의자에 고정시키고 잠시 쉬며 생각한다.

'3월은 역시 전쟁이구나.'

그렇다. 학교의 3월은 정말이지 전쟁이다. 이때는 쌤들과 아이들 모두, 심지어 학교의 공기마저도 새 학기의 월요병에 시달린다. 긴장감과 불안감, 설렘과 기대가 공존하는 것이다. 아이들과 부모님들은 어떤 사람이 담임이 될지를 걱정한다. 이때 아이들의 메신저는 요란히도 '까똑' '까똑' 소리를 내는데 본의 아니게 아이들의 스토리를 파도타기했던 나는 댓글 속에서 여러 장면을 목격하게 되었다.

우리 반은 **쌤이더라.

한편, 교사들은 자신이 맡게 된 반에 대해 안 좋은 소문이라도 들리면 며칠 동안 잠을 못 이루며 끙끙댄다. 담임 맡은 것만 해도 억울한데, 이 반에는 왜 이리 눈에 띄는 아이들이 많을까? 특히 입빠른 옆반 쌤이 "쌤, 걔 알아요? 걔, 제가 작년에 수업 들어갔는데요⋯⋯." 어쩌고저쩌고 등의 말이라도 꺼낼 때면 명단 위의 그놈 이름에 몇 번이고 빨간 별표를 그려대며 결전을 다짐하게 된다.

몇몇 의리 있고 연륜 있는 교사들은 힘들기로 유명한 아이들을 자기 반으로 끌고 가는 호연지기를 보이기도 하는데, 이럴 경우 다른 교사들은 숙연한 마음으로 그들에게 진심의 감사함을 표하게 된다. 남녀공학 학교에서 남학생과 여학생을 분반할 때 소수를 제외하고는 서로 남학생 반을 맡지 않으려고 발버둥을 치는데, 도저히 답이 안 나올 때는 사다리타기를 통해 반을 정하게 된다. 복불복인 것이다. 남학생반을 맡은 교사들은 급노화가 진행되는 것을 느끼며 불안한 3월을 보내게 된다.

학교가 이때만큼 소문에 민감할 때도 없을 것이다. 부모님들도 마찬가지여서 재빨리 담임에 대한 정보를 파악하려 애쓴다. 학부모 임원으로 활동했던 친한 어머니들로부터 들은 바에 따르면, 학부모 총회에 참석하는 가장 큰 이유는 강의를 듣기 위해서라기보다는 담임의 동태를 파악하기 위해서라고 한다. 아이의 말이 맞는지, 1305호 엄마의 말이 맞는지를 확인하기 위해서다. 엄마들의 주특기인 직감의 폭을 넓혀 이것저것들을 총회에서 접하고 가는 것이다.

이때 교사들도 바쁘기는 매한가지다. 이들은 아직 머릿속에서 채 정리되지 않은 아이들의 이름과 학부모의 얼굴을 매치시키기 위해 열심히 머리를 굴리며 부모님들과의 원활한 만남을 위해 노력한다. 겉으로는 자신의 전문성을 드러냄과 동시에 차분하고 노련하게 대응하기 위해 애쓰면서.

3월에는 학부모 임원단의 폰마저 진동으로 바빠진다. 이때 대부분의 아버지들은 아내들의 수다나 스토리 공유에 혀를 차며 "대단하다, 대단해."라는 한마디를 던지고, 학교는 정말 갈 곳이 못 된다는 평소의 지론을 더 확고히 하게 된다.

3월은 교사와 학생 모두가 서로를 시험하는 한 달이다. 의욕 넘치는 교사들은 일부러 학생들을 더 많이, 더 자주 교무실로 부른다. 이 시기의 생활지도가 무너지면 1년이 괴롭다는 것을 알기 때문이다. 특히 담임들 쪽으로는—혹은 학년실은—늘 아이들로 북적북적하다. 가끔은 이런 헷갈리는 일도 일어난다.

A 교사 : 너, 오늘 왜 지각했어?

A 학생 : 진짜 빨리 오려고 했는데 버스가 늦게 왔어요.

(이때 옆 반 쌤이 똑같이 자기 반 애에게 묻는다.)

B 교사 : 너 오늘 왜 지각했어?

B 학생 : 너무 피곤해서 늦잠 잤어요.

A 교사 : (헷갈려하며) 너 늦잠 자는 그것도 습관이다, 습관. 엉?

A 학생 : (만사 귀찮다는 표정으로) 네. 앞으로 일찍 잘게요.

B 교사 : (헷갈려하며) 버스보다 조금 일찍 나오면 되잖아.

B 학생 : (만사 귀찮다는 표정으로) 네.

워낙 많은 아이들이 비슷한 이유로 불려오기 때문에 일어나는 해프닝이다. 어떨 땐 잔소리를 랩으로 불러보고 싶어지기도 한다.

왜, 왜, 왜 만날 지각질이냐!

너희 집 앞의 버스만 만날 늦게 와.

왜, 왜, 왜 만날 화장질이냐!

얼마나 두꺼운지 손톱에 비비가 껴다.

왜, 왜, 왜 만날 짧은 치마냐?

나도 이젠 안구정화 리셋 좀 하자!

(교사 합창) 너희들의 지각으로 정말 괴로워yo!

너희들의 화장질도 정말 지겨워yo!

너희들의 짧은 치마 땜에 눈알 건조중yo!

내려오는 다크 서클 너네 책임져yo!

아이들은 정말 한 해가 다르다. 해가 가면 갈수록 절감하게 되는 사실이다. 교실에는 내 십 대 때 모습을 한 녀석들도 있지만 내가 학교에 다닐 때는 상상할 수 없었던 모습을 하고 있는 수많은 청춘들도 있다. 대부분 일반적으로 '청소년기니까.'라든가 '사춘기가 다 그렇지, 뭐.'라고 이해하며 넘길 수 있지만 어떤 경우에는 분명한 사실을 깨닫게 되기도 한다. 애들은 분명 뇌가 다르다는 것이다.

나는 청소년기에 신세대, 엑스세대로 불리며 자라났다. 아날로그와 디지털이 공존하는 세대, 즉 웅사세대다. 나름대로 변화에 유연하고 아이들과 소통이 잘된다고 자부했건만 그래도 나의 뇌는 아날로그적 뇌와 디지털의 뇌를 반반씩 가지고 있다. 그리고 이 뇌는 LTE급 아이들의 '잘생긴' 새로운 뇌를 감당하기에는 너무 벅차다. 사실 연배가 꽤 되신 선생님들은 더 심한 괴리감을 느끼며 교직 연차로도 도무지 감당할 수 없는 아이들과의 격차에 몸서리치곤 하는데, 간혹 이 몸서리는 엄청난 상처가 되어 교사의 영혼에 뿌리박히기도 한다.

나는 가끔 아이들의 모습을 녹화해두었다가 아이들과 같이 보거나 부모님께 보여주고 싶다는 강렬한 유혹에 빠질 때가 있다. 부모님과 대화를 해보면 부모님이 알고 있는 아이의 모습과 교사가 생각하는 아이의 모습이 동떨어져 있는 경우가 예상 밖으로 많기 때문이다.

교사 : ○○이 어머님, ○○이가 욕을 달고 삽니다.

부모 : (놀라며) 네? 학교에서요?

교사 : 네, 참 걱정이에요. 다른 아이들도 욕을 참 많이 하긴 하
는데, ○○이는 어른들 앞에서도 거침없이 욕을 해서 걱
정됩니다.

부모 : 집에서는 욕이라고는 한마디도 안 하는데 참 이상하네
요. 정말이세요?

교사 : 네, 훈화 말씀 좀 부탁드릴게요.

부모 : 선생님이 잘못 들은 건 아니고요?

교사 : (이때부터 정신은 외출하며) 네, 아주 똑똑히 들었습니다.

이런 경우가 다반사다. 물론 부모님이 방어적으로 교사를 대
하는 경우도 있지만, 자기 아이가 집에서는 하지 않는 행동을
학교에서는 빈번하게 하고 있다는 것을 정말로 모르고 있는 경
우가 태반이다. 이런 식의 대화가 자주 이루어지면 교사와 부
모님, 아이 사이는 더 멀어지게 된다. 학부모는 교사에게 짜증
이 나고 아이는 '저 선생'이 일러바쳐서 피곤하다고 생각하는
것이다. 그래서 교사들은 이걸 부모님께 얘기해야 하나, 말아
야 하나 심각하게 고민하곤 한다.

아이의
사생활

1. 수업을 잊은 아이들

　요즘은 수업에 들어가도 수업 준비가 되어 있지 않은 아이들
이 태반이다. 물론 아이들이 갖고 있는 생기와 10분이라는 짧
은 휴식시간 때문이기도 하겠지만 언제부터인가 교사들에게는
수업을 시작하는 것이 너무 힘들어져버렸다.

　　- 차렷, 선생님께 인사.
　　- 쌤! 물 좀 먹고 올게요!
　　- 쌤! 화장실 좀 다녀올게요!
　　- 쌤! 사물함에 책 갖고 올게요!
　　- 쌤!

- 쌤!

- 쌤?

- 똥 싸고 와도 돼요?

- 쌤~~

　　이쯤 되면 교사는 정신을 차리지 못한다. 매년 심해지는 교실 풍경을 보면서 이유를 묻게 된다. 물론 교사들마다 관점은 다르겠지만, 규율이나 규칙에 비해 자기 권리나 자유를 지나치게 강조하다 보니 초래된 결과가 아닌가 한다. 심지어 수업이 시작되어도 자기들끼리 지껄이던 욕설을 가감 없이 내뱉는 경우도 많다. 아이들의 자연스러운 분출과 인간에 대한 예의 사이에서 교사는 선을 잡지 못해 고민한다. 방임과 간섭 사이에서의 고민이다.

　　사람이 기계가 아닌 이상 종 쳤다고 얼, 차렷, 각지게만 행동하기를 바랄 수는 없지만, 수업에 대한 최소한의 예의와 규칙이 학교 교육에서 무너졌음은 간과할 수 없는 사실이 되었다. 이런 상태에서 아이들을 진정시키고 나면 제 풀에 지친 아이들은 스스륵 잠이 들려고 한다. 이럴 때 교사들은 썰렁한 농담이라도 날려 아이들을 얼어붙게 만들며 그들을 잠에서 깨게 하려고 고군분투한다.

　　이건 분명 수업 방식의 문제라고 스스로를 비판하며 온갖 교육학적 지식을 적용해보고, 모둠별 수업 등의 협력학습을 진행

해보거나 자리 배치를 바꿔보기도 하는데 그래도 아이들로 하여금 수업이 시작되었음을 깨닫게 하는 것은 정말 어려운 일이다. 하지만 이보다 더 어려운 일은 강의식 수업에 익숙해진 아이들의 틀을 깨트리는 것이다.

모둠별 수업이라면 알레르기 반응을 일으키는 녀석들이 꽤 흔하다. 생각을 한다는 것에 대한 엄청난 두려움, 과제 수업인 경우 나와 맞지 않는 아이들과 함께 산출물을 내야 한다는 데 대한 강박관념이 아이들 속에 자리 잡고 있는 듯하다. 피학습자 입장이 되면 누구나 힘들다. 그런데 오로지 듣고 받아쓰면서 시간표대로 움직이니 수업 시작은 더 싫을 수밖에 없는 악순환 속에서 생각 수업 자체를 두려워하는 아이들과 씨름하며 겨우 틀을 깼다 싶으면 한 학기가 지나간다. 집중 이수제니 뭐니 해서 어떤 과목의 교과과정은 한 학기 만에 끝나기도 한다. 시작이 반이 아니라 시작이 끝인 셈이다. 교사 한 사람의 힘만으로 아이들을 수업 속으로 끌어들이기란 참 힘든 일이다. 우리 아이들이 무엇 때문에 생각하기를 두려워하게 되었는지 자괴감과 함께 한심한 마음이 들 때가 있다. 어른들이 아이들의 생각을 대신해주고 있으니 아이들은 생각할 필요가 없어진 것이다.

수업 장면으로 돌아가서, 때에 따라 교사의 말을 막고 수업을 방해하거나 수업 시간 내내 수다를 떨어대는 경우 '뒤에 가서 서 있으라'는 최소한의 조치를 취할 때가 있다. 이때 아이들

은 슈퍼맨다운 기질을 유감없이 발휘하는데 벌 설 때도 별의
별 유형을 보여준다.

- 타입 A : 조용히 뒤에 서 있는 아이
  - 좀처럼 볼 수 없다.
- 타입 B : 뒤에 서 있으면서 앞의 친구와 잡담하는 아이
  - 종종 볼 수 있다.
- 타입 C : 뒤에 서 있으면서 같이 벌 서는 놈과 즐겁게 노는 아이
  - 왕왕 볼 수 있다.
- 타입 D : 뒤에 누워서 자는 놈
  - 가끔 볼 수 있다.
- 타입 E : 뒤에 누워서 노래하는 놈
  - 희귀종이었으나 점차 늘어나는 추세다.
- 타입 F : 언젠가 곧 새롭게 나타날 유형이다.

이 중 타입 B부터는 매서운 응징이 가해지지만 그래도 아
이들은 희죽거리며 즐겁다. '그래, 재미라도 있어야 하지 않겠
냐?' 씁쓸히 웃으며 교실을 나오는데 아이들은 신나게 매점으
로 향한다. 아마도 수업 시작종이 치면 그때부터 편안히 휴식
을 취하거나 서로에게 부족한 대화 시간을 메울 것이다. 얘기
라도 하니 다행이다. 살아 있기는 한 것이니까.

2. 화장 안 하고 못 사는 아이들

이제 교실에서 큰 거울을 꺼내놓고 수업에 임하는 학생들은 흔해졌다. 뭐가 그렇게 볼 게 많은지 아예 거울을 잡고 사는 경우도 많다. 여학생들은 큰 파우치 하나에 웬만한 화장품은 다 넣고 다니고 남학생들도 화장을 한다. 자기들은 결코 화장한 것이 아니고 선크림을 발랐을 뿐이라고 하지만, 귀에는 피어싱을 하고 '색깔 있는' 선크림을 정성스레 두드리고 있는 녀석들의 모습을 보면 웃기기도 하고 격세지감이 느껴지기도 한다.

화장 문제에 대응하는 방식은 학교마다 조금씩 다르다. 화장하는 아이들을 끝까지 잡아서 벌주는 학교가 있는 반면 좀 더 느슨하게 다루는 학교도 있다. 또, 교사마다 접근법이 조금씩 달라 부모님과 아이들이 헷갈려할 때도 많다. 이러한 사실은 워낙 일반화된 현상 앞에서 아이들을 어떻게 지도해야 하는지에 대한 합의가 이루어지지 않았다는 것을 방증한다. 또 학교와 교칙이 자기네보다 더 빨리 변화하고 있는 아이들을 따라잡지 못해 일어나는 현상이다. 그러나 좀 안타까운 것은 한 학교 내에서도 지도방식이 제각기 다르다는 것이다. 학교도 처음과 끝이 같도록 일관성 있게 지도해야 그나마 아이들을 좀 설득할 수 있지 않을까 싶다. 아이들 역시 '교사별로 지도방식이 너무 다르고 또 자기 목소리를 강하게 하니 어디에 맞추어야 할지 고민스럽다'고 한다.

예전처럼 껌 좀 씹으며 논다는 언니 오빠들이 화장하고 교복 짧게 입는 것이 아니라 나름대로 공부 좀 한다는 소위 '범생이' 들이 학교에서 성인 여자 뺨칠 정도의 화려한 파우치를 펼쳐 보일 때면 경악을 금할 수 없다. 이 정도로 아이가 완벽하게 변신한다는 것을 부모님은 잘 모르고 계신 듯하다. 집에 갈 때는 이미 말끔히 메이크업을 지운 상태니까. 가끔은 부모님도 알고 계시지만 어쩔 수 없는 경우도 있는 것 같다. 부모님이나 교사나 화장이라는 일반화된 현상 앞에서 갈피를 못 잡고 있기는 매한가지다.

'휴, 이것들을! 이걸 확 뺏어, 말아?' 고민하는 마음을 누를 수 있었던 것은 녀석들의 틈바구니로 더 끼어들어야 했기 때문이다.

여학생 1 : 쌤! 요새 파운데이션 몇 호 쓰세요?

여학생 2 : 야, 쌤 파운데이션 안 쓰잖아. 비비 쓰는구만.

여학생 3 : 쌤! 지금 호수 안 맞거든요. 23호로 바꿔보시죠?

여학생 4 : 마스카라 말고 속눈썹 연장 한번 해보시죠? 엄청 편한데!

교사 : 고, 맙, 다.

남학생 1 : 쌤, 요새 여드름 왜 그렇게 작렬이에요? 화장품 좀 바꿔보시죠?

남학생 2 : 마사지 과하게 받으셔도 그런데……. 피부과 한번

　　　　　　 가보시죠?

남학생 3 : 비비 크림 뭐 쓰세요? (제품을 쳐 내밀며) ○○○으로

　　　　　　 바꿔보세요. 근데 다크닝이 좀 심해요.

교사 : 고, 맙, 다.

　사실 학교가 당면한 문제는 '이 아이들을 지도해야 하는가, 하지 말아야 하는가, 지도한다면 어떻게 지도해야 하는가?'일 것이다. 그러나 한걸음 더 나아가 아이들이 왜 이토록 꾸밈에 집착하지 않으면 안 되는가도 묻지 않을 수 없다.

　외모 지상주의라는 사회적 맹신과 자본주의적 논리, 점점 어려지는 연예인, 아이들이 접하는 또래 모델들의 모습을 그 이유로 들 수는 있을 것이다. 아이들은 아이들대로 할 말이 있다. 우리 반 여학생의 사연인즉슨, 긴 치마를 사 입고 싶어도 긴 치마 교복이 나오지 않는다는 것이다(그러나 대개의 경우는 교문 통과용 치마와 실제 착용 치마가 따로 있는 것이 현실이다). 또, 모두가 화장을 하고 있으니 자기도 민얼굴로 다니는 것이 이상하다고 이야기한다.

　그러나 무엇보다 아이들에게는 또래에 속하고 싶다는, 그들만의 강렬한 욕구가 있다. '속해 있지 않음'으로 인한 불안감, 소위 '찐따'가 되기 싫어하는 아이들이 그들이 속해 있는 집단의 상징체계로부터 완전히 자유롭기는 사실 어렵다. 심리학자

매슬로(Maslow)도 인간은 누구나 소속에의 욕구가 있다고 하지 않았던가. 문제는 누가 시켜서 하는 것이 아니라 아이들의 일반적인 아이콘이 변화하고 있다는 것이다. 아이들은 어른보다 더 명확한 기준으로 자기들을 분류하고 있다.

1순위 - 잘 놀고 공부 잘하는 아이

2순위 - 잘 놀고 공부 못하는 아이

3순위 - 못 놀고 공부 잘하는 아이

4순위 - 못 놀고 공부 못하는 아이

- '잘 논다는 게 뭐냐'라는 질문에 ○○고 2학년 아이들의 집단 아우성에서 나온 단어들을 조합해본 결과는 이렇다.
  "잘 노는 아이는 '성격 좋고 인간성 좋고 분위기 좋게 띄우고 밝고 재미있고, 하여튼 우리끼리 잘 어울리고 통하는 애'예요."

물론 학년이 올라가고 지역이나 학교가 달라지면 순위 변동이 있기도 한다. 매일 풀 메이크업을 하고 머리 세팅을 말고 오느라 지각하던 녀석이 고3이 되자 민얼굴로 나다니는 것을 보기도 했으니까.

그렇지만 역시 애들 입장에선 잘 놀고 공부 잘하는 아이가 될 수 없다면 잘 노는 아이에는 속해야 한다. 그 또래가 인정하는 아이가 되지 못한다는 것은 참을 수 없는 고통을 주기 때문이다. 보통의 얼굴을 한 아이들이 왜 두꺼운 화장으로 자기를 가려가며 소위 '우리'라는 또래에 속하려는 것인지 안타까울 때가 있다. 자기 얼굴, 유년의 얼굴을 할 수 없는 요즘 아이들이 불쌍하기도 하다.

대부분의 아이들이 화장을 하지 않는다면 아이들의 민낯을 볼 수 있는 날도 머지않겠지만, 아무래도 어렵지 않을까.

3. 위기 속 아이들

수업 시간에 다재다능한 벌 서는 재주를 보여주거나 뛰어난 미적 감각을 뽐내는 아이들은 그래도 건강한 편이다. 하지만 다음과 같은 유형에 속한 아이들을 볼 때면 교사는 저절로 불안해진다. 대부분 수업 시간에는 별다른 이상을 감지할 수 없지만 예리한 교사들은 고개를 갸우뚱하며 "1반 담임 선생님! ○○○ 학생 어떤가요?"라는 이야기를 하게 된다. 이러한 얘기가 잦아지거나 교사가 아이의 행동이 뭔가 이상하다고 생각하면 일단 아이 부모님께 상담을 요청하게 되는데, 이때 '아이를 매도하지 말라'는 대응이 돌아오기 십상이다. 이런 아이들 중에는 의외로 성적이 높은 경우도 많다.

- 타입 A : 말 많이 하는 아이
- 타입 B : 자주 아프다고 하는 아이
- 타입 C : 말 안 하는 아이

240

● 타입 D : 참지 못하는 아이

위 타입들은 시간이 흐르면 혼합된 유형으로 나타나면서 명확한 구분이 어려워진다. 이렇게 되면 '문제를 가진 아이들'이 '문제아이'로 뒤바뀔 수 있다. 하지만 문제아이라는 이름을 붙여주기 이전에 이들은 부모님과 교사 모두가 일차적으로 지속적인 관심을 갖고 보호해야 하는 아이들임을 알아야 한다.

• 타입 A : 말 많이 하는 아이

타입 A에 속하는 아이들은 친구들에게 인기도 많고 관계성도 매우 높은데 병적이다 싶을 정도로 쉼 없이 말을 한다. 교사들은 으레 '저놈, 참 말 많네.' 하고 넘어가기 쉬운데, 가끔 들어보면 상대방이 아닌 자기 자신에게 말하고 있음을 알게 될 때가 있다. 주로 성적에 엄청 신경 쓰는 아이들이 이런 행동을 많이 하는데, 꽉 차인 스트레스를 '상담'을 빙자하여 풀고 가는 것이다.

쉬는 시간마다 찾아와서 하는 독백을 10분간 듣고 다음 시간에 또 똑같은 이야기를 들을 때의 심정은 참으로 힘겹지만, 그렇게 독백이라도 늘어놓아야 그 아이가 '살 수 있다'는 것을 알 때 가슴은 미어진다. 아픈 마음으로 항상 아이를 안아준 후 돌려보내면 아이는 쑥스러워하지만, 그래도 독백의 횟수는 현저히 줄어든다(안아주는 것이 부담스러워서일까, 마음이 치유되어

서일까?)

초등학생에서 중학생이 된 아이, 중학생에서 고등학생이 된 아이, 고 3이 되어 자기 지표를 찾기 어려워하는 학생들에게서는 우울과 불안의 감정들이 많이 나타난다. 독자들 대부분이 이러한 전환의 시기에 어떤 형태로든 마음의 몸살을 겪었을 것이다. 심지어 어른들은 아홉수도 있다고 하지 않던가. 피부를 벗겨버릴 때의 아픔이란 늘 존재하지만 입학식에서의 허허로운 느낌, 성장과 성취에 대한 기대감과 두려움은 아이들 입장에서 더 크게 다가올 수 있다.

이러한 시기에 그래도 말을 많이 하는 학생들은 자기를 표현하고 있으니 다행인 편이다. 이럴 때도 교사와 부모님은 아이의 상태에 민감해져야 한다. 아이의 이러한 모습은 자기에게 탈출구가 필요한 신호라는 것을 감지한 어른들이 아이를 보듬어주지 않으면 아이의 불안이 지속화되고, 대체로 다음 단계로 이행하는 것을 종종 보았기 때문이다.

• 타입 B : 자주 아프다고 하는 아이

담임을 맡다 보면 아프다고 하는 아이를 자주 보게 되는데 한 아이가 집중적으로 아픔을 호소하는 경우가 있다. 물론 몸이 약하다거나 특별한 병을 앓고 있거나 체력이 떨어진 아이일 수도 있다. 그렇지만 유독 보건실을 자주 찾아간다거나 매 수업 시간마다 엎드려 있거나 자신의 아픔을 알아주지 않았을 때

심하게 울음을 터트리는 경우라면 문제가 다르다.

학생 : 쌤, 저 배가 많이 아파요.

담임 : 그래서?

학생 : 오늘 야자 못한다고요.

담임 : 그럼 병원 갈 거야?

학생 : (한숨 쉬며) 아니요…….

담임 : 병원 가서 확인증 받아와야 인정되는데.

학생 : (한숨 쉬며) 네, 병원 다녀올게요.

학생 : 쌤, 저 배가 많이 아파요.

교사 : 그래서?

학생 : 이번 수업 못 듣겠어요.

교사 : 엎드려 있을래?

학생 : 보건실 갈래요.

교사 : 알았다.

학생 : (조금 후에) 보건 쌤이 확인증 끊어오래요.

교사 : 알았다. (서명해준다.)

위와 같은 상황이 반복되면 뭔가 문제가 발생한 것이다. 사실 담임이 되면 학생 개인의 아픔보다는 행정적인 문제—예를 들어 병원 확인증과 같은—를 우선시하게 될 때가 많다. 행정적인 문제는 책임을 동반하기 때문에 담임에게 중요하다. 그러나 아이의 아픔보다 행정적 문제가 우선시되고 있음을 아이가 알아차리면 그 담임에게는 마음의 문을 닫아걸 확률이 높아진다. 그렇게 되면 진심으로 아이와 소통하는 것은 물론 학급 관리도 더욱 어려워진다.

부끄럽긴 하지만 1년간 담임을 맡았던 아이가 스승의 날에 감사 편지를 써왔다. '아픔을 실제 아픔으로 생각해줘서 감사하다'는 내용이었다. 아프다고 하면 교사들이 꾀병으로 생각하는 경우가 많은데 아프다는 것을 진지하게 여겨줘서 고맙다는 편지를 받게 되었을 때, 내게는 아이의 아픔이 깊은 무게감으로 다가왔다.

보건실로 대피하려는 학생도 자주 볼 수 있다. 실제 배가 많이 아픈 학생에게 이유를 물어보니, 쭈뼛거리며 생리통이라고 대답한다. 하지만 한 달에 열 번 이상 생리통을 겪는 아이들을 볼 때면 '마음이 신호를 보내고 있구나!' 하고 알아차리게 된다. 마음이 아플 때 몸도 아프다고 하지 않던가. 마음의 아픔을 육체적 아픔이라는 틀로 밀어 넣는 아이들은 대개 자신의 감정을 직시하지 않고 회피하려는 경향을 많이 보인다. 상담을 해봐도 정말 아픈 것이라는 대답이 돌아오기 일쑤지만 그런 후에도 아이는 자주 눈물을 보이거나 엎드려 있다. 이런 아이들은 수업 시간에도 태도 불량으로 자주 지적당하는데, 이것이 일상화되면 아이는 대피할 곳을 찾게 된다. 그리고 더 이상 대피할 곳도 없고 오롯이 혼자 남을 경우, 아이는 자신과 어른들 모두가 감당하지 못하는 일을 저지르고 만다.

중·고등학교의 경우에는 더욱 더 교과 담당 교사와 담임 교사 간의 원활한 의사소통이 필요하다. 왜냐하면 교과 담당 입장에서는 한 시간의 수업 시간에 드러난 아이의 행동을 볼 수밖에 없지만 담임 교사는 그래도 아이에 대해 한 걸음 더 접근해 있는 경우가 많기 때문이다. 교과 담당 교사는 아이의 행동이 패턴화될 때 담임 교사에게 편하게 이야기할 수 있어야 하고 담임 교사는 이에 대한 부담을 내려놓은 채 서로 대화해야 하는데, 많은 교사들이 자기 테두리를 정해놓고 접근하는 것은 다시금 생각해봐야 할 문제다.

아이가 자주 아프다고 한다는 담임 교사의 전화를 받은 부모님이라면 병원에 가보라고 아이를 다그치거나 야단치기 이전에 '도대체 왜?'라는 것을 생각해보았으면 한다. 꼭 짚이는 문제가 없다 하더라도 아이가 고통 받고 있다면 그 고통을 함께 나누어주겠노라, 내가 언제나 함께하겠노라는 사랑의 표현이라도 해줘야 하지 않을까. 특히 문제의 주 원인이 가정에 있다면 학교 교사들의 역할은 한정되기 마련이다. 부모의 부부싸움으로 늘 불안한 아이가 신체적 병증을 호소하며 학교에서 엎드려 있는 것이라면, 화타가 아닌 화타 할아비가 와도 아이를 낫게 해줄 수 없기 때문이다.

• 타입 C : 말 안 하는 아이

말을 하지 않는 아이들도 생각 외로 참 많다. 심지어 옆의 짝과도 이야기하지 않고 소수의 아이들하고만 아주 작은 소리로 대화하는 것을 보고 신기한 생각에 그 내용을 엿들으려 한 적도 있지만 들리지 않았다. 그만큼 대화는 짧고, 소리는 작았던 것이다. 매번 이런 식이니 교사는 또 걱정이 돼서 부모님께 전화를 한다. 그러면 다음과 같은 대답이 날아든다.

"우리 애, 집에서는 잘 얘기하고 잘 놉니다."

소위 문제를 가진 아이들의 부모님과 대화를 해보면 대부분 유사한 반응을 보이는데, 'No problem!' 자기 아이는 문제가 없다고 말한다. 그러나 솔직히 말해 이런 식의 반응은 교사를 참 어렵게 만든다. 부모님의 이러한 반응은 교사를 자포자기하게 하고 큰 사고가 나지 않기만을 바라는 보신(保身)주의로 기울게 하기 때문이다. 또한 경험상으로 보면 표면적으로 떠들고 사고 치는 녀석들보다 말 안 하고 조용히 있다가 큰일을 저지르는 아이들이 많은데, 이 때문에라도 교사와 부모님의 공조 노력은 정말 필요하다.

그런데 이 아이들의 다수는 한 가지 일에 광적으로 집착하는 모습을 보인다. 예를 들어 시도 때도 없이 일정한 형태의 만화만 그리거나 한 종류의 소설만을 읽는 것이다. 아이들은 "걔, 덕후예요! 건들지 마세요."라고 이야기하는데 '덕후'란 아마 일본의 오타쿠(おたく, 특정 분야에 열중하는 사람)를 자기들 마음

대로 표현하는 것이 아닌가 싶다. 그럴 때 아이는 더욱 얼굴이 일그러지며 담담한 침묵으로 '불쌍한 중생들'을 맞받아친다. 이 아이들은 아픔조차 표현하지 않는데 어쩌면 침묵은 그들의 아픔을 표현하는 요긴한 수단인지도 모른다.

교사와 아이들, 부모님 모두가 쉬쉬하고 이 아이를 그림자 취급하는 어느 날, 무서운 사건들이 일어나기 시작한다. 입 한 번 안 떼던 녀석이 학교 유리창을 한 장도 빠짐없이 깨트리거나 차량을 부수거나 거리를 질주하고 아예 학교를 나오지 않는가 하면 은둔형 외톨이가 되기도 하는데 이런 일을 접할 때면 간담이 서늘해지면서도 간단한 진실 하나를 깨우치게 된다. 뭐라고 포장해도 터질 것은 결국 터진다는 것이다.

타인과의 교류, 그리고 자기 자신과의 교류 자체를 하지 않는 아이들을 보면서 생각한다. 최초에 저 아이가 문을 닫아걸고 침묵으로 시위할 때 누군가가 그 문을 왜 닫아걸었는지 관심을 갖고 아이의 방문 안으로 들어가보려고 했다면 저 아이는 지금 어떻게 됐을까? 생각할수록 아쉽다.

• 타입 D : 참지 못하는 아이

황당한 경험을 한 적이 있다. 교실을 순회하다가 아이의 발에 걸려 넘어질 뻔한 것이다. 그런 경우 대체로 아이들은 멋쩍게 웃으며 사과를 하고 교사는 "이놈의 자식!" 한마디 하고는 놀란 가슴을 쓸어내리기 마련이다. 그런데 이 아이는 사과는커

녕 "왜 남의 발을 밟느냐? 선생이면 다냐?"라며 고래고래 고함을 치는 것이었다. 지하철에서 다리를 뻗은 사람 때문에 걸려 넘어질 뻔했는데 다리를 뻗은 사람이 왜 자기 다리에 걸렸냐며 오히려 성을 내고 고함을 치는 경우와 같다. 방귀 뀐 놈이 성낸다고.

그런데 요즘 학교에서는 이런 황당한 일이 많이 일어난다. 특히 중학교에서는 더 빈번하게 발생하기에 중학교 교사들은 생활 지도에 큰 어려움을 겪고 있다. 걸핏하면 소리치는 놈들 덕분에 귀에 이명이 생길 지경이니 참 미칠 노릇이다. 이젠 초등학교 6학년마저 기피 학년이 되었다. 아이들의 분노 게이지는 점점 상승하는데 연령대는 점점 내려가고 있는 것이다.

이런 아이들은 정말 잘 참지 못한다. 가슴속은 분노로 가득 차 있는데 특히 어른에 대한 불신과 피해 의식이 매우 높다는 것을 느끼게 된다. 학교에서 특성검사를 해보면 이 아이들은 우울과 불안 증세가 굉장히 높고 당연히 스트레스에는 취약하다는 결과가 나온다. 이 유형에 속하는 아이들은 대부분 학교에서 문제아로 취급받는다. 어떤 부모님은 '교사의 전화 때문에 정신병에 걸릴 지경'이라며 오히려 가정에 상담을 요청하는 교사에게 화를 내고, 어떤 부모님은 그저 눈물만 흘리며 "도대체 자식새끼를 왜 낳아 이 모양인지 모르겠다."라며 한탄한다.

대체로 학교 문제와 관련된 보도에 등장하는 이런 아이들과는 대화 자체가 어려울 때가 많다. 어떤 말을 해도 자신에 대한 공격으로 생각하기 때문이다. 어떤 교사는 나 하나 죽어 인(仁)을 이루겠노라며 아이를 맡아 담임이 되겠다는 의지를 다지기도 하지만 대부분의 교사들은 자기 반에 이런 아이가 들어오면 미칠 노릇이다. 머릿속의 빨간 별표는 확대되다 못해 꿈자리까지 시끄러워지는 것이다. '참, 속 시끄럽다, 속 시끄러워. 어휴……' 교사의 늘어나는 한숨에는 이유가 있다. 그만큼 다루기 어렵고 힘들기 때문이다. 심지어 다른 아이들과 학부모마저 자기 반에 이런 아이가 포함되어 있다는 사실을 싫어하기에 이놈들은 이래저래 어디서도 환영받지 못하는 존재가 되어가는 것이다.

교육계에서는 이런 아이들에 대한 처방으로 인성교육의 강화를 부르짖는다. 하지만 그와 동시에 학력 신장도 외친다. 밥상머리 교육의 필요성도 역설하면서. 그렇게 처방도 다양한데 왜 자기 자신을 참아내지 못하는 아이들은 늘어만 가는 것일까?

어떤 교사들은 우스갯소리로 IMF 시절에 잉태되거나 태어난 아이들이 특히 이런 성향이 많다고 한다. 아마도 시절이 힘들면 아이 교육에도 영향을 주기 때문에 농담처럼 퍼지는 소리일 것이다. 또 어떤 사람들은 결손 가정에서 태어난 아이들이 이런 모습을 보인다고 한다. 그렇다면 이 아이들은 누가 만든 것일까? 사회구조나 시절? 혹은 결손가정?

사회구조와 가정, 학교 모두가 '도무지 참을 수 없는 존재'를 키워내고 있는 것이 아닌가라고 나는 생각한다. 철저하게 원자화된 사회 속에서 '성취가 곧 생존'이라는 도식은 사회에 만연해 있다. 자극은 넘쳐나고 존경의 대상이 되었던 어른들은 사라지고 있다. 이러한 상황을 그저 결손가정의 문제로 귀결시키는 것은 다소 모순이 있다. 특히 결손가정이라는 표현 자체가 뭔가 부족하고 결함이 있는 가정이라는 뜻인데 이것은 가정의 다양한 형태를 일반화시키는 문제마저 갖고 있다.

　그것보다는 사회라는 구조적 문제와 더불어 아이가 맺게 되는 관계와 대화의 형태에 대해 고민해볼 필요가 있다. 이 아이들은 오로지 일방적인 형태로 어른들에게 옳은 말과 바른말만 듣는다. 집에서도, 학교에서도 아이들은 바른말만 지시적인 형태로 듣는 것이다. 듣기 좋은 꽃노래도 한두 번이라고, 아무리 맞는 말이라고 해도 지시적으로 반복해서 듣다 보면 아이들은 그것을 반대의 형태로 수용하고 반항심만 가지게 된다. 이 아이들을 야단이라도 치면 그 상대가 누구든 간에 짜증을 내고 대꾸를 하다가 결국에는 무시한다. 폭발은 이것이 반복되면 발생하는 것인데 그 빈도와 강도는 시간이 흐를수록 높아진다. 심지어 아이들의 이런 방식은 꽤나 효과적이어서 어른들은 더 이상 이 아이를 건드리지 않는다. 아이 입장에서는 자기가 괄호 밖의 인간이 됨으로써 귀찮은 존재들을 떼어낼 수 있는 것이다.

중학교 시절에는 신나게 폭발하던 녀석들이 고등학교에 오면 이젠 운동장에서 숨 한 번 쉬지 못하고 0교시 대신 시작된 이른 1교시부터 최소한 9교시까지 어쩔 줄 모르고 씩씩대며 폭발할 준비를 하고 있다. 얘들도 양심이라는 것은 살아 있어 죄책감을 느끼기 때문에 어떻게든 자신만이 잘못된 것은 아니라는 것을 드러내야 한다. 따라서 '내가 이런 잘못을 저지르는 것은 당신이 원인을 제공했기 때문'이어야 한다. '너 때문이야!'가 자기 양심에 대한 이들의 대답이다. 이놈들을 바라보는 교사도 마음이 젖고 부모들은 가슴에 한이 맺힌다.

이 녀석들에게 하는 옳은 말과 입바른 소리가 과연 누구를 위한 옳은 말이고 입 바른 소리인지 우리 어른들은 가슴에 손을 얹고 생각해보아야 한다. 그것이 정말 내 아이를, 우리 아이들을 위한 것이었는가? 내 새끼는 이러해야 한다는 나의 대리 만족과 욕망은 아니었는지, 나는 올바르게 가르친다는 교사의 자기 위안은 아니었는지.

그런데 이 대목에서 내가 좀 쪼그라드는 느낌이 드는 것은 왜일까.

4. 낮은 목소리

어른들, 특히 부모님은 내 아이에 대해 자기만큼 더 잘 아는 사람은 없다고 자부하지만 실제 아이들은 '부모님만큼 나를 잘 모르는 경우도 드물다'고 한다. 보통의 얼굴을 한 보통의 아이들이 보내온 편지를 보면서 칼끝에 서 있는 아이들과 바로 서기를 해본다. 여기에서는 대한민국에서 평범하게 교복 입고 학교 다니고 밥 잘 먹는 실제 고딩들이 골방에서 속삭이는 낮은 목소리를 풀어헤쳐 보기로 한다. 다음의 이야기들은 아이들과 함께 상담활동을 하며 대화한 내용을 재구성한 것이다.

친한 친구들은 모두 실업계로 갔는데 나만 친하지도 않은 애들과 이 학교로 오게 되었다. 한 시간이었지만 야자를 했던 날은 정말 잊을 수 없다. 숨죽이며 공부하는 아이들 틈에서 난 완전한 구경꾼이 되어 있었다. 그런 경험은 더 이상 하고 싶지 않다.

나는 자주 아프다. 하루에 두세 번씩 병원에 갈 때도 있다. 갈때마다 상세한 병명은 없다고 하는데도 매일 아프다.

쌤들이 내게 자꾸 뭔가를 묻는 것이 싫다. 나만 보면 무슨 일이 있냐고 묻는다. 난 그냥 좀 아프고 학교가 싫을 뿐이다.

아빠 엄마 모두 쌤이라 그런지 형이 못 이룬 꿈을 내가 이루길 바란다는 걸 느낀 적이 있다. 물론 직접 그런 말을 한 적은 없지만 결국 공부 잘하라는 소리만 들었다. 그딴 소리를 들을 때면 엄마에게 심하게 덤벼들지만 한 번도 엄마를 이긴 적은 없다.

게임을 하려면 반드시 먼저 한 시간 동안 공부를 해야 하는데 스마트폰으로 뭔가를 하고 싶지만 폰도 없다. 반드시 해야 하는 공부를 다 하지 못하면 게임도, 메신저도, 아무것도 할 수 없다. 난 학생이지 자식은 아닌 것 같다. 숨통 막힌다.

게다가 난 학교에서는 밥도 먹지 않는다. 밥이 먹기 싫다. 부모님은 내가 학교에서 밥을 안 먹는다는 이유로 미친놈이라고 한다. 근데 난 정말 밥을 먹을 수가 없다.

실은 그놈 때문이다. 그놈에 대해서는 아무에게도 말할 수 없었다. 초등학교 때 나를 엄청 괴롭혔던 놈. 지금 겉으로는 그놈과 잘 지내고 있지만 속으로는 그놈을 열두 번도 더 때려눕힌다. 죽이고 싶다. 근데 이런 생각 때문에 더 괴롭다. 근데 그놈은 꼭 같이 밥을 먹자고 한다. 그래서 아예 밥을 안 먹는 편을 선택했다. 까짓것 안 먹는다고 죽진 않으니까.

근데 부모님은 나더러 미친놈이란다. 그래, 난 미친놈이다.

그래도 한때는 나도 상위 그룹이었다. 아이들은 딱 두 부류다. 잘나가거나 잘 놀거나. 놀지도 못하고 잘나가지도 못하는 놈들은 하위 그룹이다. 상위 그룹이던 내가 중학교 때 하위 그룹 애들 좀 챙겨주다가 결국 같이 하위 그룹이 되어버렸지만 지금은 성적이 많이 올랐으니까 곧 상위 그룹이 될 것이다.

그리고 그땐 부모님 코를 납작하게 해줄 수 있을 것이다.

• • •

나는 매일 밤 11시쯤 친구들이 동네로 나온다는 전화를 받고 나간다. 거의 매일 밤 나가서 친구들과 함께 놀다가 집에 오는데, 엄마 아빠의 잔소리야 조금만 참으면 되기 때문에 괜찮다.

　　나는 공부를 꽤 열심히 하는 편이라고 생각한다. 그런데도 성적은 나오지 않아 스트레스를 받는다. 친구놈들은 이런 나를 보며 머리 나쁜 놈이라는데 사실 겉으로는 웃지만 속으로는 터지기 일보직전이다.

　　한때는 좋았던 시절도 있었다. 댄스 스포츠를 배우러 다녔던 때. 하지만 남자새끼가 웬 댄스 스포츠냐며, 학원 보낼 돈도 없다고 엄마 아빠가 갑자기 반대해서 결국 다니지 못했다. 만일 댄스 스포츠를 계속했더라면 내 인생도 달라졌을 텐데……. 진짜 짜증난다. 아마 그 분야로 나갔더라면 난 행복했겠지만 지금은 만사가 귀찮다. 귀찮아도 학교는 다닌다.

· · ·

　　우리 부모님은 내가 어릴 때부터 별거 상태로 지내왔다. 만날 싸우면서도 '너 때문에 이혼을 하지 않는다'고 한다. 나를 교육하는 데 방해가 되기 때문에 학교를 졸업할 때까지는 이혼을 꾹 참고 있다는 것이다. 그렇지만 마주칠 때마다 싸우는 부모님을 볼 때면 아예 이혼하라는 소리가 절로 나온다.

나도 부모님과 사이가 안 좋다. 부모님 양가 집안에 행사가 있을 때마다 무관심하다고 엄청 야단을 맞기도 했다. 그렇지만 신경 쓰기 싫다. 부모님과 관련된 것은 다 머리 아프다.

서로 만나지 않으면 싸우지도 않을 부모님이 내 문제로 만나서 집에서 싸움을 해대는 통에 갑갑해서 견딜 수 없다. 엄마는 애를 자기 혼자 낳았냐며 화를 내고 아빠는 자신도 힘들다며 책임을 떠넘기니 결국 모든 게 내 탓이다.

부모님이 싸우지만 않으면 좋겠다. 그냥 마음 놓고 학교라도 다닐 수 있게. 이건 친구한테도 다 말 못한다. 겉으로는 히히거리고 웃지만 야자 시간이 되면 머리가 아프다. 곧 집에 가야 할 때가 오기 때문이다.

• • •

우리 아빠는 경찰관이고 엄마는 대학교 강사다. 형과 동생이 있는 우리 집은 오순도순 화목한 삼남매 집이라고 한다. 근데 난 알고 있다. 아빠 엄마가 자식 얘기를 하실 때면 은근히 나는 빼놓는다는 것을. 그래도 고 1때까지는 내 자랑에 목말랐던 분들이었는데 말이다.

형과 동생은 공부를 썩 잘한다. 그래서 부모님을 닮았다고 하는데, 난 아무도 닮지 않았다고 한다. 별종이란다. 나는 비교당하는 것이 가장 싫다. 근데 늘 비교를 당한다. 엄마 모임에 한 번씩 내가 나타날 때면 다른 엄마들이 안됐다는 눈으로 "아, 얘가 걔예요?"라고 말한다. 엄마는 떨떠름하게 "그러게요."라고 말씀하신다. 나는 '걔'다.

사실 나도 공부라면 꽤 잘했다. 1학년 때까지는 외국어 고등학교에 다녔으니까. 외고 가기가 싫다고, 가면 그만두게 될 거라고 부모님께 몇 번이나 말했지만 입학하고 나면 그 마음도 싹 없어질 거라고 하셨는데, 학교가 싫은 마음은 결국 안 없어졌다. 결국 내 말대로 되어버렸다. 학교 다니기를 그만두고 검정고시를 쳐야 하나를 고민할 때 아빠는 학교 안 다니는 놈은 용서 못한다고 하셨다. 그래서 인문계 고등학교로 전학을 오게 된 것이다.

특별한 아이들. 외고에서 나는 나보다 늘 앞서나가는 애들을 보면서 저 아이들 속에는 결코 낄 수 없다는 것을 알 수 있었다. 커피를 열나게 들이키며 잠 안 자고 공부한 적도 많았다. 중학교 때 책부터 다시 꺼내서 개념 정리를 하려고 노력하고 머리를 쥐어뜯으며 공부하기도 했다. 비타민과 카페인 드링크를 얼마나 많이 마셔가며 열심히 공부했던가. 하지만 성적은 끝내 원하는 만큼 오르지 못했다. 엄마는 조금만 더 버티자고 말했다. 하지만 난 버틸 수 없었다. 그나마 날 잡아주던, 처지가 비슷했던 친구와 멀어진 그날 이후 난 학교 다니는 걸 포기했다.

전학을 오고 보니 이젠 쌤이나 애들이나 모두들 "너 외고 다녔었다며?"하며 외고 이름표를 붙여서 나를 생각했다. 그토록 싫었던 학교가, 그토록 받아주지 않았던 학교가 거창한 타이틀이 되어

'외고 다녔던 애로서 한 자락 해야 한다' 는 강박감을 심어주리라고는 생각하지 못했다. 물론 외고 다녔던 애가 잘 못한다는 사실을 눈치 챈 이후부터는 아이들도 내 과거를 잊은 듯하다. 쌤들 역시 눈치껏 그에 대한 말씀은 자제하신다. 천만다행이다.

외고를 그만두고 일반계 고등학교로 전학 온 뒤 그래도 딴 애들만큼은 잘할 줄 알았는데, 이 학교에서도 그저 그런 성적표. 일반계 고등학교로 전학 오고 나서도 시원찮은 성적표를 받고 난 이후부터 부모님은 내가 아무도 닮지 않았다고 말씀하신다. 언젠가는 수능날 대박을 쳐서 부모님이 '정말 미안하다, 그땐 내가 잘못 생각했다.' 라며 무릎 꿇을 날을 상상해본 적도 있다. 그런 꿈을 꾸다가도 모의고사를 치고 나면 4년제라도 가고 보자는 생각이 든다. 왜 이러는 걸까. 왜 공부가 되지 않는 걸까. 아니, 공부는 하는데 왜 성적은 안 나올까.

부모님은 학교가 빡빡하고 촘촘하지 못하니 학교에서 공부를 더 시켜야 한다고 그러는데 그럴 때면 몸이 부르르 떨리는 게 느껴진다. 정말 내가 죽어야 하나보다 싶은 생각이 들 때가 많다.

어느 날은 담임 쌤이 '3학년인데 전일제를 나가는 게 말이 되느냐' 라는 항의 전화를 학부모로부터 받았다고, 학교가 이래서야 되겠느냐고 한탄조로 말씀하신 적이 있다. 난 그런 전화를 해대는 범인이 누구인지 알고 있다. 개구멍이라도 있으면 들어가고 싶다.

학부모와의
전쟁

화병 :

　화병(火病) 또는 울화병(鬱火病)은 화를 참는 일이 반복되어 스트

레스성 장애를 일으키는 정신 질환을 말한다. 미국 정신과 협회에

는 1996년 화병을 문화관련 증후군의 하나로 등록했는데, 이 질

환을 로마자로 Hwabyeong 또는 Hwabyung 이라고 부른다. 한

국의 문화 의존 증후군.

증세로는 우울증, 거식증, 의욕상실, 불안함, 가슴이 답답함, 불면

증, 오한, 성기능 장애가 있다.

- 한국어 위키백과사전 -

　학교에 있다 보면 불가피하게 교사와 학부모 사이에서 전쟁
이 일어날 때가 있다. 국지전에서 시작해서 인정사정없이 번질
때도 있지만 대부분 협력기구의 중재나 서로의 양보로 휴전되

곤 한다. 그러나 휴전이라고는 해도 어쩔 수 없는 휴전이라 표면적 정리일 뿐, 서로의 가슴에 맺힌 상처는 참 풀기 어려워서 어떨 때는 자다가 벌떡벌떡 일어나기도 한다.

과거부터 교사와 마찰이 잦았던 학부모일수록 학교로 찾아와서 교사에게 고함을 칠 때가 종종 있다. 이런 경우 고함의 끝은 대체로 "선생이면 다요? 어? 어? 어?" 하고 대서사시의 마지막을 끝맺는 경우가 많은데, 배를 튕겨가며 침을 튀기는 모습을 보면서 선생들도 속으로 한마디 한다. '젠장 맞을, 부모면 다여? 다여? 다여? 다여?'

떨리는 털들을 진정시키며 책상을 턱 하니 치고 "에잇, 이 짓거리 못해먹겠네!" 거친 호흡을 내뱉으며 소리를 지른다. 사직서가 쓰인 흰 봉투를 팔뚝살이 떨리도록 휘날리며 '옷 벗고 말지, 옷 벗고 말아. 거, 자알~ 해보쇼, 개콜!'

……이라고 큰소리를 치며 교무실 문을 나서고 싶은 생각이 들 때가 있다. 물론 생각이라야 한다. 그리고 이때의 '개콜' 소리는 반드시 비음과 더불어 입꼬리 한 쪽만 살짝 올라가는 썩(은 미)소와 어우러져야 한다.

사실 이러한 전쟁은 대개 교사나 부모나 모두 아이를 위하고자 하는 마음 때문에 일어난다. 그런데 작은 불신이 싹이 되어 오해를 불러일으키면 돌이킬 수 없는 상처가 되어 서로에게 각인된다. 부모님 마음에는 교직과 학교 전체에 대한 불신이 남게 되고 교사는 학교를 그만둘 정도의 괴로움에 빠지는 결과로 이어지기도 한다. 그만큼 서로에게 주는 상처가 큰 것이다. 그런데도 전쟁은 일어나기 마련이다.

문제는 교육구조의 문제가 교사와 부모님 간의 갈등으로 비화되는 경우인데, 이런 갈등은 서로가 참는다고 해결될 문제가 아니다. 교사 입장에서는 속에서 열불이 났다가 천불로 번져 마침내는 간과 허파가 뒤집어지는, 극도의 위험한 상태까지 이르게 된다.

1. 선생님 석사 출신이시죠?

학부모 : 선생님이 혹시 ○○○ 선생님이신가요?

교사 : 네, 그렇습니다.

학부모 : 이번 시험문제 24번에 대해서 어떻게 생각하세요?

교사 : 네? 문제에 문제가 있나요?

학부모 : 아니, 문제에 문제가 있다는 걸 모르셨나요? 저요, 제가 이런 말씀 안 드리려고 했는데 미국에서 지리학으로 박사학위 딴 사람입니다. 박사 관점에서 이 문제를 보면 이건 2번도 정답으로 인정해줘야 합니다.

교사 : 네? 이 문제는 수능 기출 문제로 그대로 나와 있는 문제고 4번이 정설로 인정되어 있는 겁니다. (이어 대략 문제에

대한 해설이 이루어진다.)

학부모 : (듣고 있다가) 선생님, 석사 출신이시죠?

교사 : (멘붕) 예?

학부모 : 선생님, 정설은 누가 정한 거죠?

교사 : (앗, 진상이닷…….)

학부모 : 게다가 이번 수행평가 말입니다. 이런 이런 부분이 이
상합니다.

교사 : (정신 수습하고) 그 부분은 말입니다.

학부모 : (말 끊으며) 교장실에서 뵙겠습니다.

뭐, 참을 수 있다. 게다가 교사도 시험을 출제할 때 오류가
있을 수 있고 부모님은 평가 방식에 대해 알 권리는 물론 이의
를 제기할 권리도 있다. 실제로 잘못 출제한 문제에 대해서는
짚고 넘어가는 것이 맞다. 그렇지만 모든 시험에서, 매 시험 때
마다, 정답으로 인정할 수 없는 부분까지도 자기 아이 답에 맞
춰 정답으로 인정해달라며 억지 논리를 펼치는 부모님을 만날
때가 있다. 처음부터 문제에 대한 교사의 설명을 기대하기보다
는 원하는 대답을 얻기 위해 전화를 하기 때문에 이런 경우에
는 교과 이론이나 논리도 전혀 쓸모없다. 심지어 교사의 이력
까지 줄줄 꿰고 출신 성분 운운하며 교양 있는 인신공격을 할
때 교사는 식겁한다.

이런 경우들은 대체로 교육열이 높은 지역에서 빈번히 일어

나는데 교사들은 시험 문제를 낼 때마다 머리를 쥐어뜯고 시험이 끝난 후에는 날마다 들려오는 전화벨 소리에 노이로제까지 겪을 정도다. 오로지 자기 아이의 성적만 올리면 된다는 집념에 가득 찬 부모님은 교사의 평가 권한 자체를 인정하지 않는다. 내 아이가 A가 나올 때까지, 내 아이가 정답을 받을 때까지, 전공자로서의 교사 입장은 무시해버린다.

가끔은 이런 전화들도 받는다.

- (평균 65점이 나온 중간고사 시험이 끝나고)
  "선생님, 시험 문제가 왜 이렇게 어려운가요? 애들이 무슨 대학생입니까?"
- "선생님, 시험 문제가 왜 이렇게 쉬운가요? 이래서야 1등급이 나오겠습니까?"
- (교사가 겁 없이 학생의 창의력을 평가하는 과제를 낸 경우)
  "선생님, 시험 공부한다고 바쁜 애한테 이런 과제를 내셔서야 되겠습니까?"

간혹 소름 끼치는 전화도 걸려온다.

"선생님, 오늘 아이들이 운동장을 세 바퀴나 뛰더군요. 체육 시간에 힘 다 빼면 애들 공부는 언제 합니까?"

사실 전화기도 쉬고 싶을 것이다.

2. 다 됐고, 인권유린입니다!

인권 유린(蹂躪):
인권을 짓밟는 일. 특히 공권력이나 권력을 가진 사람이 인간의
기본적 인권을 침해하는 일을 이른다.

—한국어 위키백과사전—

영화 〈친구〉에서 꽤 인상 깊은 장면이 있었다. 교사가 "너거 아부지, 뭐 하시노?"라며 아이들을 엄청 때리는 장면이었다. 어떻게 저렇게까지 할 수 있을까 싶을 정도로 심하게 아이들을 때리는 모습을 보며 아무리 영화라고는 하지만 보는 내내 부끄러웠고 분노로 가슴이 들끓었던 기억이 난다. 영화 속 교사는 '인권유린'의 상징이었고 학생도 막돼먹기는 마찬가지여서 교실 바닥에 책상을 패대기치며 "밤길 조심하이소!" 고함을 친다. 영화 〈써니〉에서도 남교사가 차고 있던 시계를 벗고 여학생 뺨을 때릴 때 갈등은 절정에 달하고 역시나 학생은 참지 못한 나머지 교실을 뛰쳐나간다.

사실 우리 세대만 하더라도 그런 류의 교사들을 자주 볼 수 있었고 학생들은 그러한 폭력과 진정한 인권유린 앞에서 분노

를 키워왔던 것이 사실이다. 이제는 당시의 학생들이 커서 아이들의 학부모가 되었다. 그래서 그런지 학교에서 일어나는 모든 자극에 굉장히 민감하게 반응하시는 부모님들이 참 많다. 물론 학생 인권은 정말 중요한 문제이고 아이를 보호하고자 하는 것은 부모님의 당연한 반응이다.

그런데 요즘은 학생과 관련된 모든 일에 '인권'이라는 말이 들어간다. 정말이지 뻑 하면 인권이다. 게다가 요즘에는 어떻게 이처럼 별나고 다양한 인권유린 사례가 많은지, 도대체 무엇이 인권인지 생각하지 않을 수 없다.

고등학교에는 골초 녀석들이 꽤 있는데, 그중에는 어떻게든 안 걸려보겠다고 별짓을 다하는 놈들이 꼭 있다. 담배 냄새가 안 나도록 최대한 빨리 피우고 후다닥 향수를 뿌려대는 바람에 담배 냄새와 향수 냄새가 섞인 기묘한 향내가 온몸에 진동하는 녀석부터 머리와 손에 비닐 랩을 씌우고 젓가락으로 담배 피우는 신공을 발휘하는 녀석들까지 참으로 다양하다.

빨리 시작한 녀석은 초등학교 때부터 담배를 피워왔으니 이런 아이들에게 "담배는 나쁜 거란다. 각종 암을 유발하고 노화를 촉진시키지." 등의 궁서체가 먹힐 리 없다. 어떤 녀석들은 다른 건 다 잘할 테니—잘하지도 못하면서—담배 피우는 것만 허락해달라며 애교를 피우기까지 한다. 어린 녀석들이 벌써부터 어른들도 끊으려고 발버둥치는 담배에 중독된 것을 보면 안

됐기도 하고 '이미 이렇게 중독된 애들을 어쩌겠어?' 하는 자포자기의 마음이 들 때도 있다.

그렇지만 중요한 사실이 있다. 그것은 교사가 모른 척 해주는 것이 곧 담배를 피워도 된다는 뜻은 아니라는 것이다. 이런 별개의 사실이 흔들리고 교사가 눈감아주는 시간이 길어질수록 당당해지고 대담해지는 녀석들이 등장한다.

중학교 3학년인 경석이가 그런 아이였다. 어느 날 수업 시간에 화장실이 급하다며 교실을 나간 아이가 화장실에서 담배를 피우다가 다른 선생님께 딱 걸려서 불려온 것이다. 담임의 수업 시간에 화장실이 급하다는 거짓말까지 하며 담배를 피우고 온 녀석치고는 꽤 당당한 표정을 하고 있었기에 '두고 보자'는 마음으로 찬찬히 녀석을 취조하기 시작했더니 점점 심각한 문제들이 드러나기 시작했다. 어떻게든 상황을 모면하려고 거짓말을 하는 아이들이 가끔 있는데 경석이도 자꾸 거짓말을 하다 보니 앞뒤가 안 맞는 부분들이 나왔고 이러한 타이밍을 놓칠 리 없는 내가 경석이의 허점을 파고들었더니 놀라운 사실이 밝혀졌다. 경석이는 동네에서 형편이 어려우신 할머니와 할아버지에게 담배 심부름을 시켜 담배를 얻은 뒤 다른 아이들에게 되팔기까지 했던 것이었다. 이렇게 되니 경석이뿐만 아니라 경석이에게 담배를 사서 피웠던 아이들까지 모두 불려오면서 담임들은 바빠지기 시작했다.

아이들에게서 경위서를 받아볼수록 가관이었다. 경석이가

거짓말을 하고 학교에서, 그것도 수업 시간에 담배를 피웠다는 사실보다는 형편이 어려운 노인을 이용했다는 사실이 더 큰 충격이었다. 심지어 웃돈을 붙여 담배를 되팔고 용돈 벌이까지 한 것은 결코 그냥 넘어가서는 안 되는 행동이었다. 교무실에서 꿇어앉히고 반성문을 쓰게 한 후 일단 훈계를 하고 아이를 집에 보냈다.

그런데 다음 날, 경석이 아버지로부터 전화가 왔다.

경석 아버지 : (대뜸) 경석이 담임쌤입니까?

교사 : (감이 안 좋다는 걸 느끼며) 네, 그렇습니다만.

경석 아버지 : 거, 여선생이라서 잘 모르시나본데 애들 담배 피우는 게 그렇게 죄요? 우리 때도 담배 다 피우고 술 마시고 그랬어. 그래도 잘만 컸어. 그리고 교무실에서 애 벌 준 게 사실입니까?

교사 : (더욱 감이 안 좋다는 걸 느끼며) 교무실에서 꿇어앉히고 반성문 쓰게 했습니다. 지금 애가 어떤 행동을 했는지는 정확하게 알고 계십니까?

경석 아버지 : 정확하게 알고 있지요. 알고 있다마다. 그래도 남자애가 담배 좀 피웠다고 말이지, 애가 수치심을 느끼도록 꿇어앉혀서야 되겠습니까? 이거 정말 인권유린 아닙니까?

심지어 인권유린에 대한 분노가 학부모들의 단체 행동을 유발할 때도 있다.

낯가림이 심한 미희는 유빈이하고만 짝이 되기를 원했다. 다른 아이와는 도통 어울리지 않으니 담임은 유빈이와 미희를 짝지어주었다. 착한 유빈이는 한 학기 동안 짝이 되어 늘 미희를 챙겨주었고 둘은 잘 지내는 듯 보였다. 그런데 2학기가 되자 유빈이는 자기도 다른 아이들과 짝을 하고 싶다고 따로 상담을 요청해왔다. 담임으로서는 고민이 되지 않을 수 없었다. 미희의 입장을 생각하면 유빈이가 짝이 되는 것이 좋지만 유빈이 또한 다른 아이들과 어울려서 살아가야 하기 때문이다. 게다가 다른 아이들은 모두 짝을 바꾸면서 또래 관계를 넓혀나가는데 유빈이에게 선택권이 없다는 것은 역차별이 될 수 있었다. 고민 끝에 유빈이를 다른 아이와 짝을 맺어주었는데 문제는 그때부터 시작되었다. 늘 담임에게 감사하다던 미희 어머님이 출근도 하기 전인 새벽 댓바람부터 집으로 전화를 걸어온 것이다.

미희 어머님 : (다짜고짜) 선생님, 정말 이러실 수 있습니까? 제가 선생님께 얼마나 고마워했습니까? 그런데 어떻게 애 짝을 바꾸실 수 있죠?

교사 : 어머님, 유빈이 입장도 생각해야 하지 않습니까? 게다가 미희도 늘 유빈이와 있을 수만은 없지 않습니까?

미희 어머니 : 애가 낯을 그렇게 가리는데 이런 아이 입장을 먼

저 배려해주셔야 하지 않나요?

교사 : (모공이 탄력을 잃어가며) 어머님, 너무 말씀이 지나치시
　　　네요. 유빈이도 다른 애와 짝이 되어봐야 하고 또 유빈이
　　　가 그걸 원합니다.

미희 어머니 : (말 끊으며) 정말 이러실 겁니까? 진짜 아이 인권에
　　　대한 생각은 전혀 없으시네요. 저도 가만히 있지는 않겠습
　　　니다.

교사 : (열 받아서) 아이 인권이라니요? 그리고 가만히 있지 않
　　　겠다니 무슨 말씀이십니까?

미희 어머니 : (전화 끊으며) 기다리시면 알게 될 겁니다.

교사 : (썩을!)

　이틀 뒤 다른 어머님으로부터 전화가 걸려왔다. 미희 어머님
이 담임이 학생을 차별 대우하고 자기 아이에 대해 인권유린을
하고 있으니 학부모들이 뭉쳐서 이런 교사를 징계해야 한다는
내용의 학부모 서면 동의서를 받고 있다는 것이었다. 그 소리
를 듣자 맥이 풀려왔다. 한 학기 동안 반에서 가장 신경 쓴 아
이가 미희였는데 원하는 아이와 짝을 시켜주지 않는다고 일시
에 인권유린 교사가 되어버렸으니 말이다. 다행히 학부모들이
모두 거부하여 서면 동의는 해프닝으로 끝이 났지만 학생의 인
권을 유린한 교사는 한동안 밥을 넘길 수 없었다.

이 외에도 수많은 인권유린 사례가 있다. 거짓말하는 아이를 나무라고 교실 뒤에서 서 있으라는 벌을 세우자 '어떻게 여학생을 뒤에서 벌세울 수 있느냐'며 교사의 인권유린에 교무실이 떠나가도록 분노했던 J 어머니부터, 체육대회 때 아이가 심하게 욕을 하며 장난을 치고 뛰어다니기에 꿀밤을 한 대 때렸더니 삼일 밤낮을 학교며 교사 집이며 때와 장소를 가리지 않고 전화했던 S 아버지까지.

아이들은 어떤가. 수업 시간에 너무 떠들어 교실 밖에 벌 세웠더니 학습 권리를 유린했다고 따져대고, 수업 시간 중 학습 권리는 다른 아이도 있는데 본인이 떠들어서 다른 아이에게 피해를 주니 잠시 밖에 벌을 세운 거 아니냐며 타이르면 다른 아이들도 다 떠드는데 왜 자기만 벌을 주냐며 핏대를 세운다. 이런 일이 있으면 열에 여덟은 다음 날 아이 부모님으로부터 전화가 온다. 자기 아이 혼자 떠들었다는 증거를 댈 수 있느냐고. 팔자 주름이 깊어지면서 '떠드는 놈도 그냥 둘걸……' 하는 후회가 밀려든다.

요즘 학교에서 애들 인권유린은 이처럼 다양하다.

권리는 있으나 책임은 없기 때문에.

내 인권은 있으나 네 인권은 없기 때문에.

내 아이를 '끔찍하게' 사랑하기 때문에.

교사도
학교가 두렵다

1. 진짜 죽고 싶냐?

　이제는 교사에 대한 인권유린 이야기를 좀 해볼까 한다. 요근래 들어 교사가 가해자의 역할에서 피해자의 역할로 변화된 이야기들을 뉴스에서 보게 될 때면 얼굴이 화끈거린다. 솔직히 말하면 저런 보도 좀 그만해줬으면 싶기도 하다. 아이들은 맥락을 떠나서 '어느 선생이 어떤 애를 벌 줬는데 열나게 맞았다더라'라는 식으로만 해석하기 때문이다. 그리고 이런 해석은 베르테르 효과처럼 아이들에 영향을 끼치고 있는 듯하다. 그런 의미에서 교사의 인권 이야기는 어물쩍 넘어갈까 했지만 어차피 생긴 상처, 고름 빼고 소독약 뿌리려면 더 벌려야 한다는 생각으로 이 글을 쓴다.

요즘 논의되고 있는 '학생 지도 방법 없는 방법론'을 보고 있자니 기가 막혀오고 교사 인권을 이야기하면 '흥, 자기도 선생이라 이거지?'라는 시큰둥한 반응을 보이는 이면을 볼 때면 속에서는 이제 천불을 지나 만불이 불타오른다.

담임에게는 한 번씩 감이 올 때가 있다. 뭔가 교실 분위기가 달라지거나 아이들 분위기가 이상해질 때면 무슨 일이 벌어지고 있다는 뜻이다. 아니나 다를까 무기명으로 아이들에게 쪽지를 받아본 결과 우리 반 수한이란 아이를 한 녀석이 집요하게 괴롭히고 있단다. 수한이는 발달장애를 가진 아이였고 수한이를 괴롭힌 아이는 지금까지 믿고 있었던 실장이었다. 차마 이 지면에 담지 못할 괴롭힘을 당하고 있던 수한이를 담임으로서 지금까지 지켜주지 못했다는 자책감과 실장에 대한 엄청난 분노 사이에서 갈등하다가 나는 결국 실장을 불러 자백을 받아 냈다. 의외로 녀석은 다른 아이들의 증언으로 본인이 잡혀왔기 때문인지 순순히 자백하고 반성하는 태도를 취했다.
당시는 학교 왕따가 지금처럼 큰 사회 문제로 대두되기 전이었고 학교폭력위원회 같은 제도적 장치도 크게 마련되지 않은 상황이라 담임이 아이를 훈계하고 다시는 그러지 않겠다는 다짐을 받아내는 정도였다. 가끔 학년부장이나 학생부장이 손바닥을 털며 나서주면 담임으로서는 고마울 정도였다.
어쨌든 장애를 가진 아이를 실장이 괴롭혔기에 어머님을 학교로 오시게 하고 함께 꾸짖어주시기를 기다리며 훈계를 하고 있는데 갑자기 예상치 못한 반응이 나타났다.

"선생이 말이야, 어디서 부모 앞에서 애를 야단을 쳐?"

순간 너무 당황해서 말문이 막혀버렸다. 그러자 어머님은 계속해서 내게 막말을 하기 시작했다.

"선생이 애가 잘못했으면 부모 없는 데서 야단을 치든지 하지, 어디 애 앞에서 젊은 게 애를 잡아, 잡기를? 몇 살 처먹었어? 진짜 죽고 싶냐?"

이건 순 막말 수준이었다. 사실 지금 같으면 "어머님, 제가 그처럼 젊어 보입니까, 막말을 하시게. 양반 학교만 다녔습니까? 하대를 하시게. 하긴 제가 동안 소리는 많이 듣는 편입니다."라고 웃으며 대거리를 했겠으나 당시 이십 대였던 나는 난생 처음 겪는 상황 앞에서 어쩔 줄 몰라 했다. 고개를 숙이고 있던 실장은 점점 고개를 들고 다리를 꼬며 고고하게 편안한 자세로 바꿔 앉기 시작했고 실장 어머니는 애한테 힘내라는 눈짓을 한 번 주고 난 뒤 엉덩이를 털며 표표히 교무실에서 사라져갔다.

이후 1주일 정도 자리보전하고 누워 있던 내가 학교로 돌아왔을 때, 그해 아이들 농사는 끝났다는 것을 느낄 수 있었다. 먼 훗날 풍문에 들은 바로는 실장 녀석, 결국 군대에 가서 후임 병들 괴롭히다가 큰 사단이 났다고 한다.

가끔 가다 교무실이 아주 조용해질 때가 있다. 그냥 조용한 것이 아니라 그 많던 사람들이 하나둘 사라져서 적막강산이 된다. '어깨'가 등장했을 때 그렇다.

사회에서 보통 조폭으로 불리는 이들은 꼭 삼삼오오 떼를 지어 등장한다. 검은색 양복을 입고 화려한 패턴의 티셔츠로 코디한 그들은 갓 포경수술을 하고 나온 걸음걸이로 교무실 문을 힘차게 열어젖힌다.

"C*, ○○○이 누구야?"

이때부터 교무실에는 사람이 없다. 관계없는 교사들은 자리를 피하기 때문이다. 이름을 호명당한 교사는 준엄한 얼굴로 (실은 버쩍 얼은 얼굴로) 그들 앞에 선다.

형님들은 먹잇감을 아래위로 훑어보기를 여러 번, 결국 해당 교사를 에워싸고 전국에 있는 욕은 구성지게 다 선보이는데 '욕 사전 편찬위원' 정도가 되었으면 딱 좋았음직하다. 교무실에 기 센 남선생들 혹은 교감 선생님이라도 계실 때는 경찰을 부른다거나 어떤 제재가 가해지지만 그렇지 않은 운 없는 교사들은 요단강 저 너머를 건너갔다 와야 한다.

이들은 대체로 '내가 아는 형님의 딸', '불알친구의 아들' 등을 들먹이며 자기들에게는 핏줄과 진배없는 아이에 대한 올바른 예우를 주장한다. 친구로 지내던 녀석 둘이 학교에서 싸우다가 한 녀석이 고막이 다친 사건이 일어난 적이 있는데 다친 아이 엄마 쪽에서 무리한 합의금을 요구하면서 일이 길어진 것이다. 운 없게도 아이의 고막은 재생되었고 아이 엄마는 가슴을 쥐어뜯으며 남편의 친구들을 부르기에 이르렀다. 분기탱천한 '형님들'은 결국 학교로 대거 출몰했는데 이들은 브랜드 문신을 뽐내며 학창시절에 학교에 다녔던 시간보다도 더 많이, 더 자주 교정을 들락날락거렸다. 이들의 요구는 간략했다. 아이가 정당한 합의금을 받을 수 있도록 해달라, 학교에서 일어난 일이니 교사들에게도 책임이 있지 않으냐, 만일 가해자가 돈을 못 주겠다면 담임이라도 돈을 내놔라, 돈 없으면 만들어라 등의 요구였다.

그런데 그 과정에서 교사는 피가 마른다. 욕설은 기본이고 하필 수업 시간 중에 나타나 아이들 앞에서 영웅미를 과시하니 머리는 가발 아닌 것이 다행이다. 이런 경우 중 일부가 뉴스에 보도된다.

그러나 보도되지 않은 사건이 더 많다. '형님들(혹은 그와 유사한)'에 의한 교권 침해와 인격 모독은 집요하게 일어난다. 이건 심하다 싶을 만큼 교칙을 어기는 학생을 야단치고 나니 온갖 욕설과 함께 컵을 연타로 던져 팔뚝의 건재함을 과시하면서 "내 자식은 관리하지 말라니까!" 괴성을 지르며 학교를 찾아오고, 이 과정에서 교사와 갈등이 일어나면 119 부르듯이 바로 교육청에 민원을 넣어버리는 경우도 있다.

심지어 아이의 말만 듣고 교사에게 사실 확인도 하지 않은 채 바로 교육청에 전화부터 하는 사람들이 있다. 사실 민원을 넣으면 교사에게 무조건 징계가 내려진다고 생각하여 그저 전화기부터 드는 '형님들'이 많은데 정말 문제가 있는 경우를 제외하곤 정당하게 아이를 교육한 교사에게 무턱대고 어떤 제재가 가해지지는 않는다. 하지만 사실 유무를 떠나 사실 확인을 당하는 입장에서 참 짜증나긴 한다.

요즘 형님들은 학교를 너무 좋아한다. 좋아해도 너~~~무 좋아한다.

2. Style, it's different.
Style, it's difficult.

앞서 다양한 학생 인권유린 사례와 교권에 대한 이야기를 해봤는데, 이번에는 좀 독특한 학부모님들을 이야기하고자 한다. '왜 자꾸 이상한 학부모 얘기만 하는 거야? 솔직히 이상한 선생은 없냐?' 하고 싶으시겠지만 왜 없으랴. 입장 바꿔 생각하면 학교만큼 다양한 부류의 사람들이 북적이는 곳도 드물 것이다.

그렇지만 교사와 학부모의 관계를 통해서 날것 그대로의 학교를 보고 우리의 현주소를 짚어보기 위해 교사 입장에서는 색다른, 그러나 대하기는 어려운 학부모 사례를 소개하고자 한다.

• 'You win!'

희준이라는 아이의 담임을 맡은 적이 있다. 성격은 정말 좋은 녀석인데 한 번 화가 나면 홱 돌아서 설치는 아이였다. 아이들 말로 하자면 '빡침'이 잦은 아이였다. 분노조절이 제대로 되지 않으니 불현듯 날아오는 희준이의 펀치를 당하지 못하는 친구들이 많아지면서 녀석에 대한 제재를 결심하게 되었다.

종일 평화로운 일상이 지속되고 있었다. 희준이 어머니가 들어오기 전까지는.

갑자기 화통 삶아 먹은 소리가 들려왔다. 검은 생머리를 휘날리며 메탈 허리띠를 빛내는 여자 로커 한 분이 교무실 문을 박력 있게 열고 들어오더니 그윽한 눈빛으로 나를 찾는 것이었다.

"선생님이 혹시 윤 쌤?"

'오, 마이, 갓뜨!'

제발 잘못 들은 것이기를 바랐건만 기세등등한 희준 어머니는 얼얼한 귀를 어루만지는 내 앞의 책상에 전 국민의 음료수통을 마이크 던지듯이 내려놓았다. 교무실에 있던 교사들이 모두 '여자 형님 출몰이다'라는 사인을 나누는 걸 보면서 머릿속으로 재빨리 응대 수준을 계산했다.

- 레벨 1. 안전하다. 화기애애하다.
- 레벨 2. 보통이다. 그렇지만 상대가 언제 돌변할지 모른다.

- 레벨 3. 위험하다. 안전이 위협받고 있다. 이때는 차분함과 냉정함을 가장하되, 대화 내용을 조금씩 메모 혹은 녹음해야 한다.
- 레벨 4. 극히 위험하다. 안전은 보장되지 않는다. "지금부터 하는 모든 대화는 녹화 및 녹음될 수 있습니다."라고 외치며 스마트폰을 꺼내야 한다. 지원군이 필요하다.

다행히 레벨은 적정선 이상 올라가지 않았고, 대화를 나눠보니 희준 어머니는 오히려 인간적인 분이라는 것을 알게 되었다. 그런데 문제는 그 이후로도 희준이를 야단만 치면 교무실로 찾아온다는 것이었다. 주로 눈알을 부라리며 **"그 새끼, 내가 박살 내줄 겁니다. 안 그래도 왜 그랬냐고 저도 조인트를 깠어요!"** 등의 발언을 웅변하듯 토해냈다. 이럴 땐 왠지 내 무릎이 시큰시큰하다. 검은 생머리를 휘날리며 교무실을 찾아와 폭탄을 던져대듯 호령 소리 우렁차니 두통은 기본으로 달고 살고 심장은 쫄깃쫄깃, 이만저만 난처한 게 아니었다.

1주일에 아이를 세 번 야단치면 세 번, 한 번 야단치면 한 번은 꼭 찾아오니 나중에는 'You win!' 소리가 절로 나왔다. 아이가 다른 친구들을 못살게 구니 아이를 야단치지 않을 수도 없고, 아이를 야단치자니 내 심장이 벌렁대고.

그러나 나도 물러설 수는 없었다. 희준이 어머니가 교무실에서 뭘 삶아먹든 일단 아이가 다른 아이를 때리거나 못살게 했을 때는 반드시 제재를 가했고 결국 상담 교사에게 아이와의 상담을 부탁드렸다. 나중에 상담 교사가 희준이를 지역 상담센터에 연결해준 이후 다행히 희준이의 분노조절 능력도 좋아지면서 여성 로커의 울부짖는 소리는 점차 듣기 어려워졌지만—어쩌면 상담센터에서 들렸을 수도 있다—아직도 교무실에 홀연히 나타나 메탈을 번쩍이며 목소리로 기선 제압을 하던 희준 어머님이 생각난다.

• 손질, 참 죽일 놈의 사랑

아이를 야단쳤다고 교무실에 찾아오는 부모님은 그래도 양반이다. 준영이 담임을 맡았을 때의 일이다. 준영이는 평소에 말이 없고 조용한 편이었는데 화가 나면 교실 유리창을 깨버리는 독특한 취미를 갖고 있었다. 학교 유리창을 파손했다는 사실을 넘어서 이 아이도 분노조절이 잘 되지 않았고 다른 아이들까지 위험해지니 '유리창 청구서'만 달랑 내밀 수도 없는 입장이었다.

아이와 얘기를 하고, 달래봐도 멀뚱멀뚱 밖만 바라보면서 "다시는 그러지 않겠습니다."라고 대꾸하고는 하루가 멀다 하고 유리창을 다시 부숴대니 나도 관리자들한테 들들 볶이다가 '에라이' 싶은 마음이 들어 하루는 이 녀석을 엄청 혼쭐내고 집에 전화를 걸었다. 어머니가 모깃소리만큼 낮은 소리로 "정말 죄송합니다. 제가 단단히 교육 시키겠습니다."라고 하시기에 그런가보다 안심했는데 다음 날 녀석은 판다곰이 되어 학교에 앉아 있었다.

사연을 물으니 아이는 원망에 가득 찬 눈초리로 "쌤 때문이 잖아요!" 분기탱천 소리치며 교실을 나가버렸다. 알고 보니 어제 준영이 집에 전화를 했다고 아이 아버지가 아이를 흠씬 두들겨 팬 것이었다. 이후에는 아이를 또 때릴까봐 겁이 나서 집에 전화를 걸 수도 없었다.

이건 전화를 하고 안 하고의 문제가 아니라 아이 문제를 해결하는 데 있어 교사와 부모님이 함께할 수 없음을 의미한다. 결국 아이가 다른 아이까지 때리게 되어 학교폭력위원회를 열기에 이르렀고, 당연히 준영이 부모님이 학교로 오시지 않을 수 없는 상황이 되어 집으로 전화를 하게 되었다. 준영이 어머님은 쉬쉬하시는 듯했지만 끝내 아버님이 알게 되었는지 결과는 다음 날 준영이 모습에서 나타났다.

아이가 이번에는 흑곰이 되어 학교에 나타난 것이다. 학교에서 무슨 일만 있으면 아이로부터 자세한 얘기를 듣기도 전에 프로레슬링 선수가 되어 아이를 엎어쳐버리니 아이가 하는 행동의 명백한 원인을 아버지로부터 찾을 수 있었고 오히려 아이가 안됐다는 생각이 들었다.

나는 더 이상 참지 못하고 준영이 아버지에게 냅다 전화를 했다.

교사 : 아버님, 오늘 애가 많이 맞았던데요.

준영 아버지 : 그런데요. 내 새끼 내가 때리는데 왜요?

교사 : 아니, 애한테 문제가 생길 때마다 애를 때리시면 어떻게
　　　합니까? 이러시니 무서워서 전화라도 하겠습니까?

준영 아버지 : 그러니까 우리 애 가만두면 되잖아요.

교사 : 애가 지금 문제 행동을 하니까 같이 교육하자는 거 아닙
　　　니까?

준영 아버지 : 교육? 교육? 흥! 다 됐고, 내 애는 내가 교육시
　　　켜. 야단치더라도 내가 치고 내 새끼 내가 죽이든지 살리
　　　든지 할 테니까 학교에서는 그냥 두쇼!

　준영이 아버지는 자신의 태도에는 전혀 문제의식을 느끼지
못한 채로 아이가 잘못했다는 연락을 받을 때마다 폭력으로 아
이를 대해온 것이었다. 폭력이 폭력을 낳는다고 문제는 준영이
가 아니라 그 아버지였다. 그런데 정말 큰 문제는 학교폭력위
원회를 개최한 날에 벌어졌다. 그날은 내 머리통이 송두리째
뽑혔다가 제자리를 찾지 못해 허공에서 한참을 난처해했던 날
로 기억된다.

　학교폭력위원회를 개최한 공개적인 자리에서 준영이 아버
지가 아이에게 온갖 욕설을 하며 아이를 때리는 이상한 행동을
한 것이다. 마치 기선 제압을 하듯이 선수를 친다고 하는 행동
같았는데 참으로 볼썽사나웠다. **"내가 그러라고 했어, 안 했어?"**

"이 새끼, 한번 죽어볼래?" 아이는 울면서 꿇어앉고 비는 등 북새통도 그런 북새통이 없었다. 겨우 아이 아버지를 달래놓고 자리에 앉으니 그만큼 아이를 나무라던 사람이 돌변을 해서 이젠 피해자 부모님에게 덤벼드는 것이었다.

"솔직히 우리 애가 뭘 그렇게 잘못했다는 겁니까? 애들이 크면서 싸울 수도 있지. 내가 이만큼 **손질**했으니 다음부턴 안 그럴 겁니다."

"이건 싸운 게 아니라 일방적으로 때린 겁니다. 평소에도 준영이가 폭력적인 행동을 많이 해왔고요."

보다 못한 내가 간섭하자 버럭 고함을 질렀다.

"그러니 내가 **손질**한다지 않습니까? 거 말이지 조금 맞은 거 가지고 사내애를 그렇게 키워선 안 돼요!"

이쯤 되면 상대방 부모는 화가 치밀어 오른다. 좋게 선도하고 처벌하고 끝내려던 마음이 사라지는 것이다.

"그럼, 법대로 합시다."

물론 준영이는 졸업하는 순간까지 변화하지 않았다. 부글부글 끓던 녀석의 눈빛에 가슴이 서늘해진 적이 많았다. 그놈의 손질, 참 죽일 놈의 사랑이다.

주인공 없는
무대

　교사들은 죽을 때도 종 소리를 들어야 자기 죽음을 최종 확인하고 편하게 죽을 수 있다는 우스갯소리가 있다. 그만큼 학교는 규칙적이고 체계적이며 그 속에서 사는 사람들의 삶도 마찬가지라는 것이다.

　그리고 요즘, 그런 교사들이 학교를 떠나려 한다. 매년 명예퇴직 신청자가 급증하는 것만 보더라도 떠나려는 교사들이 얼마나 많은지 알 수 있다. 그나마 떠날 수라도 있으면 다행이지, 떠나지 못하고 발목이 잡힌 교사들은 이곳저곳 힐링을 하러 다닌다. 절 힐링, 교회 힐링, 성당 힐링, 나무 힐링, 숲 힐링, 물 힐링……. 참 힐링도 많다. 심지어 교사 대상 힐링 연수는 3분 안에 즉시 마감된다. 박 터지는 경쟁 속에서 힐링 연수에 당첨된 교사들은 자연인이 되어 '으아악~' 고함도 지르고 박수도 치며 스트레스를 풀거나 기도와 명상을 하며 눈물을 쏟기도 한다. 며칠짜리 링거가 될지 알 수는 없으나 버틸 수 있는 힘이라도 얻고자 하는 것이다.

짜인 틀과 변해가는 아이들, 예전과는 다른 학부모, 사회의 수많은 요구 속에서 교사들은 과감하게 탈출을 감행한다. 탈출에 성공하지 못한 교사는 전문직 수준의 지식으로 무장하고 새롭게 등장한 똑똑하고 참신한 새내기 교사들까지 맞이해야 한다. 교사들끼리도 격세지감을 느끼며 하루하루 버텨내야 하는 것이다. 이것이 전체 교사들의 이야기는 아니지만 그래도 현실이다.

그렇다면 이들이 탈출에 성공한다면 어떤 일이 벌어지게 될까? 구시대를 대표하는 교사들이 빠져나가고 변화된 아이들을 품을 만큼 더욱 매력적이고 역량 있는 젊은 교사들로 채워진다면 학교는 살 만한 곳이 될까? 여기에 화룡점정이라고 잘나가는 최고급 해외 교육 시스템을 '종합선물세트' 선사하듯 학교 현장에 마구 뿌려댄다면 학교는 정말 그럭저럭 괜찮은 곳이 될까?

학교가 살 만한 곳이 되려면 일단 상식이 통해야 할 것이다. 학교에서 상식이 통하면 굳이 '학생이 행복한 세상!', '너의 꿈을 키워봐!' 기타 등등 행복해지자고 떠들어대지 않아도 자기 한 인생 꾸려가고 남과 더불어 이웃하며 살 수 있는 인간 교육을 하게 될 텐데 학교에서는 기본적인 상식이 잘 통하지 않는 것 같다. 당연지사 학교는 교사나 학생이나 너도나도 가기 싫은 곳이 되어버렸다. 육아의 고충을 겪는 몇몇 남교사들은 그래도 집보단 학교가 낫다며 고충을 토로하기도 했지만 말이다.

많은 사람들이 잊고 있는 것 같지만 사실 학교의 주인공은 학생과 교사 모두다. 이들은 아침마다 같이 학교에 들어가고 저녁에는 같이 학교에서 나온다. 두 주인공은 서로 배우고 가르치며 하루를 살아간다. 학생은 교과의 내용을 배우기도 하고 체험활동을 하며 삶을 배워나가거나 각자의 숨통이 트일 수 있는 취미활동도 한다. 책도 읽고 쉬기도 하며 친구들과 선생님을 통해 서로 다른 방식의 관계도 익혀나간다.

교사는 학생들을 가르친다. 교과 내용도 가르치지만, 삶에 대한 자세를 무언의 행동으로 가르치기도 한다. 가끔은 귀찮기도 하지만 학생들이 자신들의 동굴을 넓힐 수 있도록 비교과 활동이나 체험활동을 통해 성장할 수 있도록 노력한다. 그래서 가끔은 지역사회와 손도 잡는다. 수업 시간에 책도 읽고 토론도 하고 쉬기도 한다. 교사들은 학부모와도 좋은 관계를 유지하기 위해 노력한다. 이것은 마치 부드러운 분위기의 가정에서 자란 아이들이 밝게 성장하는 것과 같은 이치다. 좋은 관계 또한 학습되는 것이기 때문이다. 또, 가끔은 예상치 못했던 학생들의 모습을 보면서 아이들에게서 무언가를 배우기도 한다.

이것이 상식적인 학교의 모습이 아닐까.

그런데 현실의 학교는 좀 다른 모습을 하고 있는 것 같다. 물론 상식과 비상식을 모든 학생들과 교사들의 이야기로 일반화시켜서는 안 될 것이다. 다만 연극 무대는 최신식으로 번쩍번쩍 빛나는데 무대에 주인공이 없고 쓰이지 않는 대본만 무성하다는 것은 참으로 아이러니한 일이다. 우수학교 보고서들은 차고 넘치는데 보고서의 질을 뛰어넘는 학교는 없다니.

　　요즘 학교에서는 누구도 주인공이 아니다. 그저 교과 내용을 받아쓰는 자와 말하는 자가 있을 뿐이다. 학생들은 그마저도 학원에서 배웠다거나 혹은 내신 성적과 직접적인 상관이 없다며 외면한다. 프로젝트 수업을 하면 귀찮다고 소리치고 수능 과목으로 선택하지 않은 교과 시간에는 귀마개를 끼운다. 수업 태도를 꾸짖으면 인기 없는 교사가 되고 벌을 주면 인권에 위배된다. 그나마 교원평가 시기가 되면 아이들은 선생님께 '쌤, 제가 잘 찍어줬어요!'를 남발하며 후덕한 인품을 과시한다.

　　교사들도 안락한 길을 좋아하기는 마찬가지여서 특히 고등학교 수업은 수업이라기보다는 강의에 가깝다. 모노드라마는 문제 풀이에서 정점에 달하는데, 아이들이야 졸건 말건 일단 해오던 방식 그대로를 잘하는 것이 유능하고 안전한 길이 된 지 오래다. 새로운 세계를 개척하는 몇몇 교사들은 굉장히 긴 시간 동안 인내와 경험을 통해 내공 포스를 내뿜는 교사가 되기도 하지만 대부분은 몇 번의 시도 후 바로 포기해버린다. 대학교 때 치열하게 토론하던 교육학 이론들은 대개 수업 발표대회나 공개수업 외에는 잘 적용되지 않는다. 아이들은 울트라 초특급 메가 캡숑으로 변화하는데 교사들은 남이 가지 않는 길은 잘 안 가는 편이다. 누구보다 변화에 민감하게 노출되어 있지만 누구보다 변화하지 않는 문화를 갖고 있기도 하다. 도대체 왜 그럴까.

'일'의 사전적 의미

① 생산적인 목적을 위하여 몸이나 정신을 쓰는 모든 활동.

② 해결해야 하거나 처리해야 하는 사건.

③ 어떤 현상이 특정 당사자에게 생긴 사정.

④ 어떤 사고나 사태에 관련한 행위.

– 다음(Daum) 한국어사전에서 발췌–

교사에게 '학교 일'이란

① 학교를 살 만한 곳으로 만들기 위해 상식적으로 해야 하는
일. 유의어 : 교육활동

② 승진을 위해 해야 하는 일. 유의어 : 교육활동

③ 교육청에서 하라고 하니까 어쩔 수 없이 하는 일.
유의어 : 잡무, 이딴 일, 사람 잡는 일

학교의 일을 굳이 분류해보자면 세 가지 정도로 요약할 수 있을 것 같다. 학교가 학교 본연의 임무를 완수하기 위해 해야

하는 일, 교사 자신이 승진을 위해 해야 하는 일, 이 밖에 공문으로 하달되는 기타 등등의 일들이 있다. 문제는 같은 일을 두고도 어떤 교사는 학교 본연의 임무라고 생각하여 수행하는 데 반해 어떤 교사는 자기 승진을 위한 일이라고 생각해서 죽기 살기로 하는 경우가 있다는 것이다. 또 어떤 교사는 정말 어쩔 수 없이 맡은 업무, 해야 하는 일이기 때문에 울며 겨자 먹기 식으로 일을 한다. 이처럼 각자의 입장과 관점이 다르기 때문에 교사들마다 일을 대하는 태도에 굉장히 큰 간극을 보인다.

열심히 하는 교사들은 비록 교육 본연의 것이라 생각하고 일을 한다고 해도 승진을 위해서 일하는 것이라는 오해를 다수로부터 사기 십상이다. 거꾸로 자기 승진을 위해 일을 하면서도 표면적으로는 학생들의 행복을 부르짖는 경우도 많기 때문에 이 둘을 구분하는 일은 쉽지 않다. 의미상 구분하기도 어려운 일을 굳이 유형화하는 이유는 일을 대하는 교사들의 태도가 곧 교사들의 변화하지 않는 조직 문화와 직결되기 때문이다.

다음은 학교의 일을 기준으로 교사들의 유형을 분류해본 것이다. 물론 이 유형도 모든 교사의 유형으로 일반화시킬 수는 없을 것이다.

- 그래도 양심가 형 : 일 벌이고 일하는 교사
- 나 몰라라 형 : 일 벌이고 남 시키는 교사
- 스태프 형 : 일은 안 벌이지만 묵묵히 일하는 교사

● 이 또한 지나가리라 형 : 일 안 하고 까는 교사

• 그래도 양심가 형 : 일 벌이고 일하는 교사

A 학교에 새로운 김 교감께서 부임해 오셨다. 김 교감은 평교사 시절부터 '중심이 살아 있는 학교' 만들기에 여념이 없었는데, 학교의 중심이 서려면 인성교육이 바로 서야 한다는 철학을 가지고 있던 터라 특색 있는 인성교육 프로그램을 만들기 위해 노력한다. 그는 부임하자마자 인성교육 T/F팀을 구성하여 교사들에게 일을 분담해주었고 자신도 국내외의 인성교육 사례들을 연구하며 인성교육 이론화 작업에 박차를 가한다. 교감이 말로만 일을 하는 것이 아니라 자신이 직접 팔을 걷어붙이고 골고루 일을 분담해주니 교사들은 회식에서 "인성을 위하여!"를 외치며 조롱조로 술잔을 들이키지만 김 교감의 말을 따를 수밖에 없다.

이는 시간이 들더라도 교육 공동체의 동의를 구해야 하는데 자신의 목적의식이 앞서 나간 경우다. 또, 인성을 중시하는 것과 인성교육을 프로젝트화하는 것은 엄연히 별개임에도 대개의 관리자들은 실제 인성교육 자체보다 목적을 위한 실적으로서의 프로젝트를 내세우는 경우가 많다. 그래도 자기 교육 철학에 의한 진정성은 있기에 대부분의 교사들은 동참하게 된다.

그런데 주체가 김 교감이 아니라 김 부장(교사)이 되면 사정은 조금 달라진다. 새로 부임해 온 김 부장은 다른 학교에서도 일을 잘했던 것은 물론 독특한 아이디어로 학생 중심의 축제 등을 기획해서 유명세를 탄 인물이다. 그는 '학생과 함께하는 교육'이 가장 중요하다고 생각한다. 사람들은 승진하려고 애 많이 쓴다며 그의 등짝을 세게 두들겨주기도 했지만 그에게 있어 승진이란 하면 좋고 못 하면 할 수 없는 것이다. 그는 자기가 기획한 프로젝트로 학생들이 참여하고 즐거워할 때 가장 큰 보람을 느낀다.

힘들지만 열심히 일을 하는 그를 두고 교사들은 뒤에서는 '하고잡이', 앞에서는 '역시 능력자야!' 등의 표현으로 평가하며 그의 앞에 슬슬 일을 밀어놓는다.

"김 부장! 이거 학생 관련 사안인데 김 부장 일 아니야? 우리 부서 일은 아닌 것 같은데?" "김 부장! 이것도 김 부장 부서 일인데?"

학교의 일이란 명확하게 구분되기가 어렵기 때문에 학교마다 업무분장도 모두 다르다. 그해의 부장이 누구이고 어떤 성격이며 어느 정도 먹히는 말발의 소유자인가에 따라 업무분장은 확연히 달라진다.

김 부장은 자신도 모르게 학교 일이 어느새 모두 자기 차지가 되어버린 것을 알아차린다. 하지만 때는 너무 늦었다. 이제 일이 더 이상 즐겁지만은 않다. 사적으로는 번 아웃(burn-out)이 시작된 것이다.

그러나 일단 일을 벌인 이상 멈추기도 어렵다. 남들은 그렇게 힘들면 일을 안 벌이면 되지 않겠느냐며 은근히 그를 힐난

한다. 그러나 김 부장은 알고 있다. 자신이 움직이는 만큼 아이들이 즐거워하고 행복해한다는 것을.

교과에는 별 흥미가 없던 아이들도 체험활동이나 진로탐색 시간에는 열의를 보인다. 같은 교과의 내용을 다른 형식으로 표현할 때도 마찬가지다. 물론 교사 한 사람의 노력으로 아이들의 눈빛에 생기를 불어넣기에는 어려움이 있다. 그러나 학교 시스템이 일관되게, 교육 공동체에 의해 기능할 때면 이야기는 달라진다.

학교에서 제대로 된 교육 시스템이 대응해주지 못할 때 아이들은 늘상 죽어 지낸다. 어느 한 군데 숨통을 분출할 곳이 없기 때문이다. 재력 있고 정보력 있는 소위 '케어받는 아이들'이야 사교육을 통해서나마 짜인 인생 각본이라도 움켜쥔다. 옳은 일은 아니지만 학부모들은 돈을 주고서라도 아이들의 인생 길모퉁이에 이르기까지 세세한 로드맵을 짜고 싶어 하고, 이런 불안한 심리에 편승하여 오만가지 컨설팅이 판을 친다. 뻔한 스토리인데도 학부모들은 합격 통지서라도 받은 것마냥 기뻐한다.

그러나 케어받지 못하는 다수의 '보통 아이들'은 학교가 아니면 조각 난 종이조차 받지 못한다.

김 부장은 퐁피두 대통령이 '삶의 질'에서 정한 프랑스 중산층 기준을 생각한다.

제1. 외국어를 하나 정도는 할 수 있어야 하고

제2. 직접 즐기는 스포츠가 있어야 하며

제3. 다룰 줄 아는 악기가 있어야 하며

제4. 남들과는 다른 맛을 내는 요리를 만들 수 있어야 하고

제5. '공분(公憤)'에 의연히 참여하고

제6. 약자를 도우며 봉사활동을 꾸준히 할 것

김 부장은 학생들에게 자신이 직접 잡은 고기를 주지 못한다는 사실을, 그들 삶의 질을 직접적으로 높일 수도 없음을 잘 알고 있다. 그러나 그들이 스스로 고기 잡는 어부가 되도록 이끌 수는 있을 것이다. 그들이 사회에서 제 몫의 역할을 하고 어엿하게 사회의 중간을 차지하며 살아나갈 수 있게 말이다. 2,000cc급 자동차는 타지 못해도, 빚 없이 30평 이상의 아파트는 갖지 못해도 불행해하거나 불안해하지 않고 떳떳하게 세상을 살아나갈 수 있는 힘을 길러줄 수 있다고 그는 믿고 있다.

김 부장 그는 교육의 힘을 믿는다. 그러나 번 아웃이 시작된 이상 단지 교육의 힘을 믿는 것만으로, 아이들의 지지를 받는 것만으로는 자기 자신조차 지탱하기 어려워진다. 결국, 학교에서 김 부장과 같은 사람은 서서히 투명 망토를 쓰기 시작한다. 자기 보호가 시작되는 것이다.

• 나 몰라라 형 : 일 벌이고 남 시키는 교사

학교에서 가장 기피해야 하는 대상이 있다면 바로 정 부장(교사) 같은 인물이다. 그는 승진에 필요한 로드맵을 짜고 하나하나 착실히 준비해가는 중이다. 현재 그는 시범학교 업무를 담당하고 있다. 그는 뛰어난 직감으로 교육에도 트렌드가 있다는 것을 알아차린다. 그해 그해의 교육정책을 손에 잡은 그는 재빨리 정책을 '프로젝트'화한다. '작은 씨앗이 큰 열매 맺었어요.', '딩동댕~ 귀여운 아이들의 즐거운 학교 출입기' 등의 훈훈하지만 다소 촌스러운 시범학교 프로젝트를 만든 그는 재빨리 교감 선생님께 원조를 요청한다. 시범학교나 연구학교, 모델학교 등은 학교 전체의 큰 사안이니만큼 전체적인 회의에서 T/F팀이 결정되는 순간 그는 총괄로서 모든 일을 수합하고 시키면 되는 '어려운' 위치에 오르게 된다. 실제 이 위치는 정말 일을 하는 사람 입장에서는 난감하기 이를 데 없는 위치지만 정 부장은 구렁이 담 넘어 가듯 슬슬 잘도 넘어간다.

먼저 교감은 은근슬쩍 김 부장을 불러 말한다. "거, 김 부장. 정 부장 좀 꼭 도와줘요. 정 부장이 시범학교는 처음 해봤잖아. 부탁 좀 합시다." 정 부장도 김 부장에게 커피 한잔을 사주며 친밀함을 표현한다. "김 부장님~ 저 좀 살려주세요. 제가 이런 일을 맡게 될지 어떻게 알았겠습니까? 제발 좀 도와주세요!"

마음 약한 김 부장은 어려움에 처한 자는 도와야 하고 동료 교사는 서로 협력해야 한다고 배웠으므로 학교 프로젝트가 아닌 정 부장 살리기 프로젝트에 돌입한다. 처음에는 미안해하며 도움을 요청하던 정 부장은 시간이 흐를수록 대담해지며 작은 일부터 큰일까지 모조리 김 부장과 상의한다. 이런 걸 일명 일 몰기, 일빵, 몰빵이라고 하는데 어쨌든 일이 사람을 찾아다니는 상황이 연출된다. 대체로 관리자는 프로젝트만 성공하면 되기 때문에 김 부장의 고통 정도는 외면한다. 프로젝트의 성공이 옳은 것이기 때문이다.

정 부장은 심지어 시범학교 프로젝트 발표회 날, 발표조차 하지 못한다. 자기가 실제 일한 것이 없으니 말할 수 있는 내용도 없는 것이 당연하다. 초유의 사태에 따라 이제 김 부장은 원고까지 작성해주고 넘겨야 할 페이지까지 정해준 다음, 혹시 모를 사태에 대비해 질문할 사람마저 미리 지정해놓는다. 그렇게 몇 번의 연습을 하고 난 후 시범학교 발표회는 지나간다.

어느새 시범학교 주부자로 경력을 쌓은 정 부장은 "김 부장, 고마워요!"라는 다소 짧은 말로 감사함을 표현한다. 김 부장은 점점 일에 환멸을 느끼게 된다.

사실 자신의 승진을 위해 노력하는 사람이 모두 정 부장과 같지는 않을 것이다. 어떤 사람은 정말 맡기 싫은 일을 살신성인의 자세로 맡기도 하니 말이다. 다만 원했든 원하지 않았든 어떤 일을 벌이기만 하되 남만 시키는 일이 반복되다 보면 학교에서 일은 이미 교육 본연의 의미를 잃어버린다. 본래의 의미도 달성하고 누군가를 위한 일이 될 때야 어떠랴마는 정 부장 같은 사람이 학교에 많아질 때, 학교는 표면적으로는 온갖 프로젝트가 생생하게 돌아가지만 실상은 누군가는 죽어가는 아비규환에 다름 아닌 곳이 된다.

• 스태프 형 : 일 안 벌이지만 묵묵히 일하는 교사

아침 일찍 출근한 채 선생은 커피 한잔 마실 여유 없이 급히 교실로 들어간다. 아이들은 졸린 눈을 비비며 영어 단어를 외우거나 대부분 자고 있다. 전달 사항을 몇 가지 이야기해주고 8시 10분에 교실을 나오면, 10분 뒤 1교시를 알리는 종 소리가 들린다.

두 시간 연속 수업을 하고 나서 겨우 한 시간 짬이 나면 이젠 대한민국 고딩들의 교재 EBS 연구를 해야 한다. 혹시 업무 연락이 있나 싶어 컴퓨터를 켜면 쿨 메신저가 빨리 자기를 클릭하라고 미친 듯 깜빡인다. 수업 시간 동안 수신하지 않은 메시지는 열 개가 넘는다. 분 단위로 깜빡이는 쿨 메신저를 보면서 교재 연구보다 해야 할 일들의 목록을 정하기에 바쁘다.

> ○○○부에서 학생들에게 홍보 부탁합니다.
> 문예대회 관련입니다.

> ○○○부에서 알립니다. 생기부 작성 시 요렇게 저렇게 하라는 업무 연락이 왔습니다. 구체적인 사항은 파일을 다운받아 살펴보시기 바랍니다.

○○○부에서 한 가지 더 안내 말씀드립니다.
외부 체험활동 시…….

○○○부에서 안내 말씀드립니다.
오늘 점심 시간 감독이십니다.^^

안녕하십니까. 교감입니다. 요즘 공무기강이 해이해지고 있다고 하니 여러 선생님들께서는 출퇴근 시간과 부재를 지켜주시고, 학생 관리에 만전을 기해주시고…….

○○○부입니다. 학생들 안전사고와 관련하여…….

채 선생은 한숨부터 나온다. 막상 교재를 폈지만 메시지 읽는 데만 10여 분 이상이 소요된다. 달력에 해야 할 일들을 겨우 표시하고 급한 대로 일을 마무리하고 나면 요란한 종 소리가 울린다. 10분 동안 차나 한잔 마셔야겠다고 생각하고 눈을 감고 쉬는데 이번에는 조용히 부르는 학생의 소리가 들린다.

"선생님, 죄송한데요……."
"무슨 일이냐?"
"저기 죄송한데요, 제 자소서 한번 봐주시겠어요?"

7교시, 정규 수업 시간이 끝난다. 물론 두 시간의 방과 후 수업이 남아 있지만.

사실 대한민국의 학교가 묵묵히 돌아갈 수 있는 것은 바로 스태프 형 교사들 때문이다. 이 사람들은 체제 속에서 소신을 드러내거나 눈에 도드라지는 행동을 하지 않지만 학교의 '보이지 않는 손'이다. 모든 종류의 학교 일들을 접하는 이들은 학생 상담이나 수업과 같은 교육 본연의 일, 누군가의 승진을 위한 일, 기타 등등의 모든 잡무들을 담당한다. 경우에 따라 학교에 큰 프로젝트가 시행될 때 이들은 귀찮고 힘들지만 학생을 위한 일이라는 대전제에 공감하며 조용히 움직인다. 가끔 '이 일이 누구를 위한 일인가?'라는 회의감에 돌파구를 모색하기도 하는 그들을 사람들은 '교사'라 쓰고 '선생'이라 부른다.

• 이 또한 지나가리라 형 : 일 안 하고 까는 교사

박 선생은 출근 시간에 맞춰 학교에 온다. 아침 시간이 바쁘기는 박 선생도 매한가지여서 차 한잔의 여유는 꿈도 꿀 수 없다. 교실에서 아이들에게 전달할 사항을 이야기하고 교무실로 오면 깜빡이는 쿨 메신저를 맞이하게 된다. 많은 쿨 메신저 중에서도 박 선생의 눈에 띄는 내용이 있다.

> 안녕하십니까? 수업계입니다. 수업 시간표가 확정되었으니 선생님께서는 확인해주시기 바랍니다.

파일을 열어본 박 선생은 치밀어오는 화를 감당할 수 없었다. 다른 교사보다 한 시간 더 많은 것은 싸워보았지만 별수 없는 일이었다 하더라도 시간표 모양이 영 마음에 들지 않은 것이다. 박 선생은 결국 수업계에게 따져 원하는 시간표대로 바꾼다. 이 과정에서 몇 번이나 다른 교사들의 시간표가 수정되었지만 한 학기 내내 힘들 바에야 한 번 욕먹는 게 낫다. 물론 수업 시간표를 바꾸는 모든 교사가 문제 교사는 아니다. 시간표 모양에 따라 삶의 질이 결정되기도 하니까. 그러나 교육 활동보다는 자기 이해관계가 얽힌 일에서 이들은 쉽게 흥분한다.

> 오늘 시범학교 관계로 전체 교직원 회의가 있습니다. 선생님들의 찬반 의견을 묻는 자리이니 모두 참여해주시기 바랍니다.

교무부장이 시범학교 취지에 대해 설명을 한다. 박 선생은 듣는 둥 마는 둥 주위 눈치를 살핀다. 이때, 자기 소신이 분명한 윤 선생이 손을 들고 자기 의견을 피력한다. "시범학교가 본연의 취지대로 시행될 수 있는지, 방안에 대해 먼저 설명해주십시오. 선생님들께 너무 많은 부담이 되어서는 곤란합니다."

박 선생은 시범학교 본연의 취지 따위에는 관심이 없으나 일이 벌어지면 자신도 일이 많아지는 것만은 분명한 사실이기에 웅성임에 동조한다. 갑자기 주위가 소란해지면서 누구의 목소리인지 분간하기 어려울 정도가 되면 관리자들이 중재에 나선다. "자, 그럼 찬반 투표를 하겠습니다. 무기명으로 투표하겠습니다." 이럴 경우 무기명 투표는 대부분 이루어지지 않지만, 어떤 형식의 투표이든 박 선생은 반대에 동그라미를 그린다.

불행히도 시범학교 시행 찬성표가 과반수를 넘게 되어 '학생 진로 중심의 체험활동'이라는 시범학교 타이틀을 걸게 되었다. 전 교사가 모두 동아리를 하나 맡아야 한다기에 할 수 없이 박 선생도 기타 동아리를 담당하게 되었는데 그가 내건 선결 조건은 대략 난감이다.

- 15명 내외를 넘지 않을 것
- 기타를 모두 구비하고 있는 학생들일 것
- 기타 수준은 중급부터
- 별도 특별실을 기타 교실로 확보해줄 것

모든 학생들을 대상으로 교육과정 내에서 동아리를 운영해야 하는 담당자 입장에서는 당연히 모든 교사의 조건을 만족시켜주기 어렵다. 인원수만 하더라도 한 학급의 평균 인원이 35명 정도임을 감안하면 한 동아리가 15명이 될 시 교사수가 턱없이 부족해지기 때문이다. 이는 풍선효과를 일으켜 결국 다른 동아리에 인원이 많이 배정되는 문제를 발생시킨다. 물론 박 선생도 이런 사실을 알고 있지만 학생수가 많아지면 관리가 어려워지고 생기부에 기록할 내용이 많아진다. 여러모로 귀찮은 일이고, 해줄 수도 있지만 해주기엔 짜증나는 일이다.

　결국 박 선생은 "이딴 짓 누가 하자고 했어?"라며 불평불만을 터트리게 된다. 가끔 박 선생은 회식 자리에서 김 부장을 결단내면서 스트레스를 푼다.

　"김 부장, 거 사람이 너무 나대서 말이야. 자기는 그래도 점수 더 받을걸?"

　"뭐, 정말이야? 에이, 아니라는데……."

　"무슨 소리야. 주무 부장이니까 분명 점수 더 받는다니까!"

　"그래? 김 부장 사람 그렇게 안 봤더니만, 자기는 점수 더 받는 것도 아니라고 하던데."

　"정 부장은 원래 이번 일하기 싫다고 말했었나봐. 근데 교감이 정 부장더러 하라고 했다네? 교감이 김 부장 믿고 일 따온 거지 뭐. 김 부장 아니었으면 우리 모두 이런 고생을 하겠어?"

　"김 부장, 일은 잘하긴 잘하는 모양이야?"

　"웃기는 소리, 우리도 다 시켜봐. 그만큼 하지. 교감이 만날 김 부장만 시키니까 우리가 안 하는 거 아니야? 자기 후배라 그런지 교감이 김 부장 키우려고 눈이 벌겠더구먼. 솔직히 보고서만 하더라도 우리가 내는 자료 대충 베껴 쓰면 되는 거 아냐?"

　"그런 속셈이 있었구먼. 쳇!"

토막토막 내다가 비늘마저 다 떼어버려야 찌푸려졌던 기분은 풀어지고 회식 자리를 마감할 수 있다. 자리를 빛내주던 다른 교사들은 박 선생의 리듬에 동조했다가 내일 출근을 위해 아쉽지만 장을 접기로 한다.

학교에서 '이 또한 지나가리라' 유형은 단순하게 일을 안 벌이고 일을 안 하는 정도를 넘어서는 경우가 많다. 대개 방관자적인 태도를 취하다가도 자신의 이해관계에 어긋날 때는 기를 쓰고 덤벼들고, 그러면서 자기 인정에 대한 욕구를 타인에 대한 끌어내림으로 해소한다. 소신과는 다른 일에 큰 소리를 내는 부류와 확연히 차이 나는 박 선생 같은 부류들은 스스로 내뿜는 기운 때문인지 야단칠 때 외에는 아이들조차 주위에 잘 보이지 않는다. 교사뿐만 아니라 어느 집단에나 있는 소수다. 어쨌든 이래저래 시간은 흐른다. 이 또한 지나가는 것이다.

다시
무대 속으로

그래도 떠날 수 없다. 아직은 떠나지 못한다.

그날.

그날은 학교를 에워싸고 따뜻한 바람이 불고 있었다. 물기 오른 나무들은 생기가 돌았고 흙은 부드러웠다. 잘 가꾸어진 꽃들은 서로를 희롱하듯 하늘거렸다. 그리고 하늘은 그저 높고 파랬다.

나는 잠시 숨을 쉬고 학교를 돌아보았다. 오래된 건물, 넓은 운동장, 드문드문 놓인 벤치들. 아이들과 함께했던 흔적들이 침묵 속에서 살아 움직였다. 운동장 옆 나무 그늘이 있는 벤치에 앉아서 나는 한없이 하늘을 바라보았다.

희뿌연 눈물이 흘러내렸다. 이제, 이 모든 것을 끝내야 했다.

교사로서 교실에 처음 들어선 나는 아이들을 둘러보았다. 중학교 1학년짜리 까까머리 아이들이 자기들 담임은 누구일지 눈을 빛내며 쳐다보고 있었다. 나의 작은 행동 하나하나를 관찰하고 자기네끼리 킥킥 웃는 아이들을 보며,

'아, 애들이로구나. 내가 1년간 맡아야 하는 애들이.'

나도 모르게 웃음이 났다. 까만 아이들도 자기 몸에 비해 지나치게 큰 교복을 입고선 웃고 있었다.

모두가 선호하지 않는 발령지였다. 근무지를 물어본 다른 학교 교사들의 대부분이 모두 걱정 아닌 걱정을 해주는 곳.

"아, 거기요? 고생 좀 하시겠네요? 거기, ○○아파트 있는 데 아니에요?"

"에이그······. 쌤도 고생하시겠네! 거기 주택가 밀집 지역이잖아. △△시장 근처 맞죠? 거기 애들 유명해요!"

"집안 형편이 대체로 그런 애들이라······."

가끔 출장이라도 가게 되면 늘 듣게 되는 이야기였다. 주택가 밀집지역, 가난과 '좀 그런 아이들'의 관련성 사이에서 고개를 갸우뚱하던 나는, 어쨌든 비선호 지역에서 첫 교직 생활을 시작하게 되었다.

아이들은 귀여웠다. 게다가 나는 젊음에 취해 있었다. 누나인지 선생인지 아이들과 장난을 치고 업무를 따라다니다 보면 어느새 하루가 지나 있었다. 아이들과 지나치게 격없이 지내는 모습에 몇몇 선배교사들이 눈살을 찌푸리기도 했지만 신규거

니, 다수가 모른 척 눈감아주었다. 소풍이라도 가면 누가 선생이고 누가 학생인지 모르겠다는 타박을 듣기도 했지만 그래도 즐거웠다. 작고 까만 아이들은 늘 내 편이었으니까.

용주는 그때 만나게 된 우리 반 아이였다. 철없는 담임이 온갖 문구류만 잔뜩 사서 어쩔 줄 모르고 끙끙댈 때 스케치 한 번으로 학급 게시판을 근사하게 장식해준 용주. 어린 왕자처럼 가냘픈 용주는 작은 몸집에 항상 스케치북을 갖고 다니며 그림을 그렸었다.

선생님, 아이들, 나무들, 교실, 꽃들. 그 아이가 보는 모든 것은 그림이 되었다. 나는 내게도 그처럼 재능 있는 제자가 있다는 사실에 흥분하며 그것이 마치 나의 재능인 양 아이의 재능 앞에서 행복해했다.

어느 날, 용주 아버지가 학교에 찾아오셨다. 용주가 누구를 닮았는지 금방 알 수 있었다. 아버지는 선한 웃음으로 말씀하셨다.

"선생님, 우리 용주가 앞으로 화가가 될 수 있을까요?"

미술에 전혀 소질이 없던 나는 조금은 당황했지만 곧 자신 있게 말씀드렸다.

"아버님, 용주는 좋은 화가가 될 수 있을 겁니다. 아이 손끝에서 매일 작품이 만들어집니다."

"네, 선생님. 고맙습니다. 우리 용주가 좋아하는 담임 선생님이 어떤 분이신가 궁금해서 찾아와봤습니다."

"용주에게 많이 부족합니다."

"아니에요. 우리 큰딸만 하시네요."

용주 아버지는 나가실 때도 아이를 잘 부탁한다며 몇 번이나 인사를 하셨다. 세 딸을 낳고 어렵게 얻은 아들이라 했다. 나이 든 아내가 고생 끝에 낳은 아들이 다행히 그림에 재능이 있다며 즐거워하셨다.

"돈은 좀 들겠지만……. 제가 열심히 하면 되겠죠?"

힘든 상황에서도 자식에게 최선의 것을 찾아주고자 하는 부모의 사랑이 느껴졌다. 나는 미술 선생님과 상담해서 용주를 곧 미술부에 들어가게 해야겠다고 결심했다. 그 와중에도 용주는 매일 그림을 그렸고, 기쁨에 차서 나에게 그림을 보여주기도 했다.

"선생님! 오늘은 선생님이 이렇게 그려졌어요. 너무 예쁘지요?"

"어? 지난번보다는 못 생긴 것 같은데? 더 예쁘게 그려줘!"

"그럼, 뒷모습을 그려드릴게요."

"아니, 이 녀석이!"

그렇게 시간은 흘러져갔다.

"윤 쌤! 쌤 반 애들 어떻게 좀 해봐요! 정말 수업 시간마다 시끄러워 죽겠어요!"

가끔 너무 활발해서 시끄러운 우리 반 아이들을 야단치는 동료 교사들이 있으면 나는 일부러 녀석들을 더 크게 꾸짖었다.

그러면 옆 선생님들은 답답한 듯 고개를 가로저었다. 아이 다루기가 영 안 된다고 생각하셨는지 아이 엉덩이 때리기를 잘못한다며 특별 과외를 해주시는 선생님도 계셨다. 나는 여러 가지 특별 훈련과 보충 수업을 받아가며 신규 교사 반이 시끄럽다는 소리를 듣지 않으려고 노력했다.

의자 들기를 하고 나서 힘들어하는 녀석들을 보면 나도 같이 눈물이 나기도 했다. 그래도 야단을 칠 때만큼은 더욱 독하게 아이들을 몰아붙였다. 착한 녀석들은 담임을 원망하기보다는 까만 눈동자로 애처로이 나를 쳐다보기만 했다.

"쌤……."

특히 목이 길어서 타조라고 불렸던 태현이가 불쌍한 표정으로 목을 쭉 내민 채 눈을 껌뻑껌뻑할 때는 나도 모르게 '이제 그만하자'는 소리가 목 끝까지 뻗쳐 나왔다. 겨우 꾹 참고 마음속으로 오십까지 세고 나서 아이들 벌주기를 멈추고 나면 가장 먼저 떠드는 아이가 싸이와 진이었다. 처음에는 눈치를 보던 아이들이 금방 언제 벌을 섰냐는 듯 다시 떠들기 시작했지만 신규 교사의 슬픈 눈을 마주하고는 곧 입을 다물곤 했다.

"야! 싸이! 입 안 닥쳐?"

눈치 빠른 진이가 함께 떠들던 싸이를 윽박지르고 고갯짓으로 신호를 주면 아이들은 신나게 떠들던 얼굴을 푹 수그리고 진정으로 반성하는 연기를 하곤 했다. 그러면 나도 화답하듯 침울한 표정으로 말했다.

"그래. 우리 1학년 6반. 앞으론 안 떠들 거지? 정말 선생님이 너희들 믿어도 될까?"

아이들은 일제히 고개를 끄덕이며 큰 소리로 대답했다.

"네! 앞으로 잘하겠습니다!"

짐짓 못 들은 척하고 가만히 있으면 아이들은 더 크게 대답했다.

"네! 앞으로 정말 잘하겠습니다!"

즐거웠다. 아이들의 연기라 해도 즐거웠고, 행복했다.

그렇게 한 해가 흘렀고 나는 어느덧 또 다른 아이들의 담임이 되어 있었다. 남은 정을 주체하지 못하고 멈칫하는 중에 또 다른 아이들을 가슴에 받아야 했다. 떠남과 만남에 익숙하지 못했던 나는 우울한 3월을 보냈다. 그 후 가슴 한켠에 주먹 하나만큼의 공간은 만들어두려 애썼다. 떠남과 만남 사이에서 아파하지 않을 만큼, 가드레일을 쳐두고 적당히만 아플 수 있도록 노력했다. 술자리에서 떨쳐버릴 수 있는 아픔. 아이들에 대한 우스갯소리. 학교 속에서 속상했던 일에 대해 동료 교사들과 술 한잔 하며 털어낼 수 있을 만큼의 아픔이라야 했다. 마음은 냉정하게 점점 여유로워졌고 신규 교사 티가 벗겨져나가는 듯, 착각 속에서 안도했다.

그리고 운명은 느닷없이 내게 분노했다. 아버지 같으셨던 삼촌이 간암 선고 사흘 만에 돌아가셨다. 홀어머니는 어느 날 중

풍으로 뒤틀어진 자신의 얼굴을 보며 슬피 울었다. 가족의 사업은 완전히 파탄났다. 나는 마치 노력하지 않은 인생을 덤으로 살아온 죄인처럼 세상 속에서 무기력하게 서 있어야 했다.

'나는 치열하게 살아왔는데……. 나는 열심히 했는데……. 내 잘못이 아니야.'

나는 열심히 항변했다. 그래도 달라지는 것은 없었다. 분노도 일지 않고 아프지도 않다고 생각한 그쯤, 그날, 그래, 그날.

나는 학교를 나오겠노라 결심했다. 더 이상 아이들의 눈을 마주할 수 없었다. 더는 자신이 없었다.

그날.

따뜻한 바람이 불던 날. 나무들은 생기가 돌고 흙은 부드럽던 날. 꽃들이 서로 희롱하던 날. 하늘은 그저 높고 파랬던 날.

나는 벤치에 드러누워 눈을 감았다. 곧 이어 쉬는 시간을 알리는 종 소리가 들려왔다. 거푸 흘러내리는 눈물을 닦지 않고 내버려두었다. 그때였다. 두 눈을 감고 있는데 내 머리를 쓰다듬는 누군가의 손길이 느껴졌다. 깜짝 놀랄 법도 했건만은 모든 걸 던져버린 나는 가만히 누워만 있었다.

"선생님, 선생님, 벌써 새치가 났어요!"

용주였다.

"선생님, 새치 뽑아드려도 되죠?"

"……."

용주는 신중히 내 새치를 뽑아주었다. 나는 그래도 눈을 뜨지 않았다. 눈물 자국이 보일까봐, 눈을 뜨면 어이없이 울음을 터트릴까봐 나는 그대로 미동도 하지 않았다.

"싸이! 조용히 해봐. 선생님 주무시나봐. 우리 선생님 새치 뽑아드리자."

"그럼 네가 왼쪽 맡아, 내가 오른쪽을 맡을게."

어디선가 타조 소리도 들려왔다.

"나는 어디 뽑으라고? 나는 가운데 부분 맡아야지, 흐흐!"

"타조, 왜 웃어? 선생님 지금 편찮으시잖아!"

용주가 타조를 타박하는 소리가 들렸다.

"선생님! 아프지 마요. 우리가 항상 새치 뽑아드릴게요."

나는 도저히 참지 못하고 두 눈을 떴다. 여섯 개의 눈동자와 내 눈동자가 마주쳤다. 세 아이들이 손가락 사이에 탈색된 머리카락 하나씩을 든 채로 나를 걱정스레 바라보고 있었다.

"아, 얘들아. 선생님이 오늘 너무 아파서 말이야……."

"선생님. 울지 마세요. 내일도 새치 뽑아드릴게요!"

용주의 친절에 싸이가 야단을 쳤다.

"야, 아픈데 새치만 자꾸 뽑으면 뭐 하나? 선생님, 우리가 어깨 주물러드릴게요. 내일도 3교시 마치고 여기로 나오세요. 네? 우리가 매일 선생님 어깨 주물러드릴게요."

희뿌연 눈물이 흘러내렸다.

나는 운명의 분노에 현명하게 맞서지는 못했다. 그렇지만 나 약하게 숨지도 않았다. 그리고 그날은 많은 것을 변화시켰다. 자기연민과 젊음이라는 만취에서 깨어난 나는 주위 교사들이 말하던 '형편이 좀 그런 아이들'을 바로 볼 수 있었다. 나를 학교로 되돌려준 아이들에게 나도 무엇인가를 되돌려주어야 했다. 별로 줄 것이 없던 나는 아이들에게 진심을 주기로 하였다. 마음 한켠에 공간 따위는 만들지 않았다. 어차피 아프지 않으려 한다고 해서 아프지 않은 세상은 아니었으니까.

그날 이후 아이들이 눈에 다르게 들어왔다. 마냥 장난스럽기만 하던 녀석들의 그림자가 보였고 웃음 속에서 아픔도 보였다. 그렇다고 해서 내가 어떤 대단한 교육신조를 가지고 거창한 교육철학을 실천한 것은 아니었다. 그저 내 눈에 들어 있는 아이들과 함께 이야기하고, 그 아이들이 들려주고 싶은 이야기를 들었을 뿐이다.

다양한 사연을 가진 아이들은 많이 있었다. 동생을 위해 4년제를 포기했던 아이, 집안을 위해 과감하게 취업 전선에 뛰어들고는 오히려 "선생님, 힘내세요!" 하며 밝게 웃던 아이, 양부와 양부가 데리고 온 아이 사이에서 갈등하면서도 글쓰기를 멈추지 않았던 아이, 아버지의 갑작스러운 죽음과 어머니의 암 투병 사이에서도 끝까지 희망을 놓치지 않던 아이. 그리고 너무나 평범한 일상의 이야기를 가지고 있던 아이들.

이 아이들은 나무로 서 있었지만 이미 그 자체로 숲이었다.

다만 그것을 알아차리지 못했을 뿐이었다.

열심히 일해서 아들을 훌륭한 화가로 키우겠다던 용주 아버지는 암 선고를 받고 돌아가셨다. 용주는 미대 진학은 꿈도 꾸지 못했지만 대형 병원에서 방사선 기사가 되어 일하고 있다. 그래도 여전히 그림을 그리면서 아마추어로 활동한다. SNS에서 보게 되는 녀석의 그림을 보며 나는 추억에 젖기도 한다.

싸이는 리조트에서 요리사로 일하고 타조는 아직은 젊다며 세상 전역을 돌아다닌다. 옷가게를 하는 녀석, 식당 주인이 된 녀석, 자동차 딜러, 연구원, 대학생, 군대 가서 말뚝 박은 놈, 아직 감 잡지 못하고 이리저리 열심히 기웃거리는 놈, 오토바이 타다가 먼저 간 배은망덕한 놈까지.

알고 있니.
너희들은 언제나 내게 청춘이었다는 걸.
아프고도 시린
눈동자였다는 걸.

떠나지 못한다. 아직은 떠날 수 없다.

학교에 괴물이 산다

1판 1쇄 발행 2014년 12월 5일
1판 3쇄 발행 2016년 6월 27일

지은이 윤이나

발행인 양원석
편집장 송상미
교정교열 장윤정
해외저작권 황지현
제작 문태일
영업마케팅 이영인, 양근모, 박민범, 이주형, 김민수, 장현기

펴낸 곳 ㈜알에이치코리아
주소 서울시 금천구 가산디지털2로 53, 20층 (가산동, 한라시그마밸리)
편집문의 02-6443-8878 구입문의 02-6443-8838
홈페이지 http://rhk.co.kr
등록 2004년 1월 15일 제2-3726호

ISBN 978-89-255-5465-5 (43810)